마음을 건드리는 노래

안유환 수필집

수필과비평사

"우리에게 우리의 날을 세는 법을 가르쳐 주셔서
지혜의 마음을 얻게 해 주십시오."
— 시편 90편 12절

다시 징검돌을 놓으며

　'목적이 없으면 시작이 있을 수 없다.'는 말이 있다. 그러나 걸음마를 배우는 어린아이에게 목적이 있을 수 없고, 세끼 밥을 챙겨먹는 사람이 반드시 목적을 갖고 밥을 먹는 것은 아니다. 목적이 없어도 밥을 먹고 갈 바를 알지 못해도 발걸음을 옮겨놓는다. 대부분의 일은 목적이 있기에 시작되고 그 목적을 이루는 성취감으로 인해 기쁨을 맛본다. 하지만 더 큰 기쁨은 목적이 없는 것에서 온다. 예상했던 것을 얻거나 찾아냈을 때보다는 미처 생각하지 못했던 일들이 더 큰 기쁨을 안겨주는 경우가 많다.

　처음 글을 쓰기 시작할 때는 목적이 있는 것이 아니었다. 그저 뭔가 쓰고 싶고 쓰지 않고는 좀이 쑤셔 견딜 수 없는 마음이 편지를 쓰고, 일기장을 남기고, 아름다운 기억들을 엮어 달았다. "한 작가에게 기대하는 바는 기대하는 사람뿐만 아니라 글을 쓰는 사람조차 알지 못한다.

글을 쓰는 사람은 부재하는 단어에 몰두하여 무엇을 되찾으려 한다."
프랑스의 작가 파스칼 키냐르의 말이다. 무엇을 기대할 줄도 모르고 어
떻게 쓰는 줄도 알지 못하면서도 오래도록 끼적거린 것이 수필이 되었
다. 그것은 예상치 못했던 기쁨이었다.

그러나 그 기쁨은 물꼬가 헐린 논의 물이 빠지듯 하룻밤 사이에 종적
을 감추었다. 기쁨이 사라지고 나면 적막이 그 자리를 메운다. 잔치가
끝난 집 마당처럼. 적막을 노래로 바꿀 수 있는 유일한 방법은 시詩를
쓰는 것이다. 시를 쓴 지 어언 10여 년이 지났다. 말할 수 없는 사람이
다시 말을 하게 되면서 경험하는 것은 기쁨의 회복이다. 울면서 쓰는
것이 시라면 적어도 웃으면서 쓰는 것은 수필이다. 세 권의 시집을 내
는 동안 지난날의 수필에 대한 그리움 같은 것이 삼투되었다. 수필을
쓰고 싶은 마음이 우듬지를 내밀고 새잎을 피우기 시작했다. 내게 있어
수필 쓰기는 마음을 새롭게 단장하는 일이다.

15년 만에 두 번째 수필집을 내면서 시냇물을 건너온 것 같은 삶을
뒤돌아본다. 처음엔 사람들이 바지를 걷어올리고 냇물을 건넜을 것이
다. 마을 사람들의 왕래가 잦아지면서 힘을 모아 징검돌을 놓고 그걸
밟고 냇물을 건넜다. 그러나 큰비가 오면 징검돌은 물속에 잠겨 보이지
않는다. 물이 빠지면 오랫동안 물에 잠겨있던 징검돌은 다시 모습을 드
러내고 사람들은 발을 적시지 않고 냇물을 건넌다. 어느 날 큰비가 내
린 뒤 '긴 세월' 동안 물이 빠져나가면서 옛 모습을 드러내기 시작한
한편, 한 편의 글은 내 삶의 징검돌이다.

나는 구불구불한 시골길 같은 삶의 궤적을 돌아보면서 '제5의 선택'

이란 말을 쓴 적이 있다. 제1의 선택은 농촌운동의 도우미로, 제2는 일간신문 기자로, 제3은 목회자의 길로, 제4는 정년을 5년 앞당긴 조기은퇴를, 제5는 글을 쓰며 새로움을 찾아가는 현재의 길을, 그때그때 선택하며 살아왔다. 밟고 지나온 징검돌을 다시금 두들겨보면 언제나 아쉬운 것은 사랑이다. 사랑하지 못할 때도 있었고 미워할 때도 있었다. 그러나 '미워도 다시 한 번'이란 말처럼 미움은 언젠가는 사랑으로 돌아갈 개연성을 지닌다.

미움보다 더 심각한 것은 우리들의 정체성 문제이다. 내가 누구인지, 내가 사랑하는 사람이 어떤 사람인지를 제대로 알지 못했다는 것이다. 로버트 존슨과 제리 룰의 공동저작인 ≪내 그림자에게 말 걸기≫에서는 사랑의 반대말은 미움이 아니라고 밝히고 있다. "사람들은 사랑의 반대말을 증오라고 생각한다. 하지만 사랑의 반대말은 권력이다. 사랑이란 타인과 함께한다는 것이며 반면에 권력은 자기 목적대로 타인을 통제하고자 하는 욕망이다." 사랑을 외치고, 사랑을 가르치면서 얼마나 타인을 자기의 목적대로 통제하려 했는가를 돌아보며 부끄러워한다. 아직까지도 그런 사람이 눈에 띄는 것은 안타까운 일이다.

'여울에 비친 조각달'처럼 이지러진 수많은 삶의 흔적들을 다시금 바르게 펼쳐보려는 의지들이 맺혀 한 편, 한 편의 글이 되었다. 글을 쓴다는 것은 자기를 사랑하는 것이며, 또한 자기를 돌아보며 남을 사랑하는 법을 배우는 것이다. 그리하여 우리는 자기의 정체성을 완성해 가며 미래로 이어지는 징검돌을 놓는 일을 하는 것이다. 진솔한 것은 언제나 부끄러움을 동반한다. 답답할 때 남의 사정과 어려움을 들으면서 위로를 받듯 이 부끄러운 글들이 노을 진 들녘을 외로이 서성이는 이들에게 하나의 다정한 친구가 되리라 믿는다. 글 속에는 날아다니는 별을 보듯 몇 마리의 반딧불이도 눈에 띌 것이다. 그것은 반딧불이가 사는 마을에 더불어 살고 싶은 마음들이다.

2014년 새봄 금정산 자락에서

白餘 안유환

차례

책머리에

1부_ 액자 속의 내 고향

2부_ 시간이 걸리는 일

3부_ 수수조청

4부_ 오래된 행복론

1부
액자 속의 내 고향

　알베르 카뮈는 "잃어버린 순간에 비로소 알아볼 수 있는 것이 고향"이라고 말했다. 그런고로 누구나 자기의 고향을 이야기하는 사람들은 이미 고향을 잃어버린 사람들이다. 잃어버린 고향을 오래도록 그리워하다 사람들은 고향노래를 부르고, 향수를 달래며 시를 쓰고, 머릿속의 고향의 모습을 화폭에다 옮겨 놓는다. 아무리 나이를 먹어도 고향은 우리를 놓아주지 않기 때문이다.

액자 속의 내 고향

 고향을 잃어버린 우리는
이제 그리움의 낙원에서 살아간다.

떠나올 때 따라온 그리움은 평생을 그림자처럼 함께 걷는다. 잃어버린 고향에 대한 그리움이다. 예쁘다거나 곱다고 말할 수는 없지만 그보다 더 아름다운 것이 세상에 또 있을까. 보아도 보고 싶고 아무리 세월이 지나도 잊히지 않는 고향. 그러나 모처럼 고향을 찾는 사람들은 그 낯선 동네를 보고 실망하고 만다. 고향의 옛 모습이 남아있지 않기 때문이다. 태어나서 자라며 뛰어놀던 뒷동산과 앞개울은 간 곳이 없다. 옹기종기 버섯처럼 귀엽고 사랑스런 초가마을은 현대식 건물로 변하고 동산이 있던 자리에는 머쓱하게 아파트가 들어섰다. 맨발로 술래잡기하며 놀던 꼬부랑 골목길은 모두 시멘트로 곧게 포장되었다.

현대인들은 누구나 고향을 잃어버린 사람들이다. 이마에 주름이 쌓이고 머리에 서리가 내리도록 그 땅에 살고 있는 사람들도 실향민에 지나지 않는다. 어디에서도 정들었던 고향의 모습은 찾아볼 수 없기 때문이다. 알베르 카뮈는 "잃어버린 순간에 비로소 알아볼 수 있는 것이 고향"이라고 말했다. 그런고로 누구나 자기의 고향을 이야기하는 사람들은 이미 고향을 잃어버린 사람들이다. 잃어버린 고향을 오래도록 그리워하다 사람들은 고향노래를 부르고, 향수를 달래며 시를 쓰고, 머릿속의 고향의 모습을 화폭에다 옮겨 놓는다. 아무리 나이를 먹어도 고향은 우리를 놓아주지 않기 때문이다.

아직도 사진처럼 선명한 내 고향마을은 어느 해 그 사랑스럽던 집들이 헐려나가고 그 자리엔 동양최대의 제철공장이 들어섰다. 오랜 세월이 지난 어느 명절에 아버지와 이야기를 나누다 나는 고향마을의 기억을 털어놓았다. 아버지도 나와 꼭 같은 마음이었다. 골목길 하나하나가 그대로 살아있고 매미를 잡으러 올라가던 미루나무도 아버지의 기억 속에 그대로 서 있는 것을 나는 보았다. 이듬해 아버지는 친분이 있는 시청직원 한 분을 통해 마지막 고향의 모습을 그대로 담은 파노라마 흑백사진 한 장을 구해주셨다. "내 고향 동촌, 1968년 포항제철이 설립되기 전의 영일군 대송면 동촌동 전경" 그 사진에 이렇게 설명을 달아 액자로 만든 '내 고향'을 가보처럼 소중히 벽에 걸어놓고 때때로 고향생각에 잠긴다.

나는 오늘도 눈을 뜨자마자 쪽찐 머리에 검정 치마 흰 저고리를 입은 옛 여인의 모습 같은 고향마을을 쳐다본다. 때로는 하얀 마음의 전지全紙를 펼쳐놓고 어릴 적 마을을 그린다. 50층 아파트보다 더 크게 보이던 팽나무 그늘에 둘러앉아 이야기꽃을 피우며 더위를 식히던 아낙네들이 보이고, 논매기 하다 점심을 먹고 잠시 눈을 붙인 남정네들의 코고는 소리가 들리는 듯하다. 우리 집을 중심하여 이웃집을 그리다가 두 사람이 마주 비키기 어려운 '키스 골목'을 지나 혼자서 바다를 찾아가던 갈대밭 길로 접어든다. 어릴 적 친구였던 분, 순, 자야는 나보다 빨리 자라 먼저 마을을 떠났고 남아있는 이야기들만 나와 함께 거닌다.

초등학교를 졸업할 무렵이었다. 어느 날 저녁 여자아이들이 몰려 놀고 있는 방으로 친구 손에 이끌려 들어갔다. 나는 고개도 들지 못하고 홍당무가 된 얼굴을 숨기려 방바닥에 코를 박고 있었다. 여자 아이들은 남달리 부끄럼을 타는 나를 보고 깔깔대며 웃었다. 한동안 혼자서 좋아하던 여자아이 집 앞을 하릴없이 어슬렁거리던 일을 생각하면 지금도 얼굴이 붉어진다. 청년이 되어 닭서리 했던 집의 지붕이 보이고, 비 내리는 어느 날 밤에는 익은 수박만 골라 훔쳐왔던 원두막도 나를 쳐다보고 있는 것 같다. 하나님은 부끄러움을 자랑으로 알고 살아가던 우리들에게 회개할 기회를 허락하셨다. 고향마을 한가운데 교회당이 들어서고 나와 함께 놀던 친구들은 어느 날부터 마을에서 '가장 착한 아이들'로 인정(?)을 받게 되었다. 토요일 오후가 되면 맨 먼저 달려가 먼지 자욱한 교회당을 청소하고, 함께 오르간을 타던 세 살 아래인 친구 여동생의 얼굴이 수국처럼 붉어지는 것을 볼 때도 있었다. 철거민으로 뿔뿔이 흩어져 연락이 끊긴 친구들은 어디에서 무엇을 하며 고향을 그리워하고 있을까? 그때의 '처음 믿음'이 나를 목회자의 길로 이끌었다.

고향을 떠나 온 지 반세기! 공무원인 아버지가 수년 동안 객지에 계실 때 초등학생인 나는 오래도록 고향에서 할머니와 함께 살았다. 지금도 "할머니ー." 부르면 "오냐, 내 새끼ー." 하고 맛있는 음식을 내오실 것 같은 고향집은 앞산에서 내려다보면 손에 잡힐 듯 가까이 있었다. 새벽미명 같은 흑백사진 속의 사람들은 아직도 자고 있는지 연기 하나 피어오르지 않고 옛 모습 그대로를 간직하고 있다. "바람이 불면 산 위에 올라 노래를 띄우리라 그대 창까지……." 한낮에는 동사무소의 스피커에서 유행하던 안다성의 노래 〈사랑이 메아리칠 때〉와 〈바닷가에서〉가 자주 흘러나왔던 것을 기억한다. 요즘처럼 해맞이는 할 줄 몰랐지만 정월 대보름이 되면 쥐불놀이를 하며 달맞이에는 부지런했던 것 같다. 한번은 앞산에 올라 동해바다에서 떠오르는 달을 제일 먼저 보았다고 소리치며 내닫다 비탈길에 굴러 팔을 다친 적도 있었다.

액자 속의 내 고향! 사백여 호의 남향한 초가마을 뒤로 길게 늘어선 오래된 소나무들은 바닷바람을 막아주고 마을 앞에는 자갈길 신작로가 지나간다. 멀리 호미곶이 보이는 영일만 바다는 쉬지 않고 하얀 파도에 옛날을 실어 나른다. 그 무엇으로 아름다운 옛날을 대신할 수 있을까? 한 가지 남아있는 것이 있다면 그것은 '그리움'이다. 어쩌면 그리움은 '옛날'보다 더 아름다운 것인지도 모른다. 이문재 시인은 '소금창고'가 있던 고향을 생각하며 "옛날은 가는 것이 아니고/ 이렇게 자꾸 오는 것"이라 노래했다. 누구에게나 고향을 떠나올 때 따라나선 그리움이 함께 걸어가고 있는 것이다. 현대인들은 고향 대신 그리움을 선물로 받았다. J.파울은 "우리들이 쫓겨나지 않아도 되는 유일한 낙원은 그리움이다."라고 말했다.

고향을 잃어버린 우리는 이제 그리움의 낙원에서 살아간다.

정들지 않는 땅

내 마음은 길 잃은 나그네처럼
먼 산자락을 바라보며 서성대고 있다.

　누가 저기에 저런 예쁘장한 교회를 세워 놓았을까? 키가 나지막한
소나무들이 울창하게 들어서 있고 그 아래로 푸른 풀밭이 두어 겹 능선
을 이루며 펼쳐져 있는 산ㅡ. 완만한 경사를 이루고 있는 그 산 위로는
하얀 뭉게구름이 파아란 가을 하늘을 배경으로 하고 그림처럼 피어오
르고 있다. 영락없이 내가 어릴 때 소를 놓고 풀을 뜯기던 그 산중허리
그 언덕이다. 다른 것이 있다면 하얀 벽과 황토색깔의 지붕이 덮인 교
회당 건물이 서 있는 것이다. 그 교회를 중심으로 비슷한 색깔의 지붕
을 한 집들이 몇 채 여기저기 흩어져 있다.

　주일 예배를 마치고 집으로 돌아온 나는 늦더위 속에 지친 몸을 거실
돗자리 위에 잠시 누이고 책장 옆면에 걸려있는 달력에 시선을 보내고
있다. 내일이면 9월 하순에 접어드는데 한여름 같은 더위는 여전하고

오늘 오후는 바람 한 점 없이 유달리 무더운 날씨이다. 매일 바라보는 달력이지만 오늘은 어쩌면 그 사진에 나타난 것이 흡사 내가 뛰놀았던 그 산 그 풀밭처럼 보일까? 달력의 사진에는 사람의 모습도 소들도 보이지 않고 서구식 집들만이 침묵을 지키고 있다.

저 집에 사는 사람들도 나처럼 9월의 늦더위를 식히려고 시원한 거실에서 오후를 보내고 있는 것일까? 오래도록 그리워하며 보고 싶어 하는 사람이 있으면 비슷한 사람만 보아도 꼭 그 사람의 모습을 보는 것 같은 착각에 빠지는 것과 같다고 할까? 달력 사진에 보이는 교회의 모습은 오래전 내가 풀밭이 있는 시골 마을에다 세우고 싶었던 바로 그 모습이다. 이 달력 사진 아래로 우리 민족 고유의 추석 연휴가 빨간 숫자로 나란히 늘어서 있다.

벌써 2주 전부터 일요일이면 우리 교회가 위치한 대저동과 김해 일대의 교통이 정체를 이룰 만큼 사람들은 서둘러 조상들의 묘에 성묘를 했고 이제는 고향을 찾을 채비에 분주할 마음들을 생각해본다. 몇 해 전 추석날 나는 아버님과 함께 할아버지 산소에 성묘를 가면서 내가 소 먹이던 그 산 그 등성이를 지나간 적이 있었다. 내 어릴 때 나지막했던 소나무들은 크게 자라 하늘을 가리었고 억새풀은 내 키보다도 높게 어우러져 마치 정글 속을 걸어가는 것과 같은 느낌을 받았다. 우리나라 최초의 종합제철단지가 들어서면서 오늘까지 30여 년간 그곳에 사람의 출입을 통제해 왔기 때문이다.

한집에서 부부가 같이 살면 서로 닮아가듯이 같은 지방에서 함께 살아가면 사람들의 생각도 비슷해지는 것인가? 그래서 고향 사람들을 만나면 즐겁고 시간 가는 줄 모르고 얘기꽃을 피우게 되는가 보다. 고향을 그리는 마음은 아버님이 나보다도 더하신 것 같다. 그처럼 아름답던 마을을 제철단지에 빼앗겨 버린 후 지난 해엔가 아버님은 단지조성 공사가 시작되기 직전 시청에서 찍어둔 마을 전경 사진을 구해 내게도 한 장을 주셨다. 나는 그것을 액자에 넣어 누워서도 볼 수 있는 거실 벽면에 걸어놓았다.

"고향이 따로 있나 정들면 고향"이라는 말이 있지만 내가 대저에서 살게 된 지도 올해로 만 10년이 지났다. 고향 사람들 같은 정다운 성도들이 있고 주변엔 온통 내가 어릴 때 보던 것과 같은 들녘이 펼쳐져 있지만 좀처럼 이곳에 정이 들지 않는 것은 웬일일까? 교회에서 동쪽으로 조금만 걸어 나가면 벼가 무르익어 가는 들판을 대할 수 있지만 그 옛날 구수한 들녘의 내음은 맡을 수 없다. 여기저기 쓰레기 더미로 더러워진 주변 환경의 냄새가 더 강한 탓일까? 오늘날엔 먹는 것, 마시는 것, 숨 쉬는 공기까지 어느 것 하나 옛날과 같지 않다.

나는 가끔 어디에서 내 사랑하는 아내와 함께 보람 있는 노후를 보낼 것인가를 생각해 본다. 마을 뒤로는 야트막한 산이 있고 앞쪽으로는 강이나 호수가 있으면 더욱 좋겠다. 가까이는 푸른 풀밭이나 들녘이 펼쳐져 있는 곳, 그런 곳에서 나는 살고 싶다. 언뜻 보면 대저는 부산에서 유일하게 그런 곳처럼 보인다. 내가 이곳으로 처음 부임을 했을 때 2차선이었던 좁은 도로가 이제는 8차선으로 넓게 뚫리고 구포대교도 새롭게 가설되어 교통은 한결 편리해졌다. 그리고 얼마 있지 않으면 이 지역 주민들의 숙원이던 그린벨트도 해제될 것이라는 소식도 들려오고 있다.

지금부터 20여 년 전만 해도 이곳 대저 지역은 우리나라 그 어느 곳보다도 꿈이 부풀었던 곳이었다. 그때 박정희 대통령은 낙동강변 대저 지역을 전원도시로 만들 청사진을 구체화시켰고 그 계획은 일간신문에 자세하게 보도되기도 했었다. 그때 우리는 '신도시 건설'이라는 말을 처음 들어보았다. 그러나 그가 18년의 장기집권을 비운으로 마감하고 세상을 떠난 뒤 이 지역은 오히려 그가 만들어놓은 그린벨트에 묶여 흉물스럽게 이지러지고 말았다. 주민들은 하마나 기다리며 오늘까지 긴 세월을 보내야 했다.

올 연말에는 풀린다던 그린벨트도 부산과 서울은 사전 도시계획을 마련한 후에 해제될 것이라고 하니 또 얼마나 오랜 세월을 기다려야 할 것인가. 사람들은 이번에도 이런 정책이 혹시 내년 총선용이 아닌가 하는 의혹의 눈길로 바라보고 있다. 왜냐하면 도로 확장·포장과 그린벨트 해제 등은 선거 때만 되면 단골메뉴로 등장했기 때문이다. 언젠가 한 선배 목사는 그린벨트가 풀리면 안 목사는 교회성장의 희망이 있을 것이라는 말로 위로를 주기도 했지만 이제는 그런 꿈도 시들어가고 있는 것 같다.

이러한 상황들 때문일까? 아직도 내 마음의 발길은 길 잃은 나그네처럼 먼 산자락을 바라보며 서성대고 있다. 이처럼 그 어디에도 내가 바라는 마을을 찾을 수 없기에 나의 상념은 틈만 나면 더욱 잃어버린 고향으로 달려가는가 보다. 언제쯤 이 무더위가 물러가고 싱그러운 가을을 만끽하게 될 것인가. 아무런 준비도 하지 않고서도 새 천년이 다가오면 뭔가 좋은 일이 있을 것이라는 습관 같은 기대감만을 새롭게 하며 유달리 긴 여름의 무더위에 지친 채로 9월의 달력을 쳐다보고 있다.

아호 이야기(2)

사순절을 살면서 '여백'이 낳은 '백여'
—새로운 아호를 생각하는 것이다.

　제3시집 원고를 탈고하면서 자서自序 끝에 백파白波라 써 넣었다. 백파
는 나의 신학교시절에 이미 반백이 된 내 머리카락 때문에 얻어 붙인
아호이다. '흰물결'이란 의미가 마음에 들어 신문에 칼럼을 쓸 때는 아
예 '白波 칼럼'이란 고정 제호로 쓰기도 했었다. 그러다 십여 년이 지난
어느 날 우연히 이희승 국어사전을 펼쳐보고 '백파'가 '도적의 다른 이
름'이란 뜻을 발견하고 소스라치게 놀랐다. 나는 사도바울이 다메섹 도
상에서 주님을 만나 회개하고 사도가 된 뒤에도 자기를 가리켜 '죄인괴
수'라고 표현했던 것을 떠올리며 '백파'를 내게 지워진 겸손의 멍에로
받아들였다.

　그러나 현역에서 물러나 고희의 언덕을 걸어가면서 아호를 그대로
쓰자니 마음이 찜찜했다. 이제는 '도적이란 이름의 멍에'를 내려놓을 때

도 되었다는 생각이 들었다. 나의 첫 시집을 거듭 상찬했던 시인이며 대선배인 K 목사님께 나의 새로운 아호를 부탁할까 하는 생각도 했으나 여의치 않았다. 왜냐하면 나의 세 번째 시집의 표사를 부탁한 것도 건강이 나빠져서 쓸 수 없게 되었다는 통보를 해왔기 때문이다. 새로운 아호를 생각하며 며칠이 지났다. 올해 사순절이 시작되는 지난 2월 22일(성회수요일) 새벽기도회 때 돌연히 '여백'이란 말이 떠올랐다. 여백은 세 번째 시집의 말미에 붙일 '시인의 말'을 매듭지을 때 사용한 단어이다. 그 끝부분을 옮겨본다.

'시란 한 방울의 눈물로 진주를 만드는 것'이라고 말한 프랑스의 시인 알프레드 드 뮈세는 그의 시 〈슬픔〉—모든 것이 그의 곁을 떠나갔다는 비통한 심정을 고백한— 의 마지막 구절을 이렇게 끝맺고 있다. '이 세상에서 내게 남은 유일한 진실은/ 내가 이따금 울었다는 것이다.' 울며 험한 길을 걷고 또 걷다보니 어느새 고희의 마루에 다다랐다. 오늘까지 나는 텅 빈 가슴에 스스로 무엇을 채워보려고 애를 썼다. 그러나 이제부터는 주님 곁에 깨끗한 '여백'으로 존재하고 싶다. 하나님이 그 여백에 어떤 그림을 그리고 무슨 글을 쓰실까, 생각만 해도 가슴이 뛰는 흥미로운 일이다.

생각 같아서는 다시 한 번 백지를 주님 앞에 드리고 싶지만 이미 주어진 삶을 살아온 자리에는 내 멋대로 남긴 부끄러운 흔적들로 가득차있다. 그러나 그 '흔적' 주변의 여백은 페이지마다 남아있다. 한 편의 글을 쓰고 나면 우리는 그 여백에 수정·삭제·삽입 등으로 퇴고를 하곤 한다. 주님께서 나의 남루한 흔적을 삭제하거나 퇴고해주시고, 아예 퇴고할 건덕지도 되지 않는다면 새로운 글이나 작은 그림이라도 그려주신다면 좋겠다는 심정이었다.

아호란 예술가들이 시문이나 서화 등에 본명 외에 '우아한 별호'로 붙여 쓰는 또 하나의 이름이다. 우리가 잘 알고 있는 추사 김정희 선생은 200여 개의 호를 갖고 있었다고 한다. 동양화가이자 수필가인 김용준(1904~1967) 선생도 여러 개의 아호를 갖고 있었다. 그 가운데 주로 쓰이는 근원近園이란 아호가 있다. 처음에는 '평생 남의 흉내나 겨우 내다가 죽어버릴 원숭이 같은 인간'이라는 생각에 근원近猿이라고 했다가 아무래도 '원숭이(猿)'라는 동물이 마음에 들지 않아 동산 원園자로 고치고 말았다는 것이다. 이름과 함께 아호는 더욱 그 사람이 지향하는 인생관이나 인품까지도 함께 드러내어 보여주는 것이 아닐까?

이삭의 아들 야곱은 우리가 익히 아는 대로 그 이름은 '발뒤축을 잡음·거짓말쟁이'란 뜻을 갖고 있다. 그는 20여 년을 외삼촌 라반의 집에 피신해 살다가 가나안 땅으로 돌아올 때 얍복 강변에서 밤새워 기도하고 '이스라엘(하나님과 겨루어 이긴 자)'이란 새 이름을 얻었다. 하나님은 거짓말쟁이며 사기꾼 같은 흔적을 지워버리기라도 하듯 영광스런 이름을 지어주신 것이다. "그가 이르되 네 이름을 다시는 야곱이라 부를 것이 아니요 이스라엘이라 부를 것이니 이는 네가 하나님과 및 사람과 겨루어 이겼음이니라."(창세기32:28) 야곱은 이름 그대로 새사람이 된 것이다.

나도 좋은 의미의 아호를 새로 만들고 싶었다. 이때 생각난 것이 '여백여白'이란 말이었다. 여백이란 옛사람들에게나 바쁘게 오늘을 살아가는 현대인들에게 무한한 아름다움과 꿈을 불러일으키는 빈자리이기도 하다. 나는 같은 뜻으로 순수한 우리말이 있는가 두루 살펴보았지만 찾아내지 못했다. ≪우리말은 재미있다≫는 표제가 붙은 책 450페이지를 한 장 한 장 끝까지 다 넘겨보았으나 여백의 뜻을 가진 옛말은 보이지 않았다. 빈터, 공터 등의 낱말이 생각났지만 여백의 의미와는 다른 것이다. 게다가 '여백'이란 보통명사는 너무 흔히 쓰이는 말이기에 아호로 쓰기에는 운치가 없어 보였다.

나는 같은 글자지만 순서를 바꾸어 백여白餘로 하면 어떨까 생각해보았다. '채소'가 '소채'로 통하는 것을 보면 못할 것도 없다. 한편으로 오랫동안 좋은 아호라 생각했던 백파가 '악명'으로 돌변(?)하는 일이 반복되지 않도록 국어사전을 확인하고 인터넷을 살펴보기도 했다. 인터넷 쇼핑몰 이름으로 '백여白余'가 있었다. 드라마 〈초한지〉의 '백여치' 역에서 '치'자를 빼고 '백여'로 만든 것이라 한다. 또 하나 성우 배한성 씨의 자字가 백여伯汝로 나와 있었다. 인터넷 검색 결과는 나쁜 의미도 없었고 한글로는 같은 소리지만 한자가 다르니 나와는 무관했다. 굳이 '白'자를 앞세우는 것도 처음 아호가 백파白波이니 白은 살리고 뒤의 한 글자만 바꾸면 친근감도 더하여 좋을 것이라는 생각이 들었다.

그동안도 백白 자는 언제나 내게 좋게 느껴졌다. 얼마 전 ≪부생육기浮生六記≫를 다시 읽을 때에도 백白 자가 눈길을 끌었다. 부생육기는 청淸나라 문인 심복沈復의 자서전으로 그의 아내 운芸에 대한 사랑의 추억을 기록한 것이며 '흐르는 인생의 찬가'라는 부제가 붙어있는 문고판 책이다. 어느 날 심복은 운에게 물었다. "당나라에서는 과거에 시로써 선비를 뽑았소. 그런데 그중에서 으뜸가는 시인으로 이백^{李白}과 두보^{杜甫}를 꼽을 수 있는데 그대는 어느 사람을 따르려 하오?" 운이 대답했다. "두보의 시는 공들여 다듬어지고 예술성이 순수한 것이고요, 이백의 시는 깨끗하고 산뜻하며 표현이 자연스러워요. 두보의 삼엄함보다는 이백의 활발함을 배우고 싶어요."

그리고 운은 다음과 같이 덧붙였다. "시의 체제가 근엄하고, 사상이 성숙된 것은 실로 두보의 독보적인 점이라고 할 수 있겠지요. 그러나 이백의 시는 마치 고야산(신선세계)에 있는 선인仙人같이 낙화유수의 멋이 있어 참으로 사랑스러운 것이어요. 그러니까 두보를 높이는 마음이 옅고 이백을 사랑하는 마음이 두터울 뿐이지요." 그리고 그녀는 그에게 처음 글을 가르쳐준 계몽사啓蒙師도 백낙천白樂天이라고 밝혔다. 이 말을 듣고 심복은 대답했다. "참 희한한 일이요. 이태백은 지기요, 백낙천은 계몽사요, 마침 나의 자字가 삼백三白인데, 또 그대의 낭군이 됐으니! 그대와 '백' 자와는 어찌 그리 인연이 많소?"

이를 보면 백白 자를 좋아하는 것은 나 혼자만의 생각은 아닌 것 같다. 세모에 한 해 동안의 어지러운 흔적들을 하얗게 덮어주는 서설을 기다리며 새로운 한 해를 시작하고 싶은 마음처럼 만년晚年의 언덕에서 눈 덮인 깨끗한 산야를 그려본다. 여백이란 어쩌면 버려진 공백일 수도 있다. 쓸 수 있는 자리는 다 쓰고 이제 자투리처럼 남은 자리로 무엇을 더 쓸 수 있을 것인가? 그러나 고희부터는 아직 아무것도 쓰지 않은 여백이다. 이 펼쳐질 여백을 주님께 드리고 싶은 것이다. 아니, 주님

곁에 그저 하얗게 비워진 자리가 되고 싶다. 그 빈자리에 주님의 '사인'
이라도 받을 수 있다면 얼마나 좋으랴? 사순절을 살면서 '여백'이 낳은
'백여'－새로운 아호를 생각하는 것이다.

무말랭이

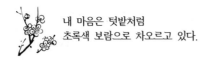

내 마음은 텃밭처럼
초록색 보람으로 차오르고 있다.

세 번째 무말랭이를 만들고 있다. 아니, 만들어지기를 기다린다. 내
가 뜻밖에 무말랭이를 만들게 된 것은 텃밭에서 거둔 많은 무를 보면서
옛날 할머니가 만들어주셨던 그 무말랭이―오그락지 맛이 생각났기 때
문이다. 베란다에서 말린 첫 번째 것은 마르기 전에 곰팡이가 피기 시
작했다. 지난해 12월초 텃밭에서 뽑은 무를 아내와 함께 새우깡 형태로
썰어 햇볕이 잘 드는 베란다에 대형 달력을 깔고 널었다. 하루 한두
번씩 저어주기도 하며 정성을 다했으나 몇 차례 비가 왔고 통풍도 제대
로 되지 않으니 무말랭이는 시커멓게 변하고 말았다. 나는 얼핏 시커멓
게 오그라든 것을 씻어서 무말랭이 요리를 하는 줄 생각했다. 3주쯤 지
나고 보니 잘 마르기는 했으나 곰팡내가 나서 먹을 수 없었다.

어느 날 한 할머니가 아파트 화단 옆에 돗자리를 깔고 무말랭이를 만들고 있는 것을 보았다. 며칠째 그대로 널려있어도 곰팡이는 피지 않았다. 곰팡이가 핀 것은 따뜻한 실내기온 때문이었다. 나는 온천시장에 가서 그물망으로 새장처럼 만든 4단 건조대를 사와서 두 번째 무말랭이 건조를 시도했다. 첫 번째 것에 실패한 것을 본 아내는 '쓸데없는 일'이라며 도와주지 않았다. 두 번째는 나 혼자서 굵은 무 세 개를 보기 좋게 썰어서 건조대에 넣고 베란다 난간 국기꽂이에 내다 걸었다. 사흘째 아침, 누가 훔쳐갈 수도 없을 텐데 밤사이에 무말랭이 건조대가 감쪽같이 사라졌다. 방충망을 밀치고 아래로 내려다보니 건조대는 아파트 화단에 굴러 떨어져 있었다. 지난밤 한파와 함께 세차게 불던 돌풍이 무말랭이 건조대를 떨어트린 것이다.

그다음부터는 건조대를 난간에 단단히 묶었다가 해가 지면 거둬들이곤 했다. 예상한 대로 무말랭이는 곰팡이도 피지 않고 잘 말랐다. 2주쯤 지난 뒤 나는 인터넷에서 무말랭이 레시피를 찾아냈다. 고추장(2T), 고춧가루(2T), 물엿(2 1/2T), 까나리액젓(1T), 참기름(1/2T), 다진 마늘(1/2T), 깨소금(약간) 등이 필요한 양념재료였다. 그리고 무말랭이 두 주먹 분량을 생강즙(1t)을 섞은 물에 20~30분 정도 불려서 잘 짜내고 준비된 마른 고춧잎과 함께 양념을 넣어 버무려야 한다는 것이다. 먹을 만큼 접시에 담아 그 위에 깨소금을 뿌리고 잘게 썬 대파를 얹으면 무말랭이 요리는 완성된다. 아내는 물엿 대신 올리고당과 까나리액젓을 시장에서 사왔다. 나는 생강즙과 고춧잎은 준비하지 못했기에 생략했고 매실액을 적당히 추가했다. 시식을 해보니 대성공(?)이었다. 무말랭이는 요즘 우리 집 식탁에서 입맛을 돋우는 일품요리이다.

엊그제 딸네집 식구들이 우리 집에서 함께 저녁식사를 했다. 아내와 내 앞에 놓인 무말랭이는 아직 좀 남아있는데 저들은 어느새 한 접시를 다 비웠다. 손주들에게까지 내 솜씨가 입증된 것이 기뻤다. "우리는 무말랭이 좀 안 주세요?" 딸아이가 말했다. 김장을 담글 때는 물론, 텃밭에서 고구마를 캐면 한 자루를 주고 상추와 풋고추, 토마토를 딸 때도 어김없이 나눠먹던 것을 이처럼 맛있는 무말랭이는 왜 좀 주지 않나 싶었던 모양이다. 텃밭은 내가 가꾸고 인심 쓰기는 언제나 아내의 몫이다. 아내는 세 번째 무말랭이가 다 마르면 잘 버무려서 절반씩 나누어 먹자고 딸아이에게 말했다. 나는 아내에게 조리하지 말고 무말랭이만 주어서 스스로 만들어 먹게 하라고 일렀다. 저들 내외가 손수 만들어 먹으면 재미를 곁들인 맛도 있거니와 엄마의 수고도 알 수 있을 것 같았기 때문이다.

내가 스스로 무말랭이를 만들어 보면서 어릴 적 할머니의 수고를 이제야 깨닫게 되는데 오늘날 젊은이들이 때때로 반찬을 만들어다 주는 부모들의 수고를 얼마나 알 수 있을까? 한 젓가락의 무말랭이 요리를 씹으며 생각해본다. 거름을 뿌려 텃밭을 갈아엎고 열흘쯤 지나면 무 씨앗을 뿌린다. 싹이 나면 솎아주고 벌레를 잡아주면서 김장용 무와 배추를 수확하기까지는 석 달이 넘게 걸린다. 게다가 왕복 한 시간 거리를 수없이 왕래해야 한다. 겨우살이 김장 못지않게 한 접시의 무말랭이를 맛있게 먹기 위해서도 끊임없는 정성을 기울여야 한다. 텃밭으로 가서 무구덩이에서 무를 꺼내온다. 철수세미로 흙을 깨끗이 씻어내고 껍질을 벗기고 규격을 맞춰 썰어야 한다. 세 번째 무말랭이는 아내가 껍질을 벗겨준 무 여섯 개를 나 혼자 써는 데만 한 시간 반이 꼬박 걸렸다. 어깨가 결리고 칼질하는 손아귀도 아팠다. 써는 것도 힘들거니와 옛날 시골마당 멍석에 널어 말리는 것보다 오늘날 아파트에서 무말랭이를 만드는 것은 어쩌면 더 어려운 것 같다.

요즘 젊은이들은 왜 그런 고생을 사서 하느냐고 말할지도 모른다. 마트에는 포장을 뜯어 데우기만 하면 바로 먹을 수 있는 음식들이 수없이 많다. 무말랭이뿐만 아니라 절인깻잎, 마늘장아찌, 더덕, 산채, 그리고 곰탕, 갈비탕, 된장국, 미역국까지 식료품코너에는 온갖 반찬들이 가득하다. 재래시장에서도 입맛대로 사다 먹을 수 있는 것들이 즐비하다. 그러나 몇 푼의 돈으로 어떻게 부모님이 만들어주시던 옛맛을 되찾을 수 있을까? 옛날에 먹던 음식 속에는 할머니와 어머니의 사랑과 손맛이 한데 버무려져 있었다.

맛을 들인 아내는 세 번째 무말랭이가 다 마르면 또 만들자고 말했다. 맛이 있다는 말도 듣기 좋지만 '만들기 앙코르'는 더없는 찬사가 아닐까? 엉뚱한 수고를 하는 것 같던 내 마음이 텃밭처럼 초록색 보람으로 차오르고 있다. 남새를 가꾸는 것은 수지를 따지면 언제나 밑지는 장사이다. 하지만 그 수고의 재미는 삶에 멋과 활력을 불어넣는다. 그후에도 몇 차례 만든 무말랭이는 아직도 냉동실에 조금 남아있다. 마른 오그락지를 그대로 씹어보아도 달콤한 맛이 입안에 감돈다. 매콤 달콤 고소하게 오도독오도독 씹히는 무말랭이는 잃어버린 입맛까지 되찾아주고 있다.

세상에서 가장 어려운 일

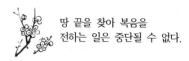
땅 끝을 찾아 복음을
전하는 일은 중단될 수 없다.

"여보, 신문을 만드는 일은 세상에서 가장 어려운 일이오." 내가 신문사에서 일할 때는 아내에게 이렇게 토로했었다. 굳이 그 이유를 든다면 마감시간에 쫓긴다는 것을 그 첫째로 꼽을 수 있다. 그래서 마음먹은 대로 내용을 충실하게 하거나 문장을 잘 다듬을 수 있는 충분한 시간을 갖지 못하는 아쉬움이 따른다. 완성된 원고마저도 편집사정에 따라 가차없이 잘려나가는 것이 그 다음 이유라고 할 수 있다. 실제로 더 큰 문제들은 하나하나 설명하기조차 어렵다. 그럼에도 불구하고 나는 12년 동안을 기사를 쓰며 신문을 만드는 일을 하며 살았고 10년 근속 표창을 받기도 했다.

그 후 목회자가 되고 나서는 "목회야말로 세상에서 가장 어려운 일"이란 말을 아내에게 자주 늘어놓았다. 그때마다 아내는 "당신은 자기가 하는 일은 뭐든지 세상에서 제일 어렵다고 말하는군요."라고 핀잔을 주었다. 그리고 아내는 자기도 아이들을 가르치는 교사의 일이 참으로 어려웠다고 말했다. 세상에 어렵지 않은 일이 어디에 있으랴만 목회야말로 세상에서 가장 어려운 일임에는 틀림없는 것 같다. 목회가 어렵다는 것은 가장 가까이 있는 아내마저도 제대로 알아주지 못한다.

나는 두 번째 교회에서 10년을 목회하는 새로운 은혜를 입게 되었다. 한 교회에서 목회 10년! 도무지 잘 변하지 않는 강산이 변한다는 긴 세월이다. 하나님은 나를 통해 또 한 번의 놀라운 일을 행하신 것이다. 죽기까지 주님을 따르며 헐벗고 굶주린 사람들과 함께 살아가도록 다짐하며 목회 길을 출발했지만 목회가 너무도 답답하여 현장을 벗어나고 싶었던 기억을 떠올리면 나의 모습이 너무도 부끄럽다. 순간순간 주님의 강하신 손으로 붙들어주지 않았다면 오늘의 나는 있을 수 없었으리라.

목회 연륜이 더해갈수록 한 교회에서 20년, 30년을 목회한 선배들을 보면 저절로 고개가 숙여진다. 그리고 끝없는 인내로 아픔을 참았을 그들의 멍든 가슴들을 헤아려 본다. 교회의 어려움은 대부분 하나님의 일을 바르게 하고 더욱 잘하려고 하는 데서 찾아오는 것 같다. 게다가 한 가지 일에 대한 다양한 교회구성원들의 견해와 이해의 폭이 천차만별이기 때문에 교회의 일은 어려워질 수밖에 없는 숙명을 지닌 것 같다. 그래서 선배 목회자들은 되도록이면 새로운 일들을 벌이지 않는 것이 어려움을 피하는 상책이라고 말한다. 그러나 그렇게 말하는 목회자들도 실제로는 그렇게 하지 못한다. 할 일이 너무도 많기 때문이다.

나에게도 그런 어려움이 있었다. 부임 1년 만에 새 성전을 1년 앞당겨 착공하고 감격적인 입당예배를 드리고 나서는 쓰러지고 말았다. 나는 그때 2~3개월 동안 강단에 서지 못하고 교회를 떠나 멀리 동해안 조그만 마을에서 요양을 했던 일이 있었다. 회복하고 나서도 나는 2세 교육의 필요성과 다음 세대를 위한 준비를 계획하고 다목적 선교관 건축을 위한 건축위원회를 조직했다. 3년 동안 마음을 모아 기도하며 정성을 다했지만 끝내 그 계획은 무기한 유보되고 말았다. 모든 것을 뿌리치고 어디든지 떠나고 싶은 마음이 나를 사로잡을 때도 있었다. 그러나 신학교 시절에 들었던 '예수님보다 목회를 더 잘하려고 생각하지 말라.'는 말을 되새기며 인내할 수 있었다

그럼에도 불구하고 나는 또 하나의 일을 펼쳤다. 그것은 본 교회 70년사 편찬 작업이었다. 한 집사님을 앞세워 현장취재를 하고, 교회 창립년도를 재정리하고, 한 장로님이 집필을 맡아 각종 회의록을 정리하며 마침내 교회사를 출판할 수 있었다. 이것은 예산은 얼마 되지 않지만 그 의미는 교회당을 건축하는 것보다 더 소중한 일이라고 말하고 싶다. 그리고 교회의 협조로 나는 장신대와 맥코믹 신학교의 공동 프로그램인 목회학 박사과정 공부를 시작했다. 3년 후에는 '축제적인 예배와 청소년 선교전략'이란 주제의 논문으로 목회학 박사학위를 취득할 수 있었다. 이것을 계기로 나는 미국과 캐나다를 여행하며 세계적인 교회를 돌아보고 목회견문을 넓힐 수 있는 은혜를 누렸다.

더욱 크신 은혜는 내 생애 첫 수필집을 낸 것이었다. 괴테는 불후의 명작 〈파우스트〉를 58년이나 걸려 집필했다고 한다. 나는 58년 만에

내 생애 첫 수필집을 낸 것이다. 나는 어디에서건 수필집 출판기념회를 갖고 싶었다. 그 생각은 나의 목회 10년이 되는 지난 3월 16일 본교회당에서 '10년 근속 감사예배 및 출판기념회'로 이루어졌다. 이 일은 내가 미리 계획한 일은 아니었다. 수필집은 지난해 8월에 원고를 넘기고 그해 10월이나 아무리 늦어도 12월초까지는 책을 내려고 계획한 것이 연말의 일들과 여러 사정으로 해를 넘기게 되었다. 책이 나온 뒤에도 아내와 나는 교회 밖에서 조촐한 출판기념회를 할 수 있으면 좋겠다는 생각을 하고 있었다. 그런데 뜻밖에 출판기념회를 교회에서 성도들과 함께 하는 쪽으로 마음이 기울었고 거기에 10년 근속 감사가 덧붙여진 것이다.

이 모든 것은 어떻게 하나님께 감사드리며 어떻게 성도들에게 고마움을 표할 수 있을까 하는 데서 비롯되었다. 하나님을 기쁘시게 하기 위해서는 예배드리는 일이 필요하며, 수고하는 성도들에게 감사하는 일은 그들을 대접하는 일이다. 크든 작든 목회자는 언제나 대접하기보다는 대접받는 쪽에 속한다. 오늘까지 10년 동안 줄곧 대접을 받아왔으니 교인들을 한번 잘 대접하는 것이 좋겠다는 것이 아내와 나의 마음이었다. 일체의 비용은 내가 부담했다. 내가 이런 행사로 성도들의 사랑의 빚을 다 갚을 수는 없지만 이렇게 함으로써 근속 10년의 매듭을 지어보고 싶었던 것이다.

주님이 맡기신 양떼들, 성도들에게 나는 감사할 일이 너무도 많다. 비닐하우스에서 해가 뜨고 지는 삶을 살아가는 대저 들녘 사람들, 이 지역 교회들 중에서 가장 어려운 생활환경에 처해있는 사람들이 우리

교회 성도들이다. 해마다 추수 때가 되면 처음 수확한 햅쌀을 무겁게 한 자루씩 우리 집에 가져다주시는 권사님이 계신다. 여러 성도들이 "목사님, 이것은 농약을 치지 않고 재배한 것입니다."라고 하며 자주 무공해 채소를 공급해주고 있다. "이 꽃은 처음으로 수확했는데 강단에 꽂게 해 주십시오" "목사님, 이것은 처음 딴 과일입니다. 목사님 잡수세요." 마치 주님을 대접하듯 목사를 대접하는 사람들이 이곳에 살고 있다. 때로는 너무 정직해서 난처할 때도 있지만 그들의 순박한 인정은 목회자를 위로하기에 모자람이 없었다.

올해로 '전도하는 제자의 삶'을 시작한 지 2년째. 우리 곁의 땅 끝을 찾아 복음을 전하는 일은 중단될 수 없다. 한 생명을 구하는 일, 세상에서 가장 어려운 일은 그날이 올 때까지 중단되어서는 안 될 것이다.

아내는 여행을 떠나고

혼자서 설거지하며
휴가(?)를 즐기는 것이다.
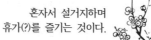

혼자서 저녁식사를 끝내고 설거지를 하며 즐거워한다. 노란 수세미에 세제를 묻히고 밥그릇에 붙은 찌꺼기를 닦아내며 재미를 느낀다. 깨끗한 물로 거품을 헹궈내고 무늬가 박힌 하얀 그릇의 원형을 찾아내는 솜씨, 일종의 성취감이라고 할까? 날마다 아내가 하는 설거지를 바라볼 때면 재미없고 힘들겠다는 생각을 했는데 직접 해보면서 뜻밖의 기분을 맛보고 있는 것이다. 오늘 아침 아내가 1박2일로 대학동기회 여행을 떠나고 혼자서 밥을 챙겨먹으며 느끼는 감정이다. 아내는 쳇바퀴 같은 집을 떠나 휴가의 기분을 느낄 것이지만 나는 나대로 오붓한 분위기 속에 빠진다. 늘 함께 있다가 하루 이틀 떨어져 있는 것이 내게도 모처럼의 휴가기분을 불러일으켰다. 게다가 설거지하는 즐거움이라니ㅡ.

달포 전 아내가 한 주간 동안 일본으로 합창동호회 연주여행을 떠났을 때도 그 같은 기분을 맛보았다. 아내가 만들어놓은 곰국이며, 쇠고기 장조림이며, 구워놓은 생선이며, 갖가지 반찬을 먹고 싶은 대로 찾아먹는 것도 재미라면 재미이다. 식사 후의 설거지도 혼자서 할 일로는 '심심풀이 땅콩'처럼 즐거운 일이 아닐 수 없었다. 은퇴한 어떤 남자는 집에서 요리하는 데 재미를 붙이고 마침내는 정식으로 요리학원에 등록하여 모든 것을 배웠다고 한다. 그리고는 아내에게 "이렇게 재미있는 일을 당신 혼자서 독차지했느냐?"고 시샘처럼 말했다는 것이다. 아마도 새로운 일을 경험하는 데서 오는 특별한 기분이 아닐까?

모든 것이 준비되어있는 데서 간섭받지 않고 혼자 지내는 것은 그 자체가 하나의 즐거움이 될 수 있다. 아내가 없는 동안 집에서 먹는 밥이 싫을 때는 내가 좋아하는 칼국수를 사먹기도 하고, 운전기사들이 즐겨 찾는 시락국밥집에 갈 수도 있었다. 그럴 때는 또 설거지하는 부담에서 놓여나는 것이 좋았다. 그러나 어쩌다 아침 먹은 그릇을 그대로 싱크대에 담가두고 점심때와 저녁 먹은 그릇까지 쌓이면 사정은 달라진다. 그렇다고 식기세척기를 돌릴 분량은 되지 못하기에 손으로 씻어야 했다. 설거지 분량이 많아지고 같은 일이 반복되면서 처음의 즐거움은 차츰 시들해지기 시작했다. 3,4일이 지나니 약간은 귀찮아진다는 생각이 들었고 아내가 어서 돌아오면 좋겠다는 마음이 고개를 내밀었다.

이런 유머가 생각난다. '나이 먹은 중년 여자에게 필요한 것 세 가지는 첫째는 돈, 둘째는 딸, 셋째는 친구'이며, '나이 든 중년 남자에게 필요한 것 세 가지는 첫째는 아내, 둘째는 마누라, 셋째는 부인'이라는 것이다. 나이 든 여자에게 남편은 '선택과목'이지만 은퇴하여 집으로 들어오는 남자에게는 아내가 '필수과목'이란 얘기다. 바깥일의 전문가는 남편일 수 있지만 집안일의 전문가는 아내이기 때문이다. 처음 하는 일이나 새로운 일은 호기심에서도 재미를 느낄 수 있지만 똑같은 일을 매일 반복한다는 것은 귀찮은 일이 될 수밖에 없는 것 같다. 그러나 우리 어머니로부터는 한 번도 설거지가 귀찮다는 말을 들어본 적이 없다. 아들만 다섯을 길러낸 어머니에게 그런 얘기를 들어줄 딸이 없어서일까? 그런 말을 할 겨를이 없을 만큼 바빴을까? 물건을 펼쳐놓는 것보다 정리하는 것이 힘들고, 일을 벌이는 것보다 마무리하는 것이 더 신경이 쓰이듯 어머니도 허구한 날 설거지하는 것이 즐거운 일은 아니었을 것이다. 그럼에도 불구하고 어머니는 자식들 치다꺼리와 설거지를 사명처럼 감당했었다. 집안을 쓸고 닦고 식구들을 챙겨 먹이는 일들은 모든 어머니들의 몫이다.

"밥하는 것보다 설거지하는 것이 더 귀찮구나." 아들을 객지에 내보낸 할머니로부터 자주 듣던 말이다. 할머니 친구들이 우리 집에 놀러왔을 때도 그런 말을 했었다. 밥 먹고 나면 우렁이 각시가 와서 설거지를 좀 해주면 좋겠다는 것이었다. 아내도 설거지가 귀찮으면 가끔 우렁이 각시 얘기를 한다. 옛날엔 '밥하고 설거지하는 것이 귀찮아지면 며느리 볼 때가 되었다.'는 말을 했다. 요즘은 아들 며느리가 여럿 있어도 시부모를 모시고 살려고 하는 젊은이들은 찾아보기 어렵다. 또 시어머니들은 며느리 시집을 살아야 한다면서, 아들 며느리가 함께 살려고 해도 거부하는 경우가 많다고 한다. 설사 함께 산다고 할지라도 젊은이들은 맞벌이를 하거나 사회적인 활동이 많기 때문에 시어머니나 친정어머니가 살림을 도맡아 설거지까지 해주며 옛날의 치다꺼리를 계속해야하는 처지가 되었다.

젊은이들이 살림 사는 것이 힘든다고 말하면 나이 든 어른들은 말한다. "빨래는 세탁기가 도맡아 하고 설거지도 식기세척기가 다 해주는데 뭐 힘 드는 일이 있느냐?"고. 젊은이들이 장 담그기나 음식 만들기가 어렵다고 푸념하면 우리 할머니는 "남의 속에든 글도 배우는데 무엇이 어려워?"라고 말씀하셨다. 한겨울에도 냇가의 얼음을 깨고 맨손으로 빨래를 했다는 할머니의 말씀은 격세지감이 있다. 내피까지 붙어있는 고무장갑에 따뜻한 물을 틀어놓고 FM음악을 들으며 설거지를 하는 것, 그건 옛날에 비하면 호사가 아닐 수 없다.

세상이 변한 것은 그것만이 아니다. 이제는 설거지나 어떤 일에 남녀의 몫이 따로 없게 되었다. 똑같이 직장에 출근하는 맞벌이 부부는 서로가 가사를 분담하고 아니면 당번제로 해야 할 만큼 모두가 바쁜 생활이 되었다. 목회를 하면서 남편도 가사를 분담하거나 식사 후의 설거지를 도와줄 수 있어야 한다고 설교를 했었다. 말씀을 실천하는 의미로 나도 이따금 아내가 학교에서 퇴근이 늦거나 외출했을 때는 말끔히 설거지를 해준 적도 있었다. 그럴 때는 감격하는 아내로부터 과분한 인사를 받기도 했고 그것이 교인들 입에 얘깃거리로 오르내리기도 했었다. 남편들이 아내에게 그러한 감격을 좀 더 자주 안겨줄 순 없을까? 요즘 여러 교회에서는 남선교회 회원들이 점심시간에 여전도회 회원들의 주방 설거지를 대신해주는 아름다운 모습을 보게 된다.

그러나 옛날의 남자들은 여자의 일을 거들어 주는 것을 부끄러움으로 여겼다. 어른들은 남자가 부엌에 들어가는 일은 남자답지 못하다고 가르쳤고 여자들도 그것을 당연한 일로 받아들였다. 일부다처제인 마사이족들은 예로부터 남자는 바깥에서 사냥을 하거나 가축을 기르는 일을 하고 여자들은 집안일을 돌보았다고 한다. 첫째, 둘째, 차례로 아내를 맞아들이면 그들은 손수 쇠똥으로 자기가 살 집을 짓고 함께 집안일도 했다고 한다. 오늘날은 문명의 물결이 흘러들면서 남자들이 하던 바깥일은 줄어들거나 할 일이 없어지기도 했다. 그럼에도 불구하고 마사이 남자들은 집안일은 거들지 않고 빈둥빈둥 놀고 지낸다는 것이다.

　우리나라 남자들도 마사이족 남자들과 같은 생각을 하고 있는 것은 아닐까? 남자들에게도 요리하는 것과 설거지가 하나의 즐거움이 될 수 있다. 그것은 부부가 서로 도우며 어떤 일이나 함께하는 것이다. 나도 차츰 설거지를 할 때가 많아지는 것 같지만 아내가 집을 비울 때는 내가 요리학원에 가지 않아도 될 만큼 모든 것을 준비해놓는 것이 고맙다. 아내는 '휴가'를 떠나고 나는 오늘 혼자서 설거지하며 휴가(?)를 즐기는 것이다.

결혼예물

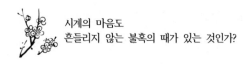

시계의 마음도
흔들리지 않는 불혹의 때가 있는 것인가?

　야구중계를 볼 때면 타자들의 헬멧에 쓰인 '처음처럼'이란 하얀 글자
가 클로즈업 될 때가 자주 있다. 선수들은 그런 마음으로 안타를 치고
홈런을 날리고 싶을 것이다. 처음 믿음! 처음 사랑! 처음 것들은 모두가
아름답고 귀하게 보인다. 순수하고 믿음직하고 열정적이며 흔들리지
않는 마음들ㅡ. 사람들의 초심이 변치 않았다면 이 세상도, 우리들의
삶도 지금보다는 한 차원 높아졌을 것이라는 생각을 해본다. 바라던 대
학의 1학년이 되었을 때의 꿈과 결심, 사회의 초년생으로 첫발을 들여
놓을 때의 그 감격과 다짐은 불가능한 것이 없어 보일만큼 사람들에게
용기로 가득 채워준다.
　특히 결혼하는 남녀에게 처음마음보다 더 아름다운 것이 있을 수 있
을까? 아무도, 아무것도 부럽지 않고 오직 두 사람만 있으면 모든 것이

충족되고 무엇이나 해결될 것 같은 희망이 언제나 샘솟는다. 사람들은 그런 바람으로 첫출발을 하고 그 같은 생각으로 가정을 꾸려간다. 이러한 마음은 결혼예물에 새겨져 있다. 그 마음이 영원토록 변치 않기를 바라며 신랑은 금반지나 다이아몬드 반지를 신부의 손가락에 끼워주고, 신부는 신랑의 손목에 좋은 시계를 채워준다. 시곗바늘이 아무리 돌고 돌아도 중심축을 벗어나지 않는 것처럼 신랑의 큰 꿈이 땅 끝까지 달려간다 할지라도 그의 중심은 언제까지나 신부를 떠나지 않기를 바라는 마음이 그 예물에 담겨있다.

결혼을 앞두고 예물을 준비하러 두 사람이 함께 국제시장 근처의 금은방에 갔을 때 그 주인은 내게도 반지를 권했다. 우리 회사원들 가운데도 작은 보석이 여러 개 박힌 금반지를 결혼예물로 받아 끼고 다니는 사람들이 있었다. 그러나 아무리 생각해도 남자가 반지를 낀다는 것이 부끄러워 나는 끝내 사양하고 말았다. 나중에 알고 보니 그 반지는 아내의 오빠가 결혼선물로 해주는 것을 거절하는 실례를 범하고 말았다. 끼지 않고 받아두기만 해도 나중에 다른 용도로 사용할 수 있다는 것을 미처 생각하지 못했다. 나는 불필요한 반지를 받아두는 것을 낭비로만 생각하고 있었던 것이다.

내가 아내에게 해준 예물 가운데는 반지 외에 한 냥쭝이 되는 금팔찌가 특별히 기억에 남는다. 평소에 별로 쓰이지 않는 것인데도 결혼예물에는 포함되어야 한다고 사람들이 말했고 아내도 금팔찌 예물을 당연한 것으로 받아들였다. 아내가 금팔찌를 낀 적은 거의 없었지만 그것은 필요할 때 현금처럼 요긴하게 쓰일 수가 있었다. 결혼 3년이 되었을 때

우리는 서랍 속에 잠자고 있던 금팔찌를 팔아 처음으로 흑백TV를 구입
했다. 아내는 때때로 단지 부끄럽다는 이유로 값비싼 예물반지를 거절
한 나의 순진함을 놀려대곤 했다.

아들이나 딸을 결혼시키는 가정들의 얘기를 들으면 예단·예물을 장
만하는 것 때문에 양가의 관계가 소원해질 때가 많다고 한다. 딸을 시
집보낼 때 우리도 경험한 적이 있다. 그러나 우리가 결혼 할 때는 예단
이나 예물 때문에 관계가 이상하게 되지는 않았던 것 같다. 아내는 다
이아3부를 받는 것이 불만이었지만 그것은 맏며느리와 같은 수준으로
할 수밖에 없다는 나의 설명을 수긍했다. 그러나 우리는 당시에는 오늘
날의 해외여행보다도 더 멀리 보이던 제주도로 신혼여행을 갈 수 있었
다. 육지로 출입하는 제주도민들이 노선버스처럼 이용하는 비행기를
나는 그때 처음 타보았다.

나는 반지는 사양했으나 뜻밖에 손목시계는 좋은 것을 결혼예물로
받았다. 회사 친구들은 나의 롤렉스시계를 보며 몹시 부러워하는 것 같
았다. 솔직히 나는 그때 어떤 시계가 좋은 것인지 알지 못하고 있었다.
시계점을 경영하는 아내의 친척집에 갔을 때 우리는 크라운 로고의 롤
렉스시계를 권유받았다. 시계값은 3만5천 원이었던 것으로 기억한다.
당시 신문기자인 나의 월급이 1만8천 원이었고, 초등학교 교사인 아내
는 2만 원을 받고 있었다. 아내는 나의 두 달 월급에 버금가는 값의
시계를 내게 선물하면서 마냥 기뻐하고 있었다. 그것은 처음사랑의 표
시였다. 좋은 시계는 한동안 값도 떨어지지 않았다. 결혼 후 2년이 지나
그 시계점에 들렀을 때 주인은 구입할 때 가격의 배가 되는 7만 원을

받아줄 테니 팔겠느냐고 말했다. 다시 몇 년 후에 만났을 때는 그 배가 되는 15만 원을 받을 수 있다며 팔도록 제의했다. 아마 정식으로 수입이 허락되지 않았던 롤렉스시계를 찾는 사람들이 많았던 것 같다.

결혼한 지 올해로 42년이 되지만 결혼예물시계는 내 손목에서 째깍째깍 잘도 가고 있다. 유리가 너무 긁혀 갈아 끼우고, 줄이 낡아 끊어져 바꾸고, 언젠가 바닥에 떨어트려 고장난 자동태엽장치를 갈아 넣기는 했으나 여전히 시계는 소임을 성실히 감당한다. '롤렉스시계는 대를 물린다.'는 말을 실감하고 있는 것이다. 처음 차고 다닐 때 시계는 두 주일쯤 지나면 1분 정도 빨라지고 있었다. 20년쯤 지났을 때는 반대로 조금씩 늦어지는 것이었다. 40년이 되면서 시계는 거의 정확하게 가고 있는 것 같다. 시계의 마음도 흔들리지 않는 불혹의 때가 있는 것인가?

오늘도 롤렉스시계는 옛 모습 그대로지만 모든 것이 변했다. 나의 새까맣던 머리칼은 희게 변했다. 한동안 염색을 했으나 고희를 맞으면서 자연의 모습을 그대로 받아들이기로 했다. 아내의 머리카락도 염색을 하지 않으면 반백이 넘을 것이다. 세월 앞에 변하지 않는 것은 아무것도 없다. 모습이 변하고 마음이 변하고 산천이 변하고 시대가 몰라보리만치 변화를 거듭해왔다. 그럼에도 불구하고 시계는 여전히 처음처럼 잘 돌아가고 있다. 한 생애를 살아오면서 초창기에는 철없이 기 싸움을 벌이기도 했었다. 때로는 이스라엘백성들이 광야 길을 방황하던 것처럼 삶의 지혜를 찾아 먼 길을 돌기도 했다. 그러나 이제 우리의 마음은 '처음처럼' 제자리를 찾아 돌아오고 있는 것 같다.

결혼기념일

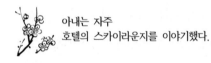

아내는 자주
호텔의 스카이라운지를 이야기했다.

　결혼1주년을 기념하는 것이 지혼식紙婚式이란 것을 결혼 40주년에 알
았다. 자기 생일도 스스로 챙기지 못하는 사람이 결혼기념일을 잊어버
리는 것은 어쩌면 당연한 것인지도 모른다. 아내는 결혼 1주년을 손꼽
아 기다리며 남편이 멋진 장소에서 기념식(?)을 치러줄 것을 기대했던
것 같다. 1주년이 되는 그날은 아내의 요청에 따라 분위기 있는 곳에서
조촐한 식사를 했던 기억밖에 없다. 결혼 2주년에도 잊어버리고 있다가
아내의 기대에 부응하지 못했다. 어쩌면 남자가 결혼기념일을 지키는
것이 쑥스럽다고 생각했는지도 모른다.
　결혼이란 두 사람이 하는 것이고 그 기념도 함께 챙겨야 의미가 있을
것이다. 아내와 내게 결혼기념일은 이미 기념일이 되지 못한 지는 오래
되었다. 한 사람이 잊어버리는 결혼기념일은 차츰 흐지부지되고 말았

다. 1988년 올림픽이 열리던 해 부모님의 금혼식金婚式을 기념하며 결혼기념일의 소중함을 어렴풋이 깨달았던 것 같다. 그 후 우리는 25주년이 되는 은혼식銀婚式을 맞아 해운대가 한눈에 내려다보이는 레스토랑에서 함께 식사를 한 것이 그래도 기념일을 지킨 기억으로 남아있다.

벌써 40년! 두 사람이 선을 보고 달포가 좀 지난 12월 중순, 한 살이라도 더 먹기 전에 우리는 결혼식을 올렸다. 그리고 그때는 해외여행만큼이나 멀리 보이던 제주도로 신혼여행을 떠났다. 이스라엘 백성들이 광야를 방황한 세월에 해당하는 햇수를 걸어왔지만 '그 연수의 자랑은 수고와 슬픔뿐'이었다. 부모님의 은혜를 잊지 못한다는 것은 때로 말하는 것 자체가 불경스러운 일인지도 모른다. 늘 한쪽 구석이 모자라는 남편 곁을 고이 지켜준 아내가 고맙다는 생각을 나는 언제부터인가 하게 되었다. 아내의 고마움을 생각할 때 그 첫 번째로 떠오른 것이 결혼기념일이었다. 결혼 40주년은 녹옥혼식綠玉婚式―에메랄드혼식이라 한다. 한편으로 비취옥이라고도 불리는 에메랄드는 짙은 초록색을 띤 경옥으로 붉은 점이 있는 것을 비옥이라 하고, 푸르기만 한 것을 취옥이라 부른다. 에메랄드의 화사함을 보면 금혼식보다 더 의미를 부여할 수 있는 것이 결혼 40주년 기념일이라는 생각도 해본다.

나는 좋은 호텔에서 맛있는 것을 먹으며 하룻밤을 지내는 것이 내가 할 수 있는 최선의 결혼기념일 행사라 생각했다. 아내는 결혼 초에 자주 호텔의 스카이라운지를 이야기했기 때문이다. 이런 생각을 한 지가 한두 달 전이었다. 그러나 40주년 기념일이 다가오면서 생각이 바뀌었다. '신혼 여행지를 걸어보자.' 아내와 나는 마음을 같이하여 일찌감치 비행기 표를 예매했다. 그리고 3년 전 걸어본 올레길을 계속해서 걷도록 계획을 세웠다. 2주 전에는 4코스 출발점 근처에 있는 게스트하우스 '하얀 언덕'에 예약을 했다. 결혼기념일인 12월 18일에는 교회에서 주일예배를 드리고 이튿날 오전7:30 제주행 비행기에 올랐다.

40년이 지나도 그때의 기억은 생생했다. 나는 결혼식을 마치고 비행기에 올라 비로소 아내의 손을 잡아보았다. 비행기가 착륙할 때까지 손을 놓을 줄 모르는 나의 행동이 오히려 이상하게 생각되었다고 아내는 후에 말했다. 왜냐하면 한 달 남짓 데이트를 할 동안 한 번도 손을 잡거나 몸의 어떤 부위도 접촉하지 않았기 때문이다. 데이트 중 한 번도 팔짱을 끼지 않았던 것은 아내도 마찬가지였다. 두 사람의 데이트는 늘 평행선이었다. 데이트를 하면서 손 한번 잡아주지 않는 나를 두고 아내의 친구들이 "좀 이상한 사람이 아니냐."라고 말하더라는 얘기도 들었다.

등산복차림으로 결혼 40주년 기념여행에 오른 아내와 나는 이번에는 올레길을 산책하듯 여유롭게 걸어보기로 했다. 우리는 예약한 게스트하우스 주인을 올레길 4코스 출발점에서 만나 짐을 맡기고 오전 10시 표선리 해변에서부터 걷기를 시작했다. 부산에서 왔다는 한 팀의 아가씨들과 앞서거니 뒤서거니 걸었지만 올레길은 한산한 편이었다. 공항에서부터 게스트하우스까지 우리를 태워다준 택시기사는 4코스는 22.9㎞로 19개의 올레길 코스 가운데 가장 길다고 귀띔해 주었다. 아내와 나는 지리산 종주 때 하루 13시간을 걸었던 기억을 떠올리며 자신감에 차 있었다.

날씨는 바람도 없이 포근한 편이었고 파도가 없는 검은 바닷가를 걷고 또 걸었다. 멀리 한라산 정상에는 눈이 하얗게 쌓였지만 길가에는 머위꽃과 코스모스가 피어있는 곳도 있고 오솔길과 해변 바위틈에는 해국이 짙은 향기를 날리고 있었다. 제주도는 온통 밀감밭으로 이어져 있다. 끝나면 또 밀감밭이 나타나고 사라졌는가 하면 저만치서 올레꾼들을 기다렸다. 이따금 보이는 밭에는 무가 한창 자라고 배추도 푸른 잎새를 자랑하며 마치 늦가을 같은 정취를 자아내고 있었다. 4코스의 절반지점인 망오름의 길은 굵다란 어선용 로프로 망을 엮어 길이 끝나기까지 바닥에 깔아놓은 것이 너무도 인상적이었다.

동지가 내일모레이니 해는 짧아질 대로 짧아졌기에 우리에게 남은 시간은 얼마 되지 않았다. 현재의 속도대로라면 어두워지기 전에 종점까지 가기가 어렵다는 생각이 들자 여유로운 마음은 사라졌다. 우리는 속도를 빨리했다. 처음 시작할 때는 오른쪽 무릎이 약간 결리었는데 갑자기 빨리 걷기 시작하자 왼쪽 대퇴부도 조금씩 아프기 시작했다. 아픔을 참으며 속도를 조절했지만 통증은 갈수록 심해졌다. 마침내 왼쪽다리는 걸음을 옮길 수 없을 만큼 아파왔다. 근육에 이상이 온 것이었다. 우리는 4코스 중간쯤에서 만난 제주도 일주도로에서 종점까지 가려던 마음을 접고 뭉친 근육도 풀 겸 택시를 타고 찜질방으로 향했다. 택시에 올랐을 때 우리는 북한 김정일의 사망 소식을 들었다. 또 한 번 한반도의 역사기 굽이치는 순간이었다. 아내는 찜질방을 좋아했지만 내게는 별 효과가 없었다. 어두워서 숙소에 돌아오니 다리는 더 아팠다. 파스를 발랐지만 이튿날 아침까지도 통증은 가시지 않고 걷기조차 힘이 들었다. 걷지 않는 제주도 체류는 우리에게 의미가 없었다.

아내는 체념하고 집으로 돌아가자고 말했다. 우리는 하는 수 없이 부산행 비행기 표 일자를 앞당겨 그날 오후에 귀가하기로 했다. 예상치 못한 일로 마음은 찜찜했다. 오후 7:10까지 남은 시간을 기다리며 우리는 숙소주변을 산책하려고 나섰다. 아내는 아쉬움 때문인지 "지금 걷는 것을 보니 올레길을 계속 걸어도 되겠다."고 말했다. 다시 생각해보면 결혼 40주년 기념여행을 이렇게 끝낸다는 것은 말이 아니었다. 나는 도중에 주저앉더라도 모험을 해보기로 작정하고 공항에 전화를 걸어 비행기 시간을 원래대로 바꿔놓았다. 숙박을 취소했던 숙소도 계속하겠다고 주인에게 부탁하고 나는 절뚝이며 아내와 함께 숙소를 나왔다. 우리는 어제 중단했던 지점까지 택시를 타고 가서 걷기를 계속했다. 이날은 14.7㎞인 5코스 절반지점까지 걸었다. 나는 왼쪽 다리를 끌다시피 하며 고난의 기념여행을 계속했다.

처음에는 3박4일의 일정 가운데 4코스에서 7코스까지 네 코스를 가도록 계획했지만 걸을 수 있는 데까지 걷다가 안 되면 그만두기로 마음을 바꾸었다. 마음을 비우니 걷기의 즐거움을 되찾을 수 있었다. 목표 달성이 문제가 아니라 단지 걷는 데 목적을 두니 몸도 마음도 편해지는 것 같았다. 둘째 날에는 신혼여행 때 했던 것처럼 몇 평소 고마운 분에게 천혜향 밀감 1상자씩을 택배로 보냈다. 마지막 넷째 날은 5코스 남은 길을 걷고 오후에는 공항으로 향하려고 생각했다. 그러나 얼마 걷지 않아 6코스의 출발점인 쇠소깍을 만났고 우리는 계속 걸어서 6코스의 종점인 외돌개까지 갈 수 있었다. 외돌개 입구에는 '대장금 촬영지' 팻말이 세워져 있었고 중국 관광객이 많이 몰려와 있었다. 우리는 신혼여행 때 외돌개를 배경으로 사진을 찍었던 기억을 떠올리며 역광 속에서 기념촬영을 했다. 처음 계획했던 것보다는 한 코스가 줄었지만 세 개의 코스를 답파했다는 것이 흐뭇했다.

서귀포에서 리무진을 타고 공항으로 이동하면서 나는 주님께서 내 다리를 어루만져주셨다고 생각하며 감사했다. 그리고 새삼 기념의 가치를 되새겨 보았다. 기념이란 시간이 흐르면 흐를수록 더욱 소중해지는 것인가. 애굽을 나온 이스라엘 백성들은 광야의 여정 속에서 곳곳에 기념비를 세워 하나님의 사랑과 도우심을 기념했다. 예수님께서도 십자가의 죽으심을 기념하도록 당부하셨다. 기념해야 할 일을 챙기는 것은 쑥스러운 일이 아니다. 기억해야 할 기념일을 잊어버린 일이 오히려 부끄러운 일인지도 모른다. 그러나 역시 기념일은 오랜 세월이 지나서 챙기는 것이 더 어울리고 의미가 있다는 생각에는 변함이 없다.

나는 올레길을 걸으면서 기념해야 할 일들은 언제나 오솔길처럼 아름답다는 생각을 했다. 잘 닦인 넓은 길이나 고속도로는 쓰면 쓸수록 낡아지지만 오솔길은 걸으면 걸을수록 낡아지지 않고 더욱 새로워지는 것을 보았다. 남은 길이 얼마 되지 않으면 지나온 길을 돌아보기 마련이다. 이제는 기념의 오솔길을 자주 걷고 싶어진다. 오래도록 잊고 있었던 결혼기념일이 다가오면 해마다 신혼여행지 제주도를 찾아 남은 올레길을 걸으며 결혼을 기념하고 싶어진다. 정답던 사람들이 멀어져 가는 만년에 손잡고 기념일을 노래할 사람이 부부밖에 더 있으랴. 더 무슨 일을 새삼스레 펼칠 필요가 있을까? 기념해야 할 일들을 기념하고 사랑해야 할 사람을 사랑하는 것밖에 더할 것이 무엇이랴.

아버지 · 1

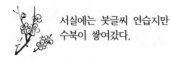

서실에는 붓글씨 연습지만
수북이 쌓여갔다.

씨룩씨룩기럭이 외짝기럭이/ 하날맑은가을밤 달은밝은대/
씨룩씨룩어대로 울고가느냐/
달밝은가을밤에 어마생각고/ 풀은하날놉흔대 울며서가내/
씨룩씨룩기럭이 외짝기럭이/
서리오고바람찬 가을달아래/ 디망읍시어대로 울며서가나

위 글은 올해로 산수傘壽를 맞으시는 아버지가 초등학교 2학년이었던
12살 때 지은 〈기럭이〉라는 제목의 동시이다. 그때는 일정시대로 늦게
학교에 들어갔던 모양이다. 이 동시가 실린 등사판 문집은 학교에서 만
든 것이며 3 · 4학년의 글 중에는 일본어로 쓴 것도 보인다. 내가 이 낡
은 문집을 처음 대한 것은 초등학교를 졸업할 무렵인 것 같다. 아버지

가 법조공무원으로 멀리 의성으로 전근을 했기에 어머니도 어린 동생 하나를 데리고 함께 가셨다. 얼마 후에는 나보다 두 살 위인 형도 중학교 2학년 때 전학을 하여 부모님과 합류했다.

나도 진작부터 부모님을 따라 가고 싶었지만 어머니는 "유환이는 젊잖지ㅡ."라는 말로 달래면서 나를 할아버지 집에 남겨 두었다. 아버지는 노부모님을 고향에 두고 자식들을 다 데려가는 것이 불효인 것 같아 할머니 말벗으로 나를 혼자 남겨놓은 것일까? 나는 부모님과 떨어져 사는 것이 몹시 싫었지만 내색은 하지 못하고 젊잖게(?) 고향에서 살았다.

그때까지 할아버지 할머니와 같은 방에서 지내던 나는 부모님이 쓰던 아랫방을 내가 혼자 쓰도록 허락을 받았다. 어느 날 공부를 하다 외롭고 심심하여 아버지의 책을 뒤져보다 나는 아버지의 동시를 읽게 되었다. 홀로 있던 어린 시절은 많은 생각을 하게 했고 그 '외짝 기럭이'는 나의 모습 같았다. 다른 책갈피에서는 어머니의 독사진을 발견하고 엄마가 보고 싶을 때마다 그 사진을 들여다보며 그리움을 달랬던 기억이 생생하다.

아버지의 글이 오늘까지 나의 뇌리에 깊이 새겨진 것은 그때 나의 외로움 때문인지도 모른다. "끼룩끼룩기럭이 외짝기럭이ㅡ" 나는 어른이 되어서도 이마에 주름이 늘어가는 아버지 생각이 떠오르면 이 〈기럭이〉 첫 소절을 한 번씩 되뇌어 보곤 했다. 그동안 아버지는 경주로 전근하여 근무하다 5·16직후 퇴직한 뒤에는 포항으로 돌아와 정착을 했다. 그때까지 나는 부모님을 그리워하며 오랜 세월 할머니 할아버지와 함께 살았다. 할아버지가 먼저 세상을 떠나시고는 공업단지 조성에 밀려 어린 시절을 보냈던 그 고향마저 빼앗기고 말았다. 그 마을이 오늘도 하얀 김을 계속 뿜어대는 제철단지로 변해버렸기 때문이다.

아버지가 포항으로 돌아오신 후 할머니와 나는 아버지 집으로 합류했다. 포항은 옛날의 인구 5만에서 오늘날 50만이 넘는 도시로 커져버렸고 강산이 네 번이나 변했을 세월이 흘러갔다. 내가 결혼을 하고 고향을 떠나 따로 가정을 이루어 생활한 지도 어언 30년이 가까웠다. 고향산천이 변하고 어릴 적 친구들이 나를 떠나갔지만 아버지의 외짝 기러기는 오늘까지 나를 떠나지 않고 내 마음속을 날고 있다. 그러나 그 문집은 어디에도 보이지 않았다.

나는 연초에 아버지가 혈압으로 병원에 입원하고 계실 때 병문안을 갔다가 혹시나 하고 '기럭이 문집'에 대해 여쭈어 보았다. 아버지는 서슴없이 "그것 내 서재에 두었다."고 대답했다. 그해 추석에 고향에 갔을 때 아버지는 간직하고 있던 그 문집을 내게 건네주셨다. 옛날에는 동네 사람들의 편지를 대필해주기도 했다는 얘기를 할머니로부터 들었으나 아버지가 글을 썼다는 말은 여태껏 들어본 적이 없다. 글을 쓴다는 것은 누구에게나 혼을 불어넣는 일이다. 열두 살 때부터 오늘까지 70년이 가까웠는데도 아버지는 이 〈기럭이〉 동시가 실린 문집을 분신처럼 고이 간직하셨던 것이다.

나는 오늘도 그 문집을 펴놓고 마치 한편의 설교를 준비할 때 성경을 읽는 것처럼 아버지의 〈기럭이〉를 열 번도 더 읽어보며 생각에 잠긴다. '어느 날 아버지가 친구 집에 놀러갔다가 늦게 집으로 돌아오면서 서쪽 하늘에 외로운 기러기 한 마리를 보았을까? 가을밤 부모님의 심부름을 가다가 울면서 날아가는 외짝 기러기를 보았을까? 달 밝은 가을밤 하늘이 훤히 내다보이는 옛날 화장실에 앉아 있다가 우연히 하늘을 쳐다본 것인가? 아니면 가을밤이 그저 좋아 혼자서 달을 쳐다보고 앉았는데 짝 잃은 기러기가 외롭게 날아가고 있었을까?

나는 한창 부모님이 필요한 시기에 외짝 기러기처럼 할아버지 할머니와 함께 살았다. 이런 삶은 내가 중학교와 고등학교를 마칠 때까지 계속되었다. 할머니는 고향을 떠나 멀리 있는 외아들보다 나를 더 사랑하시는 것 같았고 나는 차츰 할머니가 부모님보다 더 좋아졌다. 그럼에도 불구하고 나는 한창 감수성이 예민한 때를 맞아 심한 고독을 느꼈으며 이것이 내가 처음 예수 그리스도를 만나는 계기가 되었던 것 같다. 그리고 할머니는 맨 먼저 나와 함께 고향교회에 출석하게 되었고 얼마 후에는 어머니를 비롯해 형제들까지 차례로 주님을 영접하게 되었다.

그러나 아버지는 좀처럼 복음을 받아들이지 않았다. 처음 얼마 동안은 추석이나 설 명절에 차례를 지낼 때 아버지는 내게 절을 해야 한다고 말씀했으나 나는 순종하지 않았다. 아버지가 싫어지고 멀게만 느껴졌다. 그러던 아버지도 할머니가 세상을 떠나실 때 하신 유언으로 인해 주님을 영접했다. 시간이 흐를수록 아버지가 내게 더없이 가까이 느껴진 것은 종교 때문만은 아니었다. 부산에서 일주일에 한두 차례씩 문안 전화를 드릴 때면 나는 아버지와 더 많은 얘기를 나누고 싶었다. 하지만 한두 마디 안부를 묻고 나면 아버지는 곧 바로 "너희 엄마 바꾼다." 고 말씀하시고는 수화기를 어머니께 넘기는 것이었다.

그런데 얼마 지나서는 아버지가 나의 전화를 계속 받게 되었다. 보청

기를 이용하는 어머니의 귀가 잘 들리지 않았기 때문이다. 한번은 어머니가 전화 음성이 잘 안 들린다면서 수화기에 대고 우셨다는 말을 아내로부터 전해 듣고 나는 다음날 새벽에 포항으로 달려간 적이 있다. 그때 아버지는 사군자와 서예를 취미로 하고 계셨고 여느 새벽처럼 서재에서 붓글씨 연습을 하고 있었다. 일찍부터 아버지는 필체가 좋다는 찬사를 들어왔다. 아버지는 계속 운필을 하시면서 어머니의 귀가 들리지 않는 것에 대해 몹시 걱정했다. 나는 아버지의 얼굴에서 전에 없던 수심과 외로움의 그림자를 발견하고 마음이 아팠다. "끼룩끼룩 기럭이 외짝 기럭이/ 서리오고 바람찬 가을달 아래/ 디망읍시 어대로 울며서 가나". 두 분이 더 건강하시고 더 오래 사셔야 하는데ー.

나는 그날 아침 아버지와 함께 식사를 하면서 신문에서 읽은 노인건강에 대해 얘기를 나누었다. 노년이라도 포기하지 말고 언제나 미래를 설계하며 하고 싶은 일을 끊임없이 해나가야 한다는 것이었다. 그리고 아버지도 서예와 사군자 작품을 미리부터 하나씩 준비하여 언젠가는 사진작가로 활동하는 형님과 함께 '부자 개인전'을 열도록 하면 좋겠다는 말씀도 드렸다. 아버지는 동호인들의 한일교류전에도 출품하며 부지런히 서예에 정진하셨고 우리 집에도 한 폭의 '죽'이 걸려있다. 아버지 서실에는 붓글씨 연습지만 수북이 쌓여갔다. 나는 뵈올 때마다 개인전 준비를 말씀을 드렸으나 아버지는 "아직 멀었다."고 늘 겸손해 하셨다.

P.S. ー미수米壽에 소천하신 아버지는 '개인전'을 영원한 숙제로 남겨 놓았다.

아버지 · 2

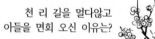
천 리 길을 멀다않고
아들을 면회 오신 이유는?

　할머님이 살아 계셨을 때이니까 까마득한 기억이다. 다른 친구들이
다 군복무를 마쳤거나 제대할 무렵에 나는 느지막이 논산훈련소로 입대
를 했다. 영천부관학교를 거쳐 내가 경기도 가평에 있는 부대로 배치를
받아 한 달도 채 되지 않았을 때였다. 너무도 뜻밖에 어느 날 아버지가
면회를 오셨다. 나는 그날 아버지를 따라 부대에서 얼마 떨어지지 않은
마을로 나가 짜장면을 시켜먹으면서 그동안의 고향소식을 들었다.

　아버지가 천 리 길을 멀다 않고 면회를 오신 이유는 나를 좀 더 편한
곳에서 근무하도록 주선하고 있다는 것을 알리기 위해서였다. 가족들
은 어머니의 성화에 못 이겨 나를 전방에서 후방근무로 돌리기 위한
방법을 찾았다. 그런 일을 맡아 처리하는 전문가에게 상당한 수고비(?)
를 주고 부탁을 해놓았으니 며칠 있지 않으면 내가 대구쯤 후방으로

전출 명령을 받게 될 것이라는 아버지의 설명이었다. 당시에는 이런 일들이 더러 있었다. 얼마 뒤에 안 일이지만 결국 부모님은 브로커에 의해 사기를 당한 것으로 드러났다.

오늘까지 내가 아버지의 사랑을 생각할 때면 전방에 있는 아들을 면회 오신 모습이 가장 먼저 떠오른다. 왜냐하면 그것은 나의 군대생활에 오직 한번 있은 가족의 면회였을 뿐만 아니라 나는 그때 처음으로 아버지의 마음을 가까이 느껴보았기 때문이다. 아버지가 직장을 따라 객지에 계실 때는 가족 가운데 나만 홀로 고향에 남겨두어서 할아버지 할머니와 함께 살았고, 더 어린 시절의 기억에도 아버지는 엄한 분으로만 새겨져 있었기 때문이다.

그것은 형도 나와 마찬가지였으리라. 아마 초등학교 2,3학년 때쯤으로 생각된다. 아침 일찍 일어나 공부를 하지 않는다고 회초리로 종아리를 맞은 적이 있었고, 형과 나는 그럴 때면 잠도 덜 깬 눈에 눈물을 훔치며 방바닥에 꿇어 엎드려 공부하는 자세를 취하기도 했었다. 나는 그때 아버지는 한 달에 한 번씩 월급을 가져다주는 일 외에는 집에 오시지 말았으면 좋겠다는 생각을 한 적도 있었다. 내가 필요로 하는 것들을 아버지께 마음 놓고 말씀드리지 못했고 한번 거절하시면 떼를 쓰거나 졸라대며 어리광을 부릴 수도 없었다. 제법 자라서까지 아버지 앞에서는 내가 꼭 하고 싶은 말도 제대로 하지 못했다. 그런 무서운 아버지가 한없이 다정한 아버지로 전방에까지 이 아들을 면회 오신 것이다.

형님과 내게는 그렇게 엄하시던 아버지가 동생들이 태어나 자랄 때는 마치 친구처럼 가깝게 지내는 것으로 보였다. 동생들이 다 자라 막

내가 사춘기를 맞을 때쯤에는 그 어느 때보다도 아버지의 강력한 지도가 필요한 때라고 생각되었다. 그러나 아버지는 답답하리만치 침묵을 하시거나 잘못을 초달하는 것조차 보지 못했다. 그리고 자녀들의 면전에서는 단호히 거절하시던 일들도 나중에는 어머님을 통해 허락되는 일이 자주 있었다.

나는 아버지의 너그러워진 마음을 훔쳐보면서 조금씩 담대해졌던 것 같다. 기회를 잡아 나의 의견을 아버지께 말씀드리는 일이 종종 있었고, 어머니를 중보로 하여 내게 필요한 것을 얻어내기도 했다. 좀 더 나아가서는 나와 견해가 다른 일에 대해서까지 아버지를 설득하려는 시도를 하기도 했었다. 나의 설득은 대부분 아버지의 생각을 바꾸어 놓지 못했다. 나는 그때 아버지가 자식의 의견에 동의하면 어른의 체면이 손상되는 것으로 생각하시는 것이 아닐까 하는 생각도 했었다. 그러나 시간이 지나면서 나는 아버지의 생각이 옳다는 것을 깨달은 적이 한두 번이 아니었다.

이런 완고한 아버지가 간곡한 마음으로 설득하는 나의 말을 받아들이는 중대한 결단을 내린 적이 있었다. 그것은 60이 훨씬 넘어 할머니가 주님을 영접하고 84세에 소천하신 뒤에 맞은 첫 주일 아침에 일어났다. 할머니는 세상을 떠날 때가 가까워오면서 우리 집의 마지막 불신자로 남아있던 아들에게 복음을 전했다고 어머니는 내게 들려주셨다. "내가 앉아서 예배하던 자리를 네가 대신 채워야 한다."고. 나는 고향을 떠나 있었으므로 할머니의 임종을 하지 못했다. 할머니는 지금부터 24년 전 3월 하순 평소 기도하시던 대로 "춥도 덥도 않은 날, 자는 잠에"

하늘 나라로 떠나가셨다.

아버지는 처음 교회에 출석하시던 그날 아침 예배시간은 점점 다가오는데 교회에 갈 뜻을 전혀 비치지 않고 있었다. 나는 아버지에게 할머니의 유언과 하나님의 말씀으로 계속해서 여쭈었다. 예배시간은 임박했고 식구들은 모두 교회에 가려고 일어서는데도 아버지는 묵묵부답으로 가만히 앉아 있었다. 나도 지친 마음으로 "이제는 아버지 맘대로 하세요."라고 말하고 일어서려는데 아버지는 단호한 어조로 "가자."라고 한마디 하시고는 우리와 함께 교회로 향했다.

그때 이후 아버지의 신앙생활은 변함이 없다. 토요일이면 목욕을 하며 교회에 갈 준비를 하고 매주일 오전 10시 2부 예배에 참석을 한다. 아버지는 학습·세례를 받고 서리 집사로까지 임명되기도 했었지만 교회에서는 물론 집에서도 한 번도 기도를 인도하는 것을 보지 못했다. 내가 성경찬송과 기도에 관한 책을 사다드리기도 했지만 아버지에게 기도란 참으로 어려운 모양이었다. 그러나 고개 숙이고 말없이 드리는 식사기도는 잊지 않았다. 권사이신 어머니가 식사기도를 오래하면 늘 못마땅하게 생각하던 아버지가 요즘은 어머니보다 더 오랜 시간 고개를 숙인 채 식사기도를 하신다.

지금부터 6년 전 지역신문인 D일보에서 기획한 '우리 고장 낙락장송'이라는 표제로 지역의 저명인사들을 찾아 만나는 시리즈에서 아버지는 열한 번째로 신문의 한 면을 다 채우는 분량의 인터뷰를 한 적이 있었다. "선생님의 하루 일정은 어떻습니까?"라는 기자의 질문에 아버지는 다음과 같이 대답하셨다.

"새벽 5시에 일어나 한 시간 동안 주변의 골목을 청소하고, 서재에서 한 시간 가량 사군자 서예를 하고, 법무사 사무실에 출근하고, 골목청소는 30년 동안 매일 해오는 일이어서 우리 골목에서는 저보고 청소부장이라고 합니다. 처음 이사 온 사람은 제가 환경 미화원인 줄 알아요. 서예는 심신의 수양에 도움이 됩니다. 수신의 한 방법이지요. 난蘭을 치면서 고결한 기품을 배우고 죽竹을 하면서 곧은 정신을 가꾸려고 애쓰지요."

아버지의 일과는 예나 오늘이나 별로 변함이 없다. 아침 일찍 잠자리에서 일어나면 언제나 손수 이부자리를 개고 집 안팎을 청소하는 것으로 하루를 시작한다. 그리고 지난해는 자녀들이 준비한 회혼식(결혼60년)도 IMF를 이유로 거절하실 정도로 아버지에게는 검소함이 몸에 배어있다. 오늘까지도 자식들로부터 도움을 받기보다는 언제나 도움을 주고 계시는 아버지. 아직도 부모님을 기쁘시게 하기보다는 걱정을 끼쳐드리는 일이 많은 자신을 돌아보며 나는 새삼 '불효자'란 말을 되새겨본다.

어머니의 공로패

"목회자의 엄마는
기도를 더 많이 해야 한다."

　"권사님께서는 한평생을 하나님의 복음 사업에 헌신봉사하셨으며 본 교회 권사로서 눈물의 기도와 땀과 피를 흘린 봉사로 교우들을 살피시고 권면하며 교회발전과 부흥에 기여한 공로가 지대하므로 금번 권사 시무 정년은퇴에 즈음하여 온 성도들은 뜨거운 감사의 정을 담아 이 패에 새겨드립니다." 쉼표 하나 없는 이 글을 읽으면 마치 쉼 없이 달려가는 어떤 사람을 보는 것 같은 생각이 든다. 나는 1987년 5월 19일자 포항제일교회 당회장 이름으로 수여된 어머니의 공로패를 들여다보고 있다. 어머니는 은퇴를 하시고 20년을 더 사시다가 2007년에 90세를 일기로 하나님 나라로 가셨다. 나는 어머님의 유품을 정리하면서 이 공로패를 우리 집으로 가져와 내 방의 서가에 세워놓고 한 번씩 들여다보며 어머니를 생각한다.

내가 목회를 하면서 보았던 권사님들의 봉사와 기도, 현재 내가 출석하고 있는 교회 권사님들의 삶을 돌아보면 포항제일교회 권사였던 어머니의 삶도 미루어 짐작할 수 있을 것 같다. 공로패라면 세상에서는 눈에 드러난 상당한 공로를 세운 사람에게 수여하는 것이다. 내가 생각하기에 우리 어머니는 교회나 사회에 그런 공로를 세운 분은 아니었다. 세상 모든 어머니들은 가정과 이웃을 보살피며 드러나지 않는 공로를 세운 분들이다. 오늘을 살아가는 자녀라면 그 누구도 어머니의 공로의 영역을 벗어날 수 없을 것이다. 그런 의미에서 자녀들은 누구나 어머니에게 공로패를 드려야 마땅하다.

'교회의 어머니들'은 그렇게 하나님 앞에 살았다. 내가 오래도록 고향을 떠나 살아 왔기에 어머니가 교회에 어떻게 봉사했는지는 자세히 알 수 없으나 그동안의 어머니의 삶을 미루어 짐작해 보는 것으로도 어머니의 공로패는 의미 있는 것이란 생각이 드는 것이다. 돈이 있는 사람이라면 헌금을 많이 하고, 형편이 허락하면 수고하는 교회의 일꾼들을 대접하는 것으로 그 공로를 인정받기도 한다. 그러나 어머니는 그렇지 못했을 것이다. 그렇다고 가난하고 형편이 어려웠다는 것이 아니라 우리 집의 경제는 모두 아버지가 관리하셨기 때문이다. 필요한 것이 있을 때마다 어머니는 그때그때 아버지로부터 돈을 타 써야 했기에 헌금을 할 때도 어려움을 겪었다. 특별한 감사헌금이나 건축헌금을 할 때는 아버지가 헌금을 좀 많이 주었으면 좋겠다는 말씀을 한 적이 있었다.

어머니가 교회에 출석하신 것은 50대 중반으로 기억된다. 직분을 받고부터는 대심방이나 구역심방에 교구목사와 동행하며 책무를 다했고 이때 어머니는 공중기도를 잘 인도한다는 얘기를 들었다고 한다. 특별히 새벽기도회에는 빠지는 날이 없을 만큼 기도의 어머니로 살았다. 나는 사람들이 "강 권사는 전도를 잘한다."고 말하는 것을 들은 적이 있다. 그렇다고 어머니가 말씀을 잘하는 것은 아니었다. 이웃들에게 평소의 정을 나누며 지냈고 전도를 한 사람 가운데는 수양딸로 삼아 자주 왕래하는 사람도 있었다. 어머니는 그렇게 일상의 정으로 사람들을 주님께로 인도했던 것이다.

교역자를 섬기는 일에도 정성을 다하는 것을 보았다. 설 명절에 집에 가면 어머니는 아버지가 이용하시는 한약국에서 담임목사의 건강을 위해 보약을 몇 첩씩 지어다 드리는 것을 본 적이 있었다. 담임목사님이 건강해야 목회를 잘하실 수 있다는 생각이었다. 언젠가는 교회 건축을 앞두고 헌금에 대한 걱정을 하시면서 본인의 금목걸이를 헌금으로 내어 놓겠다는 말씀을 내게 하셨다. 어머니가 마음대로 할 수 있는 것은 그것밖에 없었던 것이다. 다행히 그 후 아버지는 어머니의 그 목걸이에 대해 관심을 나타내지 않으셨다고 했다.

어머니가 기도를 쉬지 않았던 것은 "목회자의 엄마는 기도를 더 많이 해야 한다."는 생각 때문이었던 것 같다. 그리고 교구목사가 유고 심방을 하거나 구역심방을 할 때는 어머니를 자주 찾았다고 한다. 어머니의 신앙에서 드러나는 것은 열심과 기도밖에 없었던 것 같다. 어머니의 이러한 신앙의 바탕은 불교에 뿌리를 두고 있다. 할머니가 아들딸 여덟을 낳았지만 오직 남매만 붙들어 살린 것이 부처님께 공을 들였기 때문이란 할머니의 말씀을 듣고 어머니도 따라 불교를 믿었다. 새벽이 되면

개다리소반에 불경책을 펼쳐놓고 "정 구업진언 수리수리 마하수리—"로 아침을 맞을 때가 많았다. 그러나 할머니가 나의 전도를 듣고 기독교를 받아들이면서 어머니도 그리스도인이 되었다. 시어머니가 "며늘아, 내가 가는 한 길로 가자."고 권유하시는 말씀을 어머니는 거절할 수 없었던 것이다. 불교의 그 열심히 그대로 기독교 신앙의 바탕으로 이어졌다.

어머니는 목사님이 전하는 말씀은 하나님의 말씀으로 그대로 받아들여 실천에 옮기려 애를 썼다. 내가 목회자가 되기 전 부산 용호동에 집을 짓고 나서 우리 집에 다니러 오셨을 때 일이다. 나와 함께 내가 출석하는 교회 새벽기도회에 갔을 때 어머니는 두 손을 높이 들고 기도하셨다. 나는 어머니께 그렇게 하지 않아도 된다고 말씀드렸으나 어머니는 우리 목사님이 손을 높이 들고 기도하는 것을 하나님이 더 잘 들어주신다고 말씀했다는 것이다. 어머니는 자녀들이 사업실패로 어려움을 겪고 있을 때도 "일흔 번씩 일곱 번이라도 용서하라."는 주님의 말씀을 내세우며 아버지를 설득하여 일을 해결하셨다.

나는 붉은 십자가 표시 아래 "죽도록 충성하라. 그리하면 내가 생명의 면류관을 내게 주리라."(계2:10)는 말씀과 그 옆에 어머니의 사진이 들어있는 아크릴 공로패에 새겨진 "눈물의 기도와 땀과 피를 흘린 봉사"라는 말을 들여다보고 있다. 다섯 아들 가운데 목회자인 나를 더욱 사랑하시고 병상에 계실 때는 "나는 이제 니가 기럽다." 하시던 말씀을 떠올린다. 경제권이 없던 어머니에게 용돈도 자주 드리지 못한 이 불효한 자식을 그리워하시면 쉬지 않고 기도하시던 어머니! 어머니의 공로는 내 살을 감싸고 내 피와 함께 혈관을 돌고 있다. 내가 정중히 공로패를 드려야 할 것인데 교회가 나를 대신하여 공로패를 수여하고 나의 불초함을 일깨우고 있다.

할머니 생각

춥도 덥도 않은 날
자는 잠에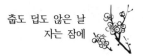

엊그제 3월 26일은 84세에 소천하신 할머니의 추도일이었다. 해마다 이맘때가 가까워 오면 나는 올해는 할머니의 추도식에 참석해 내가 예배를 인도해야 되겠다고 생각하지만 어느새 그날이 지나고 어머님으로부터 어제 추도예배를 잘 마쳤다는 전화를 받곤 했다. 새 천년을 맞으면서 이젠 나도 여든이 넘으신 부모님만 의지하지 말고 올해는 꼭 참석을 할 수 있도록 다짐을 하며 색연필로 달력에다 표시를 해놓았다. 그런데 공교롭게도 일주일 전 형수의 문병을 위해 미리 아버님 댁을 다녀온 것으로 인해 할머니의 추도식에는 올해도 참석을 하지 못하고 말았다.

부모님이 직장을 따라 고향을 떠나 계실 때 나는 할머니와 함께 살았다. 어린 시절의 기억이라면 온통 할머니와 함께 살았던 것 외에 뚜렷이 떠오르는 것이 별로 없을 정도이다. 할머니는 무엇이나 맛있는 것이 있으면 언제까지든지 감추어 두었다가 내가 "할머니, 무엇 조오-ㅁ." 하면 마치 요즘 어머니들이 냉장고에서 먹을 것을 꺼내듯 금방 내게 내어 주시곤 했다. 그리고 해마다 겨울이 되면 감기예방에 좋다는 수수조청을 만들어 겨울이 다 가기까지 간식처럼 먹게 해주셨다.

이처럼 손자에 대한 사랑 못지 않게 할머니는 신앙심도 대단했다. 불교를 믿으시던 그 열심이 그대로 기독교에서도 같은 열정으로 이어졌다. 할머니는 성경을 읽지 못하셨지만 결혼 초기에는 처녀 때 익힌 언문으로 할아버지를 가르치기도 했다고 한다. 그러나 오랜 세월 동안 일만 하다 보니 글은 다 잊어버리고 말았다고 들려주셨다. 나는 할머니에게 찬송가 503장(고요한 바다로…)을 가르쳐드렸고 내가 처음 믿었던 그 양철지붕 교회에서 가족창을 할 때 할머니와 나는 그 찬송가를 함께 불렀다.

할머니는 생전에 두 가지 큰 기도제목을 갖고 계셨다. 그것은 하나님 앞에 서실 날을 준비하는 기도였다. "하나님 아버지, 춥도 덥도 않은 날 자는 잠에 나를 데려가소서." 하나는 돌아가시는 날이 춥거나 덥지 않은 날씨에 대한 것이고, 다른 한 가지는 고통 없이 세상을 떠나가기를 원하시는 것이었다. "자는 잠에" 세상을 떠나기를 원하는 것은 노인들 대부분의 소원이지만 날씨에 대한 할머니의 기도는 특별히 그럴만한 사연이 있었다.

나는 할아버지가 윤유월 스무닷새 날에 돌아가시던 날부터 장례식을 치르기까지 아버지가 찌는듯한 무더위 속에 겹겹이 상복을 받쳐 입고 고생을 하신 것을 아직도 기억한다. 할머니는 장례식을 마친 후 더위를 먹고 몸져누운 외아들을 보시며 몹시도 애처로워하셨고 돌아가시는 그 날까지 "춥도 덥도 않는 날에…."기도를 계속하셨다. 그것은 아들을 위한 사랑이었다. 할머니의 기도는 그대로 응답되었다. 할머니는 봄이 무르익어 가는 3월 하순 주무시듯 조용히 하늘나라로 가셨고 장례식날은 바람 한 점 없이 맑고 따뜻하여 웃옷을 벗어도 춥지 않고 입어도 덥지 않는 좋은 날씨였다.

나는 이런 할머니를 생각하면 아굴의 기도가 생각난다. "내가 두 가지 일을 주께 구하였사오니 나의 죽기 전에 주시옵소서. 곧 허탄과 거짓말을 내게서 멀리 하옵시며 나로 가난하게도 마옵시고 부하게도 마옵시고 오직 필요한 양식으로 내게 먹이시옵소서. 혹 내가 배불러서 하나님을 모른다 여호와가 누구냐 할까 하오며 혹 내가 가난하여 도적질하고 내 하나님의 이름을 욕되게 할까 두려워함이니이다."(잠언 30:7-9) 할머니는 다른 복을 구하는 것보다도 끝까지 외아들이 고생하지 않도록 욕심 없는 기도를 드리셨다.

할머니는 석 달쯤 노환으로 병석에 계셨던 것 같다. 나는 틈을 내어 몇 차례 문병을 갔었지만 끝내 그토록 나를 사랑하던 할머니의 임종을 볼 수는 없었다. 내가 부고를 받고 달려갔을 때는 할머니의 차가운 시신만을 대했을 뿐이었다. 나는 가슴이 아프고 설움이 복받쳐 올랐다. 기독교인은 울지 않는다는 말을 생각하면서도 나는 한없이 흐느꼈다. 그리고 얼마 전 할머니를 마지막 문병했을 때의 기억은 나를 더욱 슬프게 했다.

그때 할머니는 얼마나 기뻐하셨고 잠시라도 나와 함께 더 있기를 원하셨다. 내가 늘 송구스러워하는 것은 그날 밤의 일이다. 나는 그날 그토록 나를 사랑하시고 나를 옆에 두고 싶어 하시는 할머니와 하룻밤이라도 한방에서 지내고 싶었다. 그러나 어머니의 마음은 나와 달랐다. 어머니는 한사코 나를 건넌방으로 내몰며 당신이 계속 그 자리를 지키시겠다는 것이었다. 나는 더 이상 고집하지 못하고 못 이긴 채 안방으로 밀려났다. 그것은 한편으로 아들을 생각하시는 어머니의 마음을 받아들였기 때문이다.

그러나 그토록 나를 사랑하시는 할머니가 병상에 계신다는 이유로 하룻밤이라도 할머니 곁에 있어드리지 못한 것은 생각하면 할수록 나의 가슴을 아프게 한다. 내가 송구스럽게 생각하는 것은 할머니가 나를 원하시는 만큼 내 맘이 할머니와 함께 있기를 고집하지 못했다는 마음 때문이다. 할머니가 84세로 하늘나라로 떠나가신 지 올해로 벌써 25년이 되었다. 50대 후반의 나이로 할머니의 병간호를 도맡아 하시던 어머니는 올해로 그때 할머니의 연세가 되셨다.

할머니가 아들을 위해 기도하셨던 것처럼 오늘도 어머니는 자녀들을 위해 쉬지 않고 기도를 계속하신다. 틈나는 대로 한 달에 한 번이라도 살아계신 부모님께 문안을 드리고 내년 할머니의 추도일에는 어떤 일이 있어도 가족들과 함께 예배드리는 시간을 가져야겠다고 다시금 나는 다짐한다. 두 시간이 못되어 달려갈 수 있는 거리이지만 자녀들은 언제나 변명하고 후회하는 것으로 효도를 대신하는 것 같다. 나는 오늘도 그때 일을 생각하면 할머님이 친구들과 즐겨 부르시던 민요가락이

슬픈 추억으로 떠오른다.

　"꽃이 늙어 낙화되니 오든 나비도 아니 오고
　이 몸 늙고 병이 드니 오든 친구도 아니 온다."

아내의 회갑

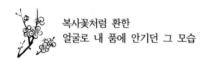

복사꽃처럼 환한
얼굴로 내 품에 안기던 그 모습

　내 나이 어느새 이순을 넘었고 해방둥이 아내는 지난 8월 25일 회갑
을 맞았다. 잘해주려고 애를 썼지만 특별한 기념일이나 인생을 돌아볼
기회를 맞으면 아쉬움은 한이 없다. 무엇이나 원하는 것은 다 해주고
싶었던 내 생각과는 달리 우리는 해운대 바닷가에서 조촐한 축하의 시
간을 가졌다. 딸 사위와 함께 낮에는 청사포를 출발, 오륙도를 돌아오
는 유람선을 탔고 저녁시간에는 달맞이고개 레스토랑에서 광안리 쪽
야경을 바라보며 저녁식탁에 둘러앉았다. 내가 결혼을 한 지도 어언 35
년이 흘렀다. 세월의 가속도는 더욱 심한 것 같다.
　생각해보면 젊은이들에게 혼기婚期란 한편으로 즐거운 것이며 다른
한편으로는 괴로운 시기임에 틀림없다. 부모님 성화에 이끌려 이곳저
곳을 다니며 여러 차례 선을 보았지만 평생을 함께할 대상자를 찾는다

는 것은 여간 어려운 일이 아니었다. 올해도 해를 넘기는구나 생각하던 그해 10월 하순 하숙집 아주머니를 따라 수정동에 있는 한 초등학교로 선을 보러갔었다. 복사꽃 같은 얼굴에 환한 미소의 초등학교 교사. 며칠 후 우리는 첫 만남을 가졌고 한 달반 만인 1971년 12월 18일 결혼식을 올렸다. 1970년대 초 처녀 나이 스물일곱, 총각나이 서른이면 제법 늦은 결혼이었다. 아내에게는 그럴만한 이유가 있었다.

네 살 때 아버지를 여읜 아내에게는 20세나 위인 아버지 같은 형부가 있었다. 목사인 형부는 처제를 여러 차례 목회자에게 중매하려 했으나 뜻을 이루지 못했다. 그것은 목사와 결혼한 맏언니의 사모생활이 얼마나 힘든다는 것을 자주 보고 들었기 때문이었다. 그즈음 이화여대생들을 대상으로 조사한 직업 인기도에서 목사는 18위로, 17위인 이발사 다음을 차지하고 있었으니 목회자와의 결혼을 기피하는 것은 당연한 일이었다. 아내는 회사원인 나를 만난 것을 지극히 다행으로 생각했고 우리의 행복은 그렇게 시작되었다.

그러나 신혼생활 1년을 채 넘기지 못하여 목회자가 되고 싶었던 나의 오랜 꿈은 서서히 고개를 들기 시작했다. 아내에게는 늑대를 피하려다 호랑이를 만난 격이라 할까? 그때부터 우리는 잠자리에 들면 나의 신학교 지망에 대한 찬반토론으로 자정을 넘기기가 일쑤였다. 아내의 '강고집'은 좀처럼 꺾이지 않았다. 결혼한 지 10년이 가까운 어느 날 우리는 끈질긴 설전의 종지부를 찍었다. "당신의 뜻이라면 하늘 끝까지 —" 아내는 당시 유행하던 대중가요 가사처럼 그렇게도 소원이라면 어디든지 따라가겠다고 마음을 연 것이다. 그러나 우리와 함께 계시던 장모님은 여전히 딸의 행복을 먼저 생각하셨다. "애야, 제발 안 서방 신학교 가는 것만은 말려라."고 말씀하시던 장모님은 내가 신학교에 입학하기 한 달 전 하늘나라로 떠나가셨다.

이때가 '서울의 봄'이 다시금 얼어붙기 시작하던 1981년 1월 말이었고 2월 하순에 나는 회사를 그만두고 3월 초 장로회 신학대학원에 입학했다. 나의 학교생활은 천국생활처럼 즐거웠으나 아내는 혼자서 아이들을 데리고 그만큼 더 무거운 짐을 질 수밖에 없었다. 신학교의 3년이 꿈같이 흘러 나는 1983년 12월 초, 이듬해 2월 졸업을 앞두고 경남 양산에 있는 조그만 시골교회에 첫 번째 부임을 했다. 아내는 주일이면 양산에서 함께 예배했지만 주중에는 여전히 부산에서 출근을 하며 이산가족생활은 석 달이나 계속했다. 그나마 견딜 수 있었던 것은 학기를 마치면 아내가 학교생활을 마감하기로 마음을 먹고 있었기 때문이었다.

그러나 목회의 대선배이며 지금은 고인이 된 S 목사는 "경제적으로 어려우면 목회를 제대로 할 수 없으니 교회 가까운 곳으로 아내의 근무지를 옮기라."고 조언을 하며 적극적으로 도와주었다. 내가 부임하는 교회는 S 목사가 시무하던 교회가 창립 30주년을 기념하여 세운 교회였기 때문이다. 목회자가 되면 세상의 일들은 무엇이나 깨끗이 정리하는 것이 하나님께 온전히 충성하는 것으로 생각했던 내게는 큰 깨달음이었다. 다행히 그해 3월 초 하나님의 인도하심으로 아내는 내가 시무하는 교회 바로 옆에 있는 초등학교로 전근되었다. 그러나 교회사택이 준비되기까지 처음 몇 달 동안은 서재를 겸한 좁은 방에 두 사람이 나란히 누울 공간도 없어 반쪽으로 접은 요 위에서 칼잠을 자기도 했었다.

두 번째 교회에서는 사모의 역할에 전념하기 위해 학교를 그만둔 아내는 교장이 된 동기들과의 만남에서 돌아오면 "내 인생은 무엇이냐."며 투정을 부리기도 했었다. 그러나 차츰 오지랖 넓은 할머니가 되어 남편도 교인들도 다 한 치마폭에 감싸며 교사인 딸아이가 출근하면 손자 손녀를 맡아 돌보는 일까지 해왔다. 복사꽃처럼 환한 얼굴로 내 품에 안기던 33년 전의 아름다운 그 모습. 학창시절에는 성악가가 되고 싶었던 꿈도 사라지고, 가까운 사람들이 예쁘다고 덕담하던 얼굴도 세월의 햇볕에 그을리고 이제는 약간의 당뇨까지 나타나면서 노후를 어떻게 보낼까를 염려하고 있다.

얼마 전에는 신문을 읽던 아내가 "여보, 60세에서 80세까지 남부럽지 않은 노후를 보내려면 13억 원이 필요하대요."라고 말해 함께 웃었다. 정말이지 나와 같은 연륜의 보통 사람들에 비하면 무엇 하나 아내에게 제대로 해준 것이 없다. 모세는 인생을 '수고와 슬픔뿐'이라고 말했다. 아내는 남편을 따라가기만 하면 뭔가 더 좋은 일이 생길 거라는 기대감을 안고 열심히 달려왔을 것이다. 그러나 돌아보면 빈 들에 서 있는 것 같은 기분을 떨쳐버릴 수 없다. 삶은 그때그때마다 빈 들을 만들어가는 것인지도 모른다. 한 해 동안 일하며 가꾼 들판을 거두어들이면 빈들이 되고, 거두어들인 것을 소모하면서 우리는 빈 곡간을 만들어가는 것이다. 끊임없이 빈 곡간을 만들기 위해 살아가는 것이 인생이 아닐까? 회갑을 맞은 아내와 내게 바람이 있다면 그것은 일하며 살아가는 것이다.

≪사랑 그리고 마무리≫의 저자 헬렌 니어링은 53년 동안 함께 살던

남편 스코트가 100세에 세상을 떠난 뒤 이렇게 회고했다. "그이의 정신은 팔십대 후반에도 여전히 분별력이 있고, 정확하며, 예민하여 여느 때처럼 강연하고, 책을 읽고 날마다 글을 썼다. 스코트는 말했다. '일은 사람이 늙는 것을 막는 데 도움을 준다. 일이 곧 내 삶이다. 나는 일이 없는 삶을 생각할 수 없다. 일하는 사람은 결코 권태롭지 않고 늙지 않는다.'"

이름도 빛도 없는 사람

언제나 뒷바라지에만
여념이 없던 통계관리자!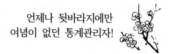

내가 장로회 신학대학원에 다닐 때 우리 학교에는 교가가 없었다. 그래서 여러 행사 때나 졸업식에서도 찬송가 355장 〈부름 받아 나선 이 몸〉을 교가 대신 불렀다. 이 찬송가의 가사들은 모두가 다 감동적이지만 특별히 내게는 "부름 받아 나선 이 몸 어디든지 가오리다"라는 첫 소절과 "이름 없이 빛도 없이 감사하며 섬기리다"라는 끝 소절이 가슴에 와 닿았다. 나는 부르는 찬송대로 어디든지 가겠다는 마음으로 시골 교회를 찾아갔고 또 내가 지닌 것을 나누며 이름도 없이 빛도 없이 살고 싶어 했다.

그러나 이름도 없이 빛도 없이 산다는 것은 참으로 어려운 일이었다. 왜냐하면 목회자는 아무리 작은 교회라도 교회 대표로 이름이 나고 심지어 성도들이 헌금을 하고 함께 교회를 증축하거나 건축을 해도 밖으로는 목사가 교회를 건축했다고 알려지며 외부에 조그만 도움을 주어도 목사가 인사를 받지 않을 수 없기 때문이다. 목회자는 이름도 빛도 없이 살려고 해도 도저히 그렇게 살아갈 수는 없을 것 같다.

15년 넘게 목회를 해 오면서 이제야 참으로 이름도 없이 빛도 없이 감사하며 섬기는 사람을 발견했다. 등잔 밑이 어둡다는 말처럼 나는 그 사람을 가장 가까운 곳에서 찾았다. 그는 언제나 그림자처럼 나와 함께하는 나의 아내이다. 아니 그 사람은 모든 목회자들의 아내인지 모른다. 나는 다른 사모들에 대해서는 자세하게 알지 못한다. 다만 나의 아내를 통해 모든 사모들이야말로 참으로 이름도 빛도 없이 일생을 사는 사람들이란 것을 보게 된다.

이런 아내와 나는 거의 매주 월요일이면 말다툼(?)을 시작한다. 그것도 언제나 아내가 먼저 싸움을 걸어온다. "한 주간 동안 교회를 위해 함께 수고를 했는데 월요일에만은 나를 위해 시간을 좀 내어 주면 어때요. 우리끼리만 바다에도 가보고 산에도 가보고 싶어요." 오늘도 아내가 먼저 내뱉은 말이다. 월요일만은 가족과 자신의 건강을 위해 시간을 내라는 아내의 말을 나는 고맙게 생각한다. 그러나 동역자 월요모임에 가거나 내가 해야 할 일을 하려고 하다 보면 남편만을 바라보는 아내는 외톨로 남게 된다. 그리고 아내는 TV 앞에 앉는 시간이 많아지게 된다. 오늘은 비가 내리고 있지만 나들이를 하자는 아내의 그 말이 남편의 건강을 위해서란 것을 알고 있기에 나는 아내의 말을 따르기로 했다. 부슬비 내리는 무척산의 정취는 오직 아내와 나만을 위한 것 같았고 산을 오르는 사람들은 눈에 띄지 않았다.

봄비처럼 계속 소록소록 내리는 빗줄기 속으로 산을 오르면서 아내는 말했다. "사람들도 참, 목사님이 하자는 대로 따라 하면 다 좋을 텐데ㅡ." 이것은 내가 교인들에게 시간이 나면 경치가 좋고 기도처가 있고 맛있는 점심식사가 기다리고 있는 무척산 등산을 하자고 한 것에 순응하지 않는 것을 두고 하는 말이다. 아내란 참으로 고마운 사람이다. 똑같은 산을 수없이 함께 올라도 싫증내는 법이 없다. 언제나 기뻐하는 마음으로 함께 산을 오른다. 나는 아내의 요구를 들어주지 못할 때가 많다. 한 달에 한 번씩 모이는 사모회에 갈 때 시찰 내의 다른 목회자 가운데는 자기 아내와 다른 사모들을 함께 태워다 주고 데려오는 경우가 많은데 나는 그렇게 하지 못하고 있다. 딱 한번 연로하신 고모님을 문안하러 가는 길에 오랜만에 체면을 세워볼 양으로 다른 사모들을 함께 태워다주는 봉사를 한 적이 있을 뿐이다.

그럼에도 불구하고 아내는 언제나 나와 함께 일한다. 차를 운전하여 매일 새벽 기도회에 갈 때 아내는 나의 옆자리에 앉는다. 정규 예배 시간 외에도 한 주간을 돌아보면 화요일엔 이슬비 편지 발송의 임무를 띠고 대원들과 함께 모여 사랑의 편지를 관리한다. 금요일 오전엔 특별 심방 대원으로 모여서 함께 심방을 하고 구역 보고서를 정리해 준다. 내가 목요일 밤 제자 훈련을 마치고 돌아오면 출석표를 모아 정리해주고 때로 시험지를 가져오면 점수를 매겨 통계표에 올린다. 학습·세례자와 새 가족을 챙기고 수요일 낮에는 집에서 30여 통의 새 가족 편지에 주소를 쓰고 일일이 우표를 붙인다. 그리고 함께 태신자에게 보내는 사랑의 편지를 쓴다.

나는 심방을 할 때도 아내와 함께 간다. 사모가 동행하지 않는 담임 목사의 심방은 절반밖에 효력을 발휘하지 못한다고 생각하기 때문이다. 나는 목회를 시작하면서부터 아내에게 '목회는 당신과 내가 각각 50%씩 담당하는 것'이라고 말했다. 내가 때로 어려운 일을 두고 이럴까 저럴까 망설일 때 아내는 내게 훌륭한 조언자가 되고, 나는 아내의 말 가운데서 반짝하는 아이디어를 얻을 때가 자주 있다. 내가 목회자가 되기 전 출석하던 교회에서 아내는 집사로 봉사하고 여전도회 회장도 지내면서 성가대에서는 자기 몫을 다했다. 그때 아내는 늘 '당신은 장로로 교회에 봉사하고 나는 권사가 될 수 있으면 좋을 텐데-.'라고 말했었다. 아내는 언제나 침묵을 지켜야 하는 오늘의 사모보다는 자기 의견도 말하며 마음껏 봉사를 하기를 원했다. 목사인 맏형부가 여러 차례 목회자에게 중매를 시도했지만 기어이 거부하고 회사원인 나와 결혼을 했었다. 하나님의 섭리는 벗어날 수 없는 것인가?

아내는 결혼 후 10년 만에 신학생의 아내로 새 출발(?)을 했고, 다시 5년 후에는 목사의 아내가 되었다. 목회적인 일이 어쩌다 아내에게는 끝까지 비밀로 해야 할 사항도 있지만 나는 대부분의 일들을 아내에게 털어놓고 조언을 구할 때가 많다. 답답한 것, 소망적인 것, 때로 원망스러운 일들까지도 나는 이야기를 한다. 아내는 이 모든 이야기들을 거부감 없이 받아주며 나의 스트레스를 나누어 갖는다. 어떤 때는 내가 당하는 괴로움을 나눠 갖는 것으로 인해 나보다 더욱 괴로워하는 모습을 볼 때도 있다.

현재 우리 교회는 전임 전도사도 없고 교육 전도사 2명뿐이다. 열심을 다해 수고하는 제직들이 있지만 아내만큼 담임목사를 도와주고 목회에 도움을 주는 사람을 찾지 못한다. 그럼에도 불구하고 아내의 이름은 어디에서도 찾아볼 수 없다. 금요 권찰회에 개근을 해도 출석부에 이름은 없다. 제직회에는 참여할 수도 없고 뒷자리에 앉아도 이름이 불리지 않는다. 성도들 가정에 전화를 걸어도 그의 말은 언제나 '목사님 댁입니다.'일 뿐 이름 없는 사람으로 일한다.

교회는 언제나 말없는 사모를 원하는 것 같다. 때로는 철없는 막내 동생 같은 교인으로부터 당치않은 말을 들을 때도 하고 싶은 말은 하지 못하고 속으로 삼킨다. 사모는 그렇게 기가 죽어 살아야 좋은 사모로 통한다. 그러기에 예나 오늘이나 사모는 교회 안에 설 자리가 없다. 지난해 소망 수양관에서 이슬비 전도 편지에 대한 훈련을 받았고 모든 준비를 하면서 상당 부분 아내의 의견이 반영되었다. 하지만 그 어느 곳에도 사모가 맡아야 할 역할은 없다. 왜냐하면 할 수 있으면 성도들을 훈련하고 일할 수 있도록 이끌어야 하기 때문이다.

전도하는 일은 여집사님들과 함께하는 일이기에 아내가 빠져서도 안 되는 일이었다. 그러나 사모에게 어떤 직함을 부여한다는 것도 어려운 일이었다. 실제로 아내는 편지 보내는 사람의 명단을 체크하는 일이며 엽서 선택이나 우표를 붙이는 작은 일에까지 전도대원들에게 자상한 지도를 하며 목회자 못지않게 총책임을 지고 일을 해야 했다. 그러기에 이슬비 전도대 조직에는 아내에게 알맞은 직함의 필요성이 절실했다. 나는 이슬비 전도대 임원과 함께 호흡을 맞추고 지도하며 필요한 자료를 제공하는 '통계 관리'라는 직함을 부여했다. 참으로 묘한 직함이다.

이것은 모든 것을 뒷바라지하며 이름 없이 섬기는 직책일 뿐 그 직함은 부를 수도 없고 아무도 부르지 않는 이름이다. 그래도 아내는 이슬비 전도대·조직에 자기 역할이 들어 있다는 것으로 만족하며 기쁘게 섬기고 있다.

정말 부족한 내가 이 정도의 목회라도 할 수 있는 것은 아내의 도움 때문이라고 할 수 있다. 아무리 잘해도 이름도 빛도 없는 사람! 그리고 집안일을 전담하는 사랑스런 일꾼! 기쁨과 슬픔을 같이하며 언제나 뒷바라지에만 여념이 없는 통계 관리자! 나는 아내로 인해 목회자의 구실을 제대로 하며 아내로 인해 나의 존재를 확인하게 된다. 새벽부터 늦은 밤 심방에까지 영원한 동역자로 친구로 동행하며 목회자가 빛나도록 하기 위해 최선을 다하는 그 사람! 나는 아내와 나 그리고 건강한 목회를 위해 둘만의 시간을 낼 수 있어야 한다. 사랑하는 사람이 투정을 부리기 전에ㅡ.

2부
시간이 걸리는 일

시간이란 이처럼 세상을 다양하고 아름답게 가꾸는 귀중한 존재이다. 그래서 아우구스티누스는 그의 ≪고백록≫에서 "흘러가는 무엇이 없을 때 과거의 시간이 있지 아니하고, 흘러오는 무엇이 없을 때 미래의 시간도 있지 아니할 것이며, 아무것도 없을 때 현재라는 시간도 있지 아니할 것"이라고 말하며 시간을 지으신 하나님을 찬양하고 있다. 햇볕도 능력도 일정한 시간 안에서만 그 효력이 발생한다.

마지막 남은 '마당'

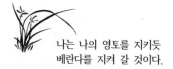

나는 나의 영토를 지키듯
베란다를 지켜 갈 것이다.

옛날의 집들은 모두 넓은 마당을 갖고 있었다. 축담에 신발을 벗어놓고 툇마루에 앉아 햇볕을 쬐다 심심하면 마당으로 내려가 이리저리 집안을 거닌다. 마당 한쪽엔 절편모양의 조그만 꽃밭이 있고 그 주변으로 몇 개의 화분도 놓여있다. 생각날 때마다 화분에 한 바가지씩 물을 퍼부어주면 물은 흘러 마당으로 번져 제멋대로 지도를 그린다. 장마철에는 여기저기 잡초가 돋아날 때도 있지만 아이들이 뛰노는 발자국을 견뎌내지는 못한다. 때로 낙엽이나 지푸라기 같은 것이 흩어져 있어도 지저분하다는 생각을 해본 적은 없다.

담벼락에는 마당비나 삽, 괭이 등 농기구들이 무질서하게 세워져 있다. 대부분의 집 마당에는 절구통도 있었다. 많은 곡식은 마을의 디딜방아를 찾아갔지만 웬만한 것은 절구통에서 해결했다. 여름저녁이면 멍석을 깔아놓고 온 식구들이 둘러앉아 칼국수를 먹던 마당! 감나무 한두 그루나 대추나무가 서 있는 것도 볼 수 있다. 가을이면 탐스럽게 익은 석류는 가슴에 석류알 같은 꿈이 차오르게 한다. 추수한 곡식 가마니를 수매할 때까지 마당 한구석에 쌓아두기도 했다. 마당은 우리에게 여러모로 편리하게 쓰였다.

'땅집'에 마당이 있는 것처럼 아파트에는 베란다가 있다. 좁고 불편한 점도 많지만 베란다는 그나마 마당이 해주던 역할을 어느 정도 대신해주고 있다. 화분에 마음 놓고 물을 줄 수도 있고 의자를 내놓고 앉아 햇볕을 쬘 수도 있다. 난간에 기대서면 멀리 있는 산들이 눈에 들어오고 도시의 풍경을 내려다볼 수도 있다. 옛날 땅집에 살 때는 개다리소반이 놓인 대청마루에서 방석을 깔고 손님을 맞았으나 가구들이 늘어나면서 상황은 달라졌다. 아파트 거실에 대형 TV가 놓이고 소파를 들여오면서 공간은 더욱 좁아졌다. 거실을 넓게 쓰려는 생각이 베란다를 밀어내고 말았다.

처음에는 불법으로 확장을 했으나 언제부터인가 합법으로 넓힐 수 있게 되었다. 신축 아파트에는 아예 베란다를 찾아보기 어렵고 대부분 확장형 거실뿐이다. 그도 그럴 것이 부부가 함께 출근을 하고 집안에서 지내는 시간이 줄어들면서 베란다의 필요성도 함께 감소했다. 그러나 며칠이라도 집안에서 지내보면 베란다가 없는 불편을 피부로 느낄 때가 많다. 화분에는 조심해서 적당히 물을 주지만 물은 거실바닥으로 흘러넘치기 일쑤이다. 그래서 어떤 집은 아예 화분을 없애버렸다. 풀 한포기 없는 황량한 들판이라니! 창문을 열어놓고 외출했을 때 갑자기 비

바람이 몰아치면 실내가 물바다가 될 때도 있다. 여름이나 겨울철에는 실내온도 조절하기도 어렵다. 아스팔트 위에서 자라난 젊은이들은 베란다 없이 잘도 견딘다. 그러나 흙을 밟으며 살아온 세대는 마당 대신 베란다를 요긴한 공간으로 쓰고 있다.

나는 오랜 세월 동안 교회가 정해주는 사택에 살았지만 자유로운 생활을 하면서 베란다를 더욱 눈여겨보게 되었다. 100여 세대의 소규모 단지 아파트를 분양받을 때의 일이다. 나는 설계도에 있는 그대로 베란다를 갖고 싶었다. 그러나 건축주는 요즘 사람들은 베란다가 없는 집을 선호한다면서 확장을 해놓으면 거실공간이 넓어 살기 편하고 집을 팔 때도 유리하다는 것이다. 그럼에도 불구하고 나는 베란다를 고집했다. 나중에 알고 보니 우리 단지에 베란다가 있는 집은 4세대밖에 되지 않았다. 외눈박이들이 모인 곳에 두 눈을 가진 사람이 가면 병신취급을 받는다는 말처럼 나는 아파트 관계자들에게 별난 사람 취급을 받았다.

마당에 물을 뿌리듯 나는 2~3일에 한 차례씩 베란다에 물을 흥건히 뿌리고 더위를 씻어내듯 바닥을 청소했다. 입주한 지 달포쯤 지났을까? 어느 날 아파트 관리인으로부터 아랫집 천장에 물방울이 떨어진다는 얘기를 들었다. 그것은 우리 집 어디에선가 물이 새고 있다는 말이었다. 모두 확장형이기 때문에 방수처리를 제대로 하지 않고 베란다를 만든 것이 아랫집으로 물이 새는 원인이었다. 며칠 후에는 우리 집 베란다 바닥을 다 걷어내고 방수처리를 다시 하는 큰 불편을 겪었다. 한동안 공사소음과 함께 온 집안은 먼지더미에 휩싸였다. 몇 년 후 새로운 아파트로 이사를 할 때는 베란다 때문에 집이 쉽게 팔렸다. 그때는 요즘처럼 부동산 경기 침체로 미분양 아파트가 늘어나고 있었고 기존의 집들도 잘 팔리지 않았다. 그러나 집을 보러 온 사람은 우리 집 베란다를 보고는 바로 계약을 제의했다. 그 사람은 마당이 있는 집에 살던 사람이었다.

지금 우리가 살고 있는 이 아파트도 건축할 때는 모두 확장형으로 지어지고 있었다. 설계는 아예 확장형을 전제한 형태였다. 나는 생각을 거듭하다 골조공사를 마친 뒤에야 건축주에게 베란다를 설치해 주도록 요청했다. 담당자는 모두가 확장형으로 시공되기 때문에 지금은 어렵다고 말했다. 그러나 나는 포기하지 않았다. '추후 비확장형에 대해 어떤 이의도 제기하지 않겠다.'는 단서를 계약서에 첨가하여 도장을 찍고 베란다 설치를 관철했다. 몇몇 이웃들은 "어떻게 베란다를 설치할 수 있었느냐."고 말하며 우리집 베란다를 부러워했다. 1,350세대의 대단지에 베란다를 설치한 곳은 고작 7세대뿐이었다.

나는 오늘도 책상 앞에 앉아 베란다를 내다보며 현대인들의 잃어버린 마당을 생각한다. 폭 45㎝의 화단에는 샐비어와 제라늄이 꽃을 피우고 상자화분에는 사랑초와 조란鳥蘭이 자란다. 그리고 관음죽, 군자란, 벤자민, 천사의 나팔꽃, 또 40년을 함께 살아온 문주란과 소철 등 30여 개의 화분이 베란다의 주인으로 자리하고 있다. 화분에 마음 놓고 물을 뿌려줄 때는 내가 물을 마시는 것보다도 더 시원하다. 난간을 짚고 오른쪽으로 고개를 돌리면 짙푸른 금정산 자락이 손에 잡힐 듯 가깝다. 산이 가까이 있다는 것은 마치 기댈 언덕이 있는 것처럼 푸근함을 더해 준다. 베란다는 내게 있어 마음의 심호흡을 하는 마당이다. 옆에 붙은 작은 다용도실에는 텃밭용 삽을 비롯한 농기구와 비닐 뭉치나 청소도구, 채반 같은 집기들이 들어 있다. 잡동사니 도구들을 한데 모아둘 곳이 있다는 것이 마음을 편하게 한다.

공터, 자투리땅, 뒤란, 헛간, 광 등은 현대인들에게는 잊힌 공간들이다. 별로 쓸모없어 보이는 이런 것들은 우리에게 편안함을 더해주던 장소였다. 사람들은 한집에 화장실은 두 개, 세 개씩 만들면서 이런 요긴한 공간들은 모두 없애버리고 말았다. 현대인들의 마음이 갈수록 각박해져가는 것은 이런 허드레 공간들을 정리해버린 것 때문이 아닐까, 하는 생각을 해본다. 그럴리 없지만 혹시 다시 이사를 한다면 나는 더 넓은 베란다를 갖고 싶다. 할 수 있으면 베란다를 뛰어넘어 발코니나 테라스에서 신선한 공기를 호흡하는 꿈을 꾼다. 도시인들에게 마지막 남은 마당! 나는 나의 영토를 지키듯 베란다를 지켜 갈 것이다.

시간이 걸리는 일

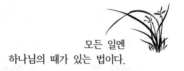

모든 일엔
하나님의 때가 있는 법이다.

"의미를 탄생시키려면 거기에는 시간이 필요하다." ≪벼랑끝에 선 사랑을 이야기하다≫의 저자 보리스 시륄닉의 말이다. 화초에게는 꽃이 의미이고, 유실수에게는 열매가 의미이다. 관상수에는 가지와 잎이 그 의미가 된다. 관상수가 아름다운 잎과 가지를 피워내려면 그만한 시간이 필요하고 우리가 탐스런 열매를 수확하려면 역시 그만큼의 시간을 기다려야 한다. 동토에 얼어붙은 자연을 불러내는 봄도 일정한 시간이 경과되면서 봄의 의미를 갖는다. 그러나 봄이 고르지 못한 일기로 인해 봄기운을 잃어버리거나 춘삼월에도 겨울의 영향에서 완전히 벗어나지 못했을 때 우리는 '봄은 왔으나 봄 같지 않다.'던가 '봄을 잃어버렸다.'고 말한다. 봄을 잃어버렸다는 것은 봄이 누려야 할 시간을 빼앗겼을 때 하는 말이다.

봄, 여름, 가을, 겨울이 일정하게 제 시간을 누리면 사철이 분명해지지만 사계절 중 어느 하나가 지나치게 많은 시간을 점유하거나 독점하면 그 지역은 아열대나 열대지방이 되고 다른 계절은 의미를 잃고 쫓겨나게 된다. 시간이란 이처럼 세상을 다양하고 아름답게 가꾸는 귀중한 존재이다. 그래서 아우구스티누스는 그의 ≪고백록≫에서 "흘러가는 무엇이 없을 때 과거의 시간이 있지 아니하고, 흘러오는 무엇이 없을 때 미래의 시간도 있지 아니할 것이며, 아무것도 없을 때 현재라는 시간도 있지 아니할 것"이라고 말하며 시간을 지으신 하나님을 찬양하고 있다. 햇볕도 능력도 일정한 시간 안에서만 그 효력이 발생한다.

그럼에도 불구하고 사람들은 어떤 일에 무리하게 시간을 단축하여 바라는 것을 조기에 이루어 낼 때가 있다. 이것은 빠른 발전을 자랑하려거나 특정한 때에 전시효과를 노리기 위해 동원되는 방법이다. 그러나 그 누구도 과도하게 시간을 단축하여서는 온전한 것을 만들어 낼 수는 없다. 최근의 일로는 '광화문 현판'이 그 대표적인 예이다. 원래 광화문 복원공사는 올 연말에 끝낼 예정이었다. 그러나 문화재청은 G20 정상회의에 맞추어 그 시기를 당겼다가 내친김에 8·15광복절에 복원공사를 끝내기 위해 두 번씩이나 공기를 단축했다. 그 결과 정조正祖의 글씨체로 바꾼 광화문은 G20 개막을 이틀 앞두고 현판이 갈라진 것이 드러나 우리를 부끄럽게 했다. 옛날 궁궐 건축에 쓰는 소나무는 보통 3년 이상의 건조과정을 거쳤으나 이번 복원에는 조급한 마음에 충분한 시간을 두고 미리 준비하지 못했던 것이다.

또 하나 우리들에게 조급증으로 비치는 일로는 4대강 살리기 사업을 들 수 있다. 야권의 끈질긴 반대에도 불구하고 꾸준히 공사를 잘 진행시키고 있는 것은 정부가 4대강 살리기야말로 막힌 하수구를 뚫는 것만큼이나 필수적인 일이 라는 것을 인식하고 있기 때문이다. 지역의 사정에 따라 시간적 차이는 있겠지만 4대강 살리기 사업은 여야 어느 쪽이 정권을 잡아도 늦추지 않고 추진해야 할 국가적 대사이다. 사람의 혈관도 오래되면 막히는 것처럼 우리 국토의 혈관이나 젖줄에 비유되는 4대강도 퇴적물로 막히거나 홍수로 인한 훼손이 거듭되는 것은 당연한 이치이다. 인간관계에 소통이 필요한 것처럼 국토에도 소통은 필수적이다. 4대강 사업을 반대하는 것은 대화의 소통은 강조하면서도 국토의 소통은 막으려는 모순을 드러내는 것이다. 반대하는 야당의 속셈은 4대강 사업이 끝났을 때 여당이 누릴 프리미엄을 사전에 차단하려는 것으로 보인다. 이명박 대통령의 임기 내에 4대강을 마무리하려는 여당의 속셈도 역시 차기정권 재창출에 득을 보려는 것으로 비친다.

여야가 당리당략으로 충돌하면 손해 보는 것은 이 나라 선량한 백성들이다. 행여 국가적 대사에 이해타산이 개입되거나 포퓰리즘에 이끌려 무리하게 시간을 단축하고 일을 서두른다면 우리는 지난날 성수대교나 삼풍백화점처럼 돌이킬 수 없는 재난을 초래할지도 모른다. 발명왕 에디슨은 "결코 시계를 보지 말라."고 교훈했다. 그가 시간에 쫓기지 않고 연구에 몰두한 것으로 인해 인류는 150년이 가까워오는 오늘까지 그 편익을 누리고 있다.

모든 일엔 하나님의 때가 있는 법이다. 더욱이 교회가 한 사람을 구원하는 일은 시간이 걸리는 일이며 그것보다 더 귀한 의미는 없을 것이다. 즉석에서 '4영리'를 제시한 것만으로 어떻게 그 사람을 구원했다고 할 수 있으며, 한번 결단했다고 해서 그 사람의 믿음이 확고해질 수 있을 것인가? 지속적인 사랑과 돌봄이 필요하다. 우리가 살아가며 소중한 의미를 만들어내는 모든 일은 시간이 걸리는 일이다.

종교와 문학의 만남

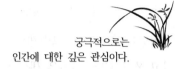

궁극적으로는
인간에 대한 깊은 관심이다.

며칠 전 우리 교회 앞에서 성도 한 분이 마을의 한 아낙네와 마주
서서 오래도록 이야기를 나누고 있는 것을 보았다. 다음날 무슨 얘기를
그렇게 오래도록 나누었느냐고 물어보았더니 그분은 그 여인의 신세타
령을 들어 준 것이라 대답했다. 사람은 누구나 이렇게 자기 속에 쌓인
사연을 다른 사람에게 털어놓으며 살아간다. 문학도 어찌 보면 일종의
신세타령이라고 할 수 있다. 다른 점이 있다면 문학은 개인의 신세타령
에 머무는 것이 아니라 개인의 마음에 비친 모든 사람의 이야기를 아름
답게 갈고 닦고 정리하는 것이다. 그리하여 보고 듣는 이의 답답한 가
슴을 시원케 하고 감동을 불러일으키기도 하며 그들에게 삶의 용기와
올바른 길을 열어 보여주는 것이라 할 수 있다. 이것은 문학이 종교를
닮은 점 가운데 하나이다.

그리고 종교심이 고난과 역경 가운데서 더욱 뜨거워지는 것처럼 문학도 평안하고 형통한 상황 속에서는 보석 같은 작품이 나올 수 없다. 시의 경우는 더욱 그렇다고 생각한다. 그래서 시를 쓰는 사람은 웃는 사람보다는 우는 사람이 많다. 우리나라 서정시의 새로운 장을 연 것으로 평가받는 박재삼 시인은 생전에 자주 "가장 아름다운 것은 슬픈 것이며 슬픈 것은 가장 아름다운 것"이라고 말했다고 한다. 또한 얼마 전 작고한 조병화 시인은 그의 시집 ≪숨어서 우는 노래≫ 서문에서 "내 영혼은/ 숨어서 우는 노래로 가득합니다/ 내 시는/ 숨어서 우는 노래로 젖어있습니다 / 아, 그렇게/ 내 긴 생애는 숨어서 우는 노래였습니다." 라고 쓰고 있다. 시인은 세상을 보고, 이웃을 보고, 정치를 보고, 사회를 보고 마음 아파하며 숨어서 우는 사람들이라는 생각을 떨쳐버릴 수 없다. 소월, 만해, 영랑, 윤동주, 그리고, 그리고……

'왜 시를 쓰느냐'는 물음에 대한 명쾌한 답을 얻으려하는 것은 마치 '시가 무엇이냐'는 물음에 대한 명쾌한 정의를 얻으려는 것만큼이나 아련하다고 할 수 있다. 그럼에도 불구하고 문학을 하는 사람들은 자신의 작품을 통해 세상의 소유나 명예가 줄 수 없는 위로를 얻고 정신적 갈급함을 해소하며 풀어야 할 그 사회의 문제를 제기하고 있다. 이러한 문제해결의 방편이 마치 수많은 문제를 안고 있는 인간이 절대자를 찾아가는 모습과 흡사하다는 점에서 문학은 종교성을 내포하고 있다고 할 수 있다. 그것은 인류의 문화와 사회가 종교를 근간으로 하여 이루어져왔고 그래서 종교를 외면하고는 그 시대의 문화와 사회를 설명할 수 없게 된 것으로도 뒷받침된다. 기독교 바이블은 그 대표적인 예라고 할 수 있다.

종교의 핵심은 절대자에 대한 믿음과 영원한 세계에 대한 소망과 이웃에 대한 사랑을 통해 구원의 자리로 나아가는 것이다. 그리고 마침내 모든 것은 하나님과 이웃에 대한 사랑으로 어우러진다. 그래서 바울은 "믿음 소망 사랑 이 세 가지는 항상 있을 것인데 그중의 제일은 사랑이라"(고린도전서13:13)고 말했다. 문학도 진리에 대한 믿음과 자유에 대한 소망과 영원에 대한 사랑을 노래하는 것을 그 바탕으로 삼고 있다. 다만 종교는 절대자 안에서 진리를 배우고 거기에 순응하는 것이며, 문학은 절대자의 범주 밖에서(?) 절대자 안에 숨겨진 진리를 찾아가는 발걸음이라 할 수 있다. 마침내 종교와 문학은 진리 안에서 최후의 접점을 찾게 된다.

종교란 궁극적으로 인간에 대한 깊은 관심이며 문학도 인간에 대한 관심을 벗어나서는 존재할 수 없다. 혹 자연을 노래하고 그 보존에 깊은 관심을 갖는 것이라 할지라도 그것은 결국 인간에 대한 관심으로 귀결된다. 다만 우리가 종교에 대해 경계해야 할 것은 종교자체의 제도를 방어하기 위해 사회를 그쪽으로 유리하게 이끌어가지 말아야 한다는 것이다. 이것으로 인해 헤겔은 전통적인 종교가 인간을 자연으로부터, 자신으로부터, 그리고 동료로부터 소외시키는 인간의 삼중소외의 근원이 되었다고 주장했다.

소외는 사람들로 하여금 그들의 권리를 누릴 수 없게 하며 그들 가운데서 작용하는 사랑과 진리의 조화 속에 참여하지 못하게 하는 분리구조를 의미한다. 그래서 그릇된 종교는 서로 사랑하는 것을 가르치는 것이 아니라 인간관계를 주종의 관계로 바꾸어 특정인간이 다른 인간을 다스리는 지배구조를 조장해왔다. 그 결과 신과 인간의 만남을 특징짓는 주종의 관계가 인간성 전체에 영향을 미쳐 인간관계를 주인과 노예의 관계로 규정하게된 것이다. 이것은 마치 인간이 명예와 소유와 권세를 독점하려는 것처럼 특정종교를 사유화하려는 데서 빚어진 결과이다.

혹시라도 문학이 인간소외의 도구가 되어서는 안 된다. 재화나 사물을 특정부류가 독점하게 될 때 그것들은 본래의 목적(용도)을 상실하게 된다. 그래서 그레고리 바움(토론토 대학 교수)은 기독교 복음의 비 사유화가 신학과 교회의 사명임을 강조하고 있다. 문학에서도 이런 폐단이 나타나는 것을 볼 수 있다. 종교가 누구에게나 차별이 없는 것처럼 문학도 특정인들의 전유물이 된다면 문학 본래의 기능을 상실하게 된다. 비록 표현의 방법을 알지 못하거나 서툴러서 생각한 바를 훌륭한 작품으로 형상화하지는 못한다 할지라도 그 사람들의 문학정신은 결코 무시될 수 없는 것이다. 그런고로 문학의 비 사유화는 문학하는 사람들의 사명으로 강조되어야 한다.

따라서 문학은 대중문화를 외면해서도 안 된다. 왜냐하면 종교가 대중 속에 존재하는 것처럼 대중문화의 바탕 위에 순수문학은 뿌리를 내리고 아름다운 꽃을 피워내고 있기 때문이다. 그런고로 소위 문인으로 일컬음받는 사람들은 더 많은 사람들이 글을 쓸 수 있도록 가르치고 친절한 안내를 할 수 있어야 한다. 이것이 한 편의 뛰어난 작품을 쓰는 것에 버금가는 문학의 정신을 살려 가는 길이기 때문이다. 또한 종교인이 특별한 신분의 인간이 아닌 것처럼 시인이나 작가는 특별한 계층의 사람일 수 없다. 참된 시인은 보통 사람들 속에서 더불어 살아가야 한다. 그리하여 천 갈래 만 갈래 찢어진 민족정서와 지역감정을 한데 어우르는 일에도 일익을 담당해야 한다.

그리고 종교에는 자유와 평화와 영원을 추구하는 변치 않는 목표가 있는 것처럼 시인(문인)은 인간의 삶과 그 사회가 어떻게 되어야 한다는 비전을 갖고 있어야 한다. 만약 종교가 예언자적 사명을 감당치 못하면 그것은 사람들을 현혹하는 미신에 지나지 않을 것이며 시인이 그 사회에 대한 통찰력을 갖지 못한다면 그 작품들은 그야말로 정신 나간 사람의 넋두리에 불과할 것이기 때문이다.

목사 작명가

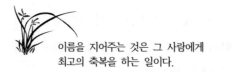

이름을 지어주는 것은 그 사람에게
최고의 축복을 하는 일이다.

"안유환 목사님이시죠?"

밝고 명랑한 여자의 음성이 나를 확인하는 소리에 나는 "그런데요
-?"라고 대답하며 다음 말을 기다렸다.

"목사님, 저, 희도입니다." 낯선 음성이 내게 바짝 다가서는 듯했다.
나는 잠시 멈칫했지만 곧 생각이 떠올랐다.

"희도라고?" '희도'는 20여 년 전에 내가 지어준 여자아이의 이름이다.

"목사님, 저의 이름 기억하시지요?"

"기억 하고말고-, 네가 희도냐? 아버지 어머니는 평안하시냐?"

내가 나이를 물었더니 '스물한 살이며 D대 체육학과 2학년'이라 대답
했다.

'희도'란 한자로 기쁠 희禧자와 기도할 도禱자로 쓴다. 내가 희도의 이

름을 지어준 것은 나의 두 번째 목회지에서이다. 나는 교회의 구역을 재편하면서 여집사들을 훈련시켜 구역장으로 세웠다. 교회를 중심한 지역으로 담임목사가 속한 구역에는 L 집사가 구역장을 맡게 되었다. 남편은 중고차 판매상으로 일하고 부인인 L 집사는 초등학생들의 과외를 지도하면서 열심히 사는 가정이었다. 결혼하여 오래도록 아이가 없던 그녀는 늦게 딸 하나를 얻고 내게 이름을 지어주도록 부탁했다.

한 사람이 평생을 갖고 살아가야 할 이름을 짓는 것은 소홀히 할 수도 없고 쉽지도 않은 일이다. 나는 기도하며 생각한 끝에 "항상 기뻐하라 쉬지 말고 기도하라"는 말씀을 떠올렸다. 성도의 삶의 자세로 그보다 더 귀한 것도 없는 것 같았고 하나님께서 주신 아이도 그렇게 살도록 기도하라는 의미로 나는 '희도'라 이름을 지어주었다. 구역예배 때면 L집사는 희도를 무릎에 앉히고 때로는 우는 아이를 달래며 구역공과로 예배를 인도하던 모습이 눈에 선하다. 그는 한 번도 아이 때문에 맡은 일을 할 수 없다고 말한 적이 없었다. 오랜 세월이 지나 그 아이가 하나님의 축복 가운데 잘 자라 자기 이름을 지어준 목사에게 전화를 걸어온 것이다. 나는 그 다음날 희도에게 전화를 걸어 집주소를 묻고 나의 고희기념 시집 한 권을 보내주었다.

내가 지어준 어린아이들의 이름 가운데는 신원信園이란 이름이 있다. 내가 첫 목회지 양산에서 조그만 과수원을 돌보고 있는 가정을 심방했을 때의 일이다. 태어난 지 얼마 되지 않은 아이의 이름을 물었더니 틈이 나면 작명가를 찾아가 이름을 지으려 한다고 대답했다. 신앙에 입문한 지는 얼마 되지 않았고 그 집안은 유교적 전통에 젖어 있었다.

나는 즉석에서 그 아이를 위한 이름을 생각해냈다. 동산 같은 과수원에서 태어났기에 동산 원(園)자를, 그 동산에서 탐스런 과일처럼 믿음의 일꾼으로 아이가 잘 자라도록 믿을 신(信)자를 붙인 것이다. 작명가를 찾아가 아이 이름을 지으려던 그녀는 담임목사가 지어준 이름을 받고 너무도 기뻐하며 감사했다.

성도들에게 있어서 아이의 이름은 그를 향한 평생의 기도제목과 같은 것이다. 사람들은 자녀의 이름을 짓는 것을 중요한 일로 생각할 뿐만 아니라 실제로 이름처럼 복되게 사는 사람들이 많다. 특히 여자분 가운데 남자처럼 느껴지는 이름을 가진 사람들이 큰일을 하는 경우가 많은 것을 볼 때가 있다. 하나님은 믿음의 조상 '아브람'의 이름을 아브라함으로 바꾸어주셨다. 이름의 뜻을 풀어보면 '큰아버지'에서 '열국의 아버지'가 된 것이다. '거짓말쟁이' 야곱은 얍복 나루에서 밤새워 천사와 씨름하며 기도하다 마침내 '이스라엘'이란 새 이름을 얻었다. '하나님과 겨루어 이겼다'는 뜻인 그 이름은 하나님의 택한 백성의 나라이름으로 불리고 있다. 아비가일이란 이름은 '아버지의 기쁨'이란 뜻이다. 그녀의 남편 나발은 그 뜻이 '미련한 자'라는 의미이다. 나발은 이름처럼 어리석고 교만하여 다윗의 화를 입게 되었으나 그의 아내 아비가일은 슬기로운 삶의 자세로 아버지의 기쁨이 되었다. 이처럼 성경에는 이름이 그 사람의 생애를 좌우하는 것으로 나타나는 경우가 많다.

한번은 김해공항 부근에 사는 가정을 심방했을 때였다. 그 집도 아이가 출생한 지는 제법 되었지만 이름은 아직 짓지 못하고 있었다. 함께 심방했던 권사님 한 분이 우리 목사님도 이름을 잘 짓는다고 말하자

새신자인 그분은 아이 이름 짓는 것을 내게 맡겼다. 나는 '우량아' 모습을 한 튼튼한 그 남자아이가 여호수아처럼 자랐으면 좋겠다는 생각이 들었다. 여호수아서 1장에는 하나님의 종 모세가 여호수아에게 명한 말씀 가운데 "율법을 다 지켜 행하고 좌로나 우로나 치우치지 아니하면 어디로 가든지 형통하리라."는 말씀이 있다. 하나님의 말씀은 '형통하게 하는 법'이다. 나는 말씀의 뜻을 따라 그 아이의 이름을 형률亨律이라 지어주었다. 하나님의 말씀대로 살아 형통한 사람이 되라는 의미였다. 이렇듯 한사람의 이름을 지어주는 것은 그 사람에게 최고의 축복을 하는 일이다. 그래서 인명이나 상호의 작명가들은 많은 대가를 받는지도 모른다.

이밖에도 한두 명 더 이름을 지어준 것 같은데 오래된 일이라 생각이 나지 않는다. 그러나 어른의 이름을 고쳐준 기억은 아직도 뚜렷하다. 교회당 부근에서 미장원을 열고 있는 그 집에는 여자들만 네 사람이 —미용사인 주인과 중학생 초등학생 딸 둘과 할머니 한 분— 살고 있었다. 그 할머니는 아이들의 친할머니나 외할머니도 아니며 정확한 관계는 알 수 없었다. 누가 물으면 할머니는 불쌍한 분인데 심덕이 좋아 함께 살게 되었다고만 대답하던 것을 기억한다. 어떤 이는 그 미용사가 다른 남자의 '세컨드'라는 말을 하기도 했다. 그러나 남편이 다섯이었던 수가성 여인을 생각하면 교회는 그런 것에 상관할 바는 아니었다.

그 할머니의 이름은 '수노미'로 불리고 있었다. 참으로 어감이 좋지 않는데도 그분에게 다른 이름은 없었다. 그 이름은 흡사 '숫놈'이라는 느낌이 들었다. 아들을 선호하던 옛날에 딸을 계속 낳자 그 다음엔 아들을 얻으려는 의미로 부모가 그런 이름을 붙인 것인가? 나는 외롭고 불쌍한 그 할머니의 이름을 고쳐주기로 했다. 그 할머니와 가족은 모두 찬성했다. 나는 그 할머니가 의지할 데 없이 불쌍하다는 생각을 하다 룻기의 '나오미'를 떠올렸다. 나오미는 남편과 함께 두 아들을 데리고 베들레헴 땅의 기근을 피해 모압 땅으로 이주했다. 잘 살아보려고 하던 나오미는 그곳에서 남편이 먼저 세상을 떠났고 두 아들마저 잇달아 잃는 슬픔을 당했다. 나오미는 아들이 없는 며느리 룻을 데리고 다시금 베들레헴으로 돌아와 '기쁨'이라는 이름의 의미대로 복음의 역사를 이어가는 여인이 되었다. 나는 그 수노미 할머니의 이름을 '나오미'로 부르도록 교회 앞에 광고를 했다. 교회요람에도 그 할머니 이름을 '김 나오미'로 등재했다. 발음도 비슷할 뿐만 아니라 김 씨 성 한자漢字의 뜻을 새기면 '금 나오미'로 듣기도 부르기도 그 뜻도 좋은 이름이라는 생각이 들었다.

　나는 교회의 이름도 두 개나 고친 적이 있다. 내가 두 번째로 시무한 교회의 처음 이름은 평강平江교회였다. 지금도 대저들판을 가로질러 흐르는 평강은 이름 그대로 평평해서 물의 흐름이 거의 없고 20여 년 전만해도 수질오염으로 물고기도 서식하지 못하는 죽은 하천이 되어가고 있었다. 나는 교회 옆으로 흐르는 그 하천을 볼 때마다 오래된 우리 교회의 모습이 그와 비슷해지고 있다는 인상을 지울 수 없었다. 부임 1년 만에 교회당을 신축하면서 오래도록 생각하고 기도하던 끝에 나는 교회이름을 '平江'에서 '平康'으로 바꾸고 그 앞에 '부산'을 붙였다. 옛날에는 행정구역이 김해였기 때문에 사람들의 입에 익은 대로 늘 '김해평강'으로 불렸기 때문이다. 교회가 정체된 平江을 벗어버리고 날마다 주님의 平康 속에 전진한다는 생각 만해도 은혜와 축복이 넘치는 것 같았다. 교회는 그 이름 따라 성장을 거듭했다. 그리고 세 번째 교회에서는 같은 '금성'이라는 이름이 너무도 많아 교회 이름 뒤에 마을 동洞자를 붙여 오직 하나의 이름이 되게 했다. 당시 통합 측 교회주소록에는 '금성'이라는 이름으로 13개의 교회가 나와 있었다.

고심하여 교회 이름을 지어놓고 끝내 사용하지 못한 이름도 있다. 내가 불혹을 눈앞에 두고 선지동산에 오를 때는 개척교회가 우후죽순처럼 생겨날 때였고 한편으로 시골지역에는 목회자가 없는 교회도 제법 있었다. 놀랍게도 신학교 입학을 하고부터 바로 교회개척에 나서는 사람도 있었으나 나는 처음부터 개척을 하려는 생각은 해본 적이 없었다. 다만 농촌이나 벽지 아니면 낙도 교회라도 나를 필요로 하기만 하면 달려가 그 교회를 섬기기로 다짐하고 있었다. 그러던 나의 다짐이 십여 년이 넘게 최선을 다해 목회를 하면서 조금씩 달라지는 것 같았다. 개척을 하여 소신껏 목회를 하는 목회자들이 소위 성공적 목회를 하는 것을 많이 보았기 때문이다.

하나님께서 내게도 교회개척을 허락하신다면 다음과 같은 이름을 붙이고 싶었다. '주명한 교회'. 이 이름은 여호수아 1장 9절에서 나왔다. "내가 네게 명한 것이 아니냐. 강하고 담대하라. 두려워하지 말며 놀라지 말라. 네가 어디로 가든지 네 하나님 여호와가 너와 함께하느니라." 나는 이 말씀을 묵상하며 개척할 교회 이름을 먼저 지었다. 그리고 교회개척이 허락된다면 그것은 주님이 명령하신 것이며 반드시 하나님이 기뻐하시는 교회로 성장하게 될 것이라 믿었다. 이름부터 지어놓고 기도하며 하나님의 허락을 기다렸으나 끝내 내게는 개척이 허락되지 않았다. 내가 생각해도 개척을 하기에는 너무 늦은 것 같았다. 그럼에도 불구하고 내가 지은 교회의 이름은 참으로 좋은 이름이라는 생각을 아직까지 버리지 못하고 있다. 누가 교회를 개척하거나 기존의 이름을 바꾸려 한다면 나는 '주님이 명하신 교회'라는 이름을 기꺼이 내어주고 싶다.

남의 이름을 지어준 대가로 차 한 잔 얻어 마신 적 없지만 남을 축복하는 마음으로 좋은 이름을 지어주는 것은 참으로 즐거운 일이 아닐 수 없다. 그것은 남에게 가장 좋은 것을 아낌없이 베풀고 싶어 하는 마음이기 때문이다. 더욱이 내가 이름지어준 집사님의 딸 희도가 아름답고 지혜로운 믿음의 청년으로 성장하여 내게 걸어온 안부전화를 받은 것은 뜻밖의 큰 보람이었다. 이제는 내가 항상 기뻐하고 쉬지 말고 기도하고 범사에 감사하며 형통케 하시는 하나님의 말씀을 따라 목사로서 부끄럽지 않은 여생을 살아갈 수 있어야겠다.

아직도 들리는 그 음성

"안 전도사님은
목회를 잘하시겠습니다."

"안 전도사님은 목회를 잘하시겠습니다."

≪성구 대사전≫을 펼쳐볼 때마다 생각나는 말이다. 이 사전은 설교를 준비할 때 필요로 하는 말씀이 어디에 있는지 그 장절章節 찾는 책으로 장로회신학대학교 앞 '신학사'에서 구입한 것이다. 신학생인 내가 그 서점에 들를 때면 주인 여집사님은 한 차례씩 이런 덕담을 해주었다. 내가 오늘까지 그 말을 기억하는 것은 단지 듣기 좋게 하는 덕담이 아니라 진정성이 담겨있는 것을 느꼈기 때문이다. 금박으로 찍힌 글씨가 희미하게 바랜 앞표지를 넘기면 '83.12.1'로 구입한 날짜가 적혀있다. 올해로 꼭 30년 전 일이다.

지난 5월 말 신학교 동기 몇 명과 오랜만에 모교에서 약속된 모임에 참석하기 위해 나는 서울역에서 전철을 타고 광장동역에 내렸다. 장신대에 갈 때면 택시를 타고 학교 후문으로 들어가는 것이 편하지만 나는 옛날의 기억을 더듬으며 좁은 골목을 통과하는 정문으로 걸어 올라가기로 했다. 지난 날 조그만 구멍가게들이 즐비했던 마을 입구에는 아파트가 들어서 있었고 아파트 단지를 통과하자 학교정문으로 올라가는 골목으로 이어지고 있었다. 인쇄소 몇 개가 잇달아 있는 골목 중간에 옛 모습 그대로의 신학사 서점에는 바깥벽까지 책이 빼곡히 쌓여 있다. 오래전 학교에 갔을 때 그 여집사님의 안부를 물었더니 서점 새 주인은 "그 집사님 가족은 캐나다로 이민을 갔다."고 말했었다.

목회를 잘하고 싶은 마음은 부르심을 받은 모든 소명자들의 한결같은 꿈이 아닐까? 나는 신학교 기숙사에서 생활하면서 눈뜨면 바로 쳐다보이는 2층 침대 아래쪽 나무판에 예수님이 베드로에게 물으셨던 "네가 이 사람들보다 나를 더 사랑하느냐"(요한복음21:15)란 말씀을 붉은색연필로 써놓았다. 기숙사 방은 학기가 바뀔 때면 모두 재배정되기에 졸업하기까지는 몇 차례나 방을 옮겨야 한다. 하지만 나는 방학 동안에도 교육전도사로 일하며 서울에 있어야 했기에 졸업하기까지 3년 동안 오로지 316호실 '나의 침대'를 지켰다. 그때그때 기숙사 관리자에게 특별히 부탁한 것이 지금 생각하면 룰을 어긴 것이지만 나는 내가 적어놓은 '그 말씀'을 다른 사람에게 내주고 싶지 않아 그 자리를 고수했던 것 같다.

불혹을 앞두고 찾은 신학교 생활에서 그 말씀은 언제나 내게 새 힘을 공급해 주었다. 잠자리에 들 때나 자리에서 일어날 때나 나는 "네가 이 모든 사람들보다 나를 더 사랑하느냐?"라는 주님의 물으심에 '그 누구보다도 내가 주님을 더 사랑하게 해주소서.'라고 기도하며 대답했다. 그 말씀과 기도로 인해 나는 신학교 생활의 어려운 일들을 이겨낼 수 있었다. 주님을 사랑하는 마음으로 인해 힘든 일도 오래 참아내었고 불가능해 보이는 것도 도전하며 시도할 수 있었다. 할 수 있으면 모든 사람과 좋은 관계를 유지하며 좋은 제자가 되고 싶었다. 지금 생각하면 나의 이러한 자세가 신학사 주인에게 좋게 비친 것이 아닌가 생각된다.

아차산 아래 '선지동산'이란 이름이 걸맞던 아름다운 교정은 옛날과 달리 빽빽이 건물이 들어서고 훨씬 좁아진 것 같은 학교 운동장에 세워진 건설장비들은 건축이 계속되고 있음을 말해주고 있었다. 약속의 장소인 세계교회협력센터 현관에서 맞은편을 쳐다보니 내가 '바울의 아라비아 3년'처럼 몸담았던 기숙사가 무성한 정원수 사이로 모습이 보였다. 현재의 건물은 내가 졸업하기 1년 전에 현대식 건물로 새로 지어진 것이다. 옛날의 건물은 그야말로 이야기 속에 나오는 것과 같은 '허름한 기숙사'였고 침대도 매트리스가 없는 것, 철제와 나무판자로 만들어져 그 위에 요나 담요를 깔았다. 한겨울에는 24시간 연탄난로를 피워도 창문에는 커튼처럼 성에가 덮이고 창살 손잡이 부분에는 두께가 10cm 나 되는 얼음이 엉겨 붙곤 했다. 어쩌다 연탄불을 꺼트리거나 쌓인 재를 처리할 때는 여간 번거로운 일이 아니었다. 한방에 네 사람이 거주하지만 당번을 정할 수도 없고 적당한 때에 누구나 연탄을 갈아 넣기에 때를 놓치면 난로가 싸느랗게 잠들기 일쑤였다. 나는 그때 '연탄불을 꺼트리지 않는 정성이면 목회를 잘할 수 있겠다.'는 생각을 하며 자주 연탄불을 확인했다.

신학교를 졸업한 지 올해로 29년이 되었고 어느새 목회현장에서 물러난 지금 때때로 그 여집사님의 말을 되뇌어본다. '정말 목회를 잘했는가?' 여러 가지 변명이 있을 수 있지만 내가 목회를 잘했다는 답을 끌어낼 수는 없을 것 같다. 목회란 아무리 잘한다고 해도 아쉬움이 남는 일이고 보면 하물며 나같이 부족한 사람이야 일러 무엇하랴? 그럼에도 불구하고 오늘도 한결같이 주님을 더 사랑하는 기도를 드리고 있지만 돌이켜보면 나의 기도와 고백은 참으로 부끄러운 욕심이었다. 왜냐하면 교회를 섬길 때는 내게도 베드로와 같은 생각이 있었기 때문이다. 주님이 베드로에게 '이 사람들보다 나를 더 사랑하느냐?'고 물으신 것은 지난날 그가 다른 사람과 비교하여 자기를 내세웠기 때문이다. 베드로는 "모두 주를 버릴지라도 나는 결코 주님을 버리지 않겠습니다."라고 대답했다. 그렇게 다짐했던 베드로는 다른 제자들보다 더하여 오히려 세 번이나 주님을 부인하고 말았다.

실패한 베드로에게 주님의 물으심은 '아직도 네 다짐대로 네가 나를 그렇게 사랑하고 있느냐?'라는 의미였다. 그럼에도 불구하고 베드로는 그 물음에 "주님, 그렇습니다. 내가 주님을 사랑하는 줄을 주님께서 아십니다."라고 대답한다. 두 번째 물음은 '보다 더'는 그만두고 다만 "네가 나를 사랑하느냐?"고 물으셨다. 세 번째도 같은 말씀을 듣고 베드로는 근심하며 "주님 모든 것을 아시오매 내가 주님을 사랑하는 줄을 주님께서 아십니다."라고 대답하고 있다. 베드로는 처음과 같은 자신은 없어도 주님을 사랑하는 마음은 여전하다는 고백을 한 것이다. 주님은 베드로가 대답할 때마다 "내 어린 양 떼를 먹여라." "내 양 떼를 쳐라."

고 말씀하셨다. 이는 지난날은 실패하고 넘어졌지만 주님을 사랑하는 마음만 있으면 주님의 양을 먹일 수 있다는 의미의 대위임이다. 그리고 어느 누구와도 자신을 비교하지 말고 자기가 할 바를 다하라는 분부였다. 주님은 빌립보 가이사랴 지방에서도 제자들에게 다른 사람들이 주님을 생각하는 것과 상관없이 "너희는 나를 누구라고 하느냐?"고 물으셨다.

그러나 주님의 말씀 따라 자기를 온전히 버리는 것은 쉬운 일이 아닌 것 같다. 베드로는 주님이 특별히 사랑하시는 요한을 보고 "주님, 이 사람은 어떻게 되겠습니까?" 라고 물었다. 베드로는 여전히 다른 사람과 자기를 비교하고 있었다. 주님은 "내가 올 때까지 그를 머물게 할지라도 네게 무슨 상관이냐? 너는 나를 따르라."고 대답하셨다. 다른 사람의 거취를 상관하거나 비교하지 말고 자기가 할 바를 다하라고 말씀하신 것이다. 흔히 목회란 많은 사람을 불러 모아 큰 교회를 이루고, 더더욱 노회장, 총회장을 지내면 목회를 잘하고 성공했다고 생각하기 쉽다. 그러나 두세 사람이 모이는 교회라 할지라도 주님의 마음으로 양을 먹이는 것이 목회를 잘하는 것이 아닐까?

은퇴 후 나의 기도제목은 "이 사람들보다 주님을 더 사랑하게 하소서."라는 비교가 아니라 다만 "이전보다 주님을 더 사랑하게 하소서."로 바뀌었다. 그 어떤 목회적인 큰 꿈이나 욕심도 내려놓고 빈 마음으로 서 있는 그 자리에서 주님의 뜻을 이루려는 자세가 목회를 잘하는 것이 아닐까? 도시든 농촌이든, 교회가 크든 작든 상관없이 아무와도 비교하지 않고 주님의 사랑을 실천해가는 작은 목자 상을 그려본다. 여기저기

붉은색 볼펜으로 언더라인이 쳐진 낡은 성구대사전을 펼쳐볼 때마다
"안 전도사님은 목회를 잘하시겠습니다."라는 그 집사님의 음성이 아직
도 들리고 있다.

교회는 쉴 만한 물가인가

삶의 질과 품위가
요구되는 시대

　같은 지역에서 나란히 문을 열고 있는 같은 업종의 두 상점에 한쪽은
사람이 많이 몰리고 다른 한쪽은 한산한 광경을 볼 때가 있다. 겉으로
보아서는 그럴만한 이유를 쉽게 찾을 수 없다. 그러나 조금만 주의해서
보면 한쪽은 물건값이 싸고 한쪽은 비싼 것을 발견하게 된다. 값싸고
질이 좋다는 것은 고객을 붙들어 놓는다. 즐비하게 늘어선 주유소들 가
운데 단돈 10원이라도 싼 쪽으로 차들이 몰려온다. 값에서 차이가 없으
면 종업원의 친절에 따라 사람들이 많아지기도 하고 줄어들기도 한다.
"말 한마디로 천 냥 빚을 갚는다."는 우리 속담처럼 친절한 말 한마디는
다소 비싼 물건 값에도 기분 나빠하지 않고 다시금 그 집을 찾게 되는
것이다.

　아무리 친절해도 그 판매하는 물건의 질이 좋지 않으면 고객은 격감

하게 된다. 왜냐하면 현대인은 값을 조금 더 주어도 질이 좋으면 별로 문제 삼지 않지만 속았다는 것은 참지 못하기 때문이다. IMF시대를 지내면서 여기저기서 가격파괴를 외치지만 질적으로 부실하면 손님을 잃을 수밖에 없다. 아무리 음식값이 싸고 주인이 친절해도 음식 맛과 질이 부실하면 외면하는 것이 소비자의 심리이다. 어떻든 줄을 잇던 고객의 발길이 줄어들게 되는 데는 어딘지 모르게 그 업자 쪽에 더 많은 문제가 있다는 것이다.

교인들이 교회로부터 멀어져가고 있다는 얘기는 1990년대 중반에 들면서 자주 입에 오르내리고 있다. 6 · 25전쟁 이후 어려운 시대를 거쳐오면서 한동안 교회는 예배드릴 공간만으로 교회의 구실을 할 수 있었다. 그러나 21세기 문턱을 넘고 있는 오늘에 와서는 사정이 크게 달라지고 있다. 그것은 이미 1980년대의 풍요를 누리면서 나타나기 시작한 삶의 질을 추구하는 문제이다. 옛날에는 음식을 먹을 때 배부른 것을 으뜸으로 꼽았지만 오늘에는 아늑한 분위기에 배부르지 않고 맛이 있는 것, 살이 찌지 않고 건강을 유지하는 음식을 선호하는 사람들이 늘어나고 있다.

오늘날의 교회는 무엇보다도 삶의 질과 품위가 요구되는 곳이다. 지난 날 어려운 시대와 같은 시설로는 성장을 기대하기 어렵다. 복음이 이 땅에 들어온 지 120년이 가까워오지만 대부분의 교회는 아직까지 예배당만 있으며 소그룹을 활성화하거나 교회학교 교육을 위한 시설은 갖추지 못하고 있다. 교회학교의 공과공부는 그 성격상 예배 못지않게 중요한 것이지만 교회 어린이들은 오늘도 마치 피난살이 시절의 학생들처럼 교회마당 구석이나 계단 또는 승합차 안에서 말씀을 배우는 모습을 볼 때가 많다. 교육의 효과는 환경과 시설이 뒷받침되지 않으면 바라는 목적을 달성할 수 없을 것이다.

삶의 질을 추구하는 데서 첫째로 꼽을 수 있는 것은 조용히 생각하며 휴식하거나 대화할 수 있는 생활공간이다. 성도들이 "즐겁게 안식할 날 반갑고 좋은 날" 찬송은 부르면서도 잠시라도 마음 놓고 대화하며 앉을 자리를 찾지 못한다면 어떻게 기쁘게 교회를 찾을 수 있을까? 쉼이란 오로지 일하지 않는 데서 찾아오는 것은 아니다. 어떤 이들은 교인들이 한 주간 동안 직장과 일터에서 열심히 일했는데 교회에서는 예배만 드리고 끝나면 좋겠다는 말을 하는 사람들이 있다. 그러나 쉬는 것만으로 기쁨을 찾을 수는 없다. 오히려 하나님이 기뻐하시는 일을 하면서 성도들은 세상에서 얻을 수 없는 보람과 안식을 얻을 수 있기 때문이다.

성도들의 기쁨이란 가만히 놀고 있을 때보다 교회공동체를 위해 부지런히 봉사하다 잠시 차 한 잔을 놓고 얘기를 나눌 수 있는 공간에서 생겨난다. 그럼에도 불구하고 대부분의 교회에서는 휴게실이나 의자가 놓인 로비를 마련하지 못하고 있다. 그래서 성도들은 예배가 끝나면 마치 옛날 가설극장에서 영화상영이 끝나면 집으로 돌아가기에 바쁘던 모습처럼 되어버린다. 교회마다 교인수가 줄어드는 것에 대한 위기감을 느끼며 전도에 열을 올리고 있지만 교회가 '쉴 만한 물가'가 되기 전에는 교회와 멀어지는 발걸음을 붙들어 놓을 수는 없을 것이다.

교인수가 줄어드는 가장 중요한 원인 가운데 또 하나는 오늘의 교회로부터 본받을 만한 것이 없다는 것이다. 교회를 찾는 사람들은 모두가 과거는 깨끗이 흘려보내고 새로운 마음을 갖고 새 삶을 살기 위한 다짐을 한다. 그런데 교인들이 하나님을 사랑하고 이웃을 섬기는 본연의 자세는 잊어버리고 이기적이며 자기를 나타내려고 서로 다투기라도 하는 모습을 보인다면 신앙생활을 잘해보려고 다짐했던 마음은 순식간에 사라지고 만다. 그리고 말없이 교회를 떠나든지 남아있는 사람들도 자기 방어를 위해 마음의 담을 쌓아가게 된다.

오랜 신앙선배들의 말을 들으면 교회는 싸우지 않으면 성장한다고 한다. 주님은 "스스로 분쟁하는 나라마다 황폐하여지고 스스로 분쟁하는 집은 무너지느니라."고 말씀하셨다. 목회자의 설교가 그렇게 훌륭하지 않아도, 성도들이 그렇게 친절을 베풀지 않아도 마음속에서부터 서로 화목하며 칭찬 받을 일들을 한다면 교회는 구원받는 사람을 날마다 더하게 될 것이다. 21세기 새 천년을 맞을 준비를 하면서 교회는 구습을 벗어버리고 삶의 질을 추구하는 성도들의 욕구를 충족시키는 시설과 함께 교양 있는 성숙한 모습을 보여줄 수 있어야 한다.

슬픔이 춤으로 변하는 계절

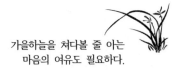

가을하늘을 쳐다볼 줄 아는
마음의 여유도 필요하다.

　대부분의 사람들이 겨울에 느끼는 감정은 서글픔이다. 봄이 되어도 움츠린 어깨를 펴고 따뜻한 계절에 대한 고마움을 느끼기보다는 나른함에 온몸을 맡겨 버리는 경우가 많다. 신록의 계절에도 사람들은 감사한 마음을 갖지 못하고 살아간다. 여름 무더위 속에서는 감사보다는 오히려 삶에 지치고 짜증이 나기 일쑤이다. 언제쯤 우리는 참된 감사를 느끼며 살아갈 수 있을까? 그때는 무르익어 가는 오곡백과에 알알이 들어박힌 탐스런 열매를 발견하는 가을이다.

　어릴 때는 모든 것을 받기만 하면서도 철이 없어 감사를 모르고 살았고, 청년 시절에는 꿈이 너무 커서 감사보다는 불만이 더욱 많았으며, 불혹을 넘기고 한창 일을 할 나이가 되어서는 너무 바빠서 감사를 잊어 버리고 살았다. 인생을 70이나 80세로 잡는다면 오후 2시나 3시쯤에 해당하는 50대에서 사람들은 비로소 철이 들고 부모님의 은혜를 생각하며 하나님의 은총에 진심으로 감사를 드리게 된다.

신록의 계절에는 무성한 푸른 잎새들을 보면서도 별다른 감흥을 느끼지 못했던 마음이 가로수의 잎사귀들이 다갈색으로 변해 가는 것을 보면서 감사의 계절이 찾아왔음을 깨닫는다. 그리고 높아 가는 가을하늘을 쳐다볼 줄 아는 마음의 여유도 갖게 된다. 마음의 여유를 갖는 것은 어쩌면 감사의 시작인지 모른다. 넓은 들녘에 겸손히 고개 숙인 벼이삭을 바라보면서 "나는 마음이 온유하고 겸손하니 나의 멍에를 메고 내게 배우라."고 하신 말씀을 생각하며 감사의 기도를 드리게 된다.

엊그제 월요일에는 아내와 함께 근교의 산을 찾아가면서 어느새 단풍으로 물들어 가는 벚꽃 나무 잎사귀들을 볼 수 있었다. 을씨년스런 겨울의 흔적들을 걷어 내고 맨 먼저 이른 봄 풍경을 화사하게 장식해 주는 벚꽃 나무들이 가을이 되니 또한 맨 먼저 빨갛게 가을빛을 드러내고 있었다. 언제쯤 여름이 지나갈 것인가를 생각하고 있었는데 계절은 벌써 가을 옷을 갈아입고 있었다. 아내와 함께 오르는 산에는 이미 노란 잎새 사이로 빨간 망개나무 열매들이 보이고, 상수리나무에 높이 달린 무수한 도토리 열매들은 감사의 노래를 부르고 있는 것 같다.

감사는 감, 밤, 대추, 사과, 배 등의 알차고 탐스런 열매와 함께 익어 가는 것인가? 대체로 사람들은 무르익은 그 열매들을 바라볼 때까지 감사를 잊어버리고 사는지도 모른다. 만나는 사람들은 이구동성으로 "이번 여름은 어떻게 지나갔는지 모르겠다."고 말한다. 지난여름은 그렇게 잔인할 수가 없었다. 삶이 너무도 고달파서 진심으로 서로를 위로

해 줄 말조차 잊고 있었다. 지리산 계곡에서부터 시작해서 전국으로 돌아가며 융단폭격을 하듯 쏟아 부은 기습 폭우는 350여 명의 무고한 목숨을 앗아갔고 그 피해액만도 1조5천억 원에 달한다고 한다. 지난여름은 그렇게 수많은 아픔을 남기고 멀어져 갔다. 이제는 일어설 힘조차 없이 탈진한 백성들의 머리 위로 한여름보다 더 뜨거운 태양이 며칠째 식을 줄을 모르고 이글거렸다.

사람들은 너도나도 언제쯤 시원한 가을바람이 불어올 것인가를 생각하며 여름보다 더한 초가을의 더위에 짜증을 부렸다. 그러나 그것은 여름 동안 계속 비가 내려 일조량이 모자란 벼를 한껏 알차게 영글게 하는 결과로 나타났다. 전문가들은 이 같은 일조량은 하루에 수십만 섬의 벼 수확을 더하게 하는 것이라고 말했다. 일은 그것으로 끝이 난 것은 아니었다. 빗속에서 건져낸 풍년을 시기하듯 태풍 예니의 강타는 다시 한 번 농부들의 마음을 조이게 했다. 올해는 마치 전능자가 이 백성을 연단하는 것 같았다.

다시금 태풍은 또 30여 명의 목숨을 앗아갔으며 가을 채소를 20%나 감수하게 했다는 보도가 있었다. 그렇지만 전화위복처럼 태풍은 적조 현상들로 물고기들이 떼죽음하는 남해안 바다를 살려냈으며 녹조가 뒤덮여 썩어져가는 하천이나 강물에 생기를 불어넣었다. 우리들의 슬픔이 춤으로 변해가는 가을들녘을 바라본다. 염려했던 벼농사도 평년작은 훨씬 넘는 풍년이 될 것이라는 얘기를 들으면서 나는 감사의 기도를 드리게 된다.

"주께서 나의 슬픔이 변하여 춤이 되게 하시며 나의 베옷을 벗기고

기쁨으로 띠 띠우셨나이다. 이는 잠잠치 아니하고 내 영광으로 주를 찬
송케 하심이니 여호와 나의 하나님이여 내가 주께 영영히 감사하리이
다."(시30:11-12)

평화의 송가를 부르자

이 참된 평화의
비밀을 알리기 위해

예수님이 태어나신 크리스마스가 다가오면 사람들은 모두 기뻐한다. 어린이들은 산타클로스의 선물을 받는 것으로 인해 기뻐하고, 젊은이들은 사랑하는 사람끼리의 데이트와 선물 교환으로 인해 기뻐하고, 장사꾼들은 크리스마스 특수를 누리며 돈을 버는 것으로 인해 기뻐하고, 노인들은 먼 곳에 가 있던 자녀들의 고향 방문을 기다리며 성탄절을 반긴다. 그리고 놀기를 좋아하는 사람들은 밤새워 술 마시며 떠드는 것으로 크리스마스를 즐긴다. 이제는 성도들도 그 중요한 성탄의 의미보다는 세상 사람들처럼 사람과 사람들 사이에서 기쁨과 즐거움을 나누는 것으로 만족하는 경향을 나타내고 있다.

하나님께서 독생자를 이 땅에 보내신 사건—아기 예수가 태어나신 것은 우리에게 진정한 평화를 주시기 위함이다. "지극히 높은 곳에서는 하나님께 영광이요 땅에서는 기뻐하심을 입은 사람들 중에 평화로다.”
이것은 아기 예수가 유대 땅 베들레헴에서 태어날 때에 천군 천사들이
하나님께 올린 찬송이다. 아기 예수의 탄생이 하나님께는 영광을 돌려
드리고 이 땅에 사는 만백성에게는 참된 평화와 구원을 베풀게 될 것을
보고 기뻐 노래한 것이다. 히브리어로 영광(카보드)이란 말은 ‘무거움’
‘가치’ ‘명성’ 혹은 ‘영예’를 뜻한다. 이 말이 사람에게 적용될 때는 많은
재산을 소유하거나 높은 지위를 갖고 있는 경우를 말한다. 솔로몬의 영
광이 여기에 해당된다.

그러나 천사의 노래는 분명히 하나님의 영광을 찬양했다. 인간이 하
나님께 영광을 돌린다는 것은 우리로 인해 하나님의 명성이 높아지고
많은 사람들이 전능하신 하나님의 도우심의 손길을 감사하며 살아가도
록 하는 것이다. 그리고 인간이 이룬 업적이나 공로를 자기 것으로 삼
는 것이 아니라 하나님께서 베풀어주신 은총으로 감사드려야 한다. 예
수님은 제자들에게 기도를 가르쳐 주실 때에 “나라와 권세와 영광이 아
버지께 영원히 있사옵나이다.”라는 말씀으로 기도를 끝맺었다.

인간이 누려야 할 가장 큰 축복은 하나님의 아들이 이 땅에 내려주신
평화이다. 성경에서 말하는 평화(샬롬)의 어원적 의미는 ‘완전함’ ‘건강’
‘번영’ ‘영적인 행복’등 영과 육의 모든 복이 포함된 것이다. 이것은 전쟁
이 없고 평화가 보장된 때에 누릴 수 있는 것들이다. “땅에서는 기뻐하
심을 입은 사람들 중에 평화로다.”라는 말씀은 이 땅에 오신 예수 그리
스도를 믿는 자마다 죄에서 해방되고 참된 자유와 평안을 누릴 수 있게
된다는 것이다.

이사야 선지는 이 메시아의 탄생을 다음과 같이 예언했다. "이새의 줄기에서 한 싹이 나며 그 뿌리에서 한 가지가 나서 결실할 것이요."(사 11:1) 이것은 이 땅의 참된 평화가 어떻게 이루어질 것을 보여주는 말이다. 대부분의 사람들은 평화가 아주 강한 것으로부터 시작된다고 생각한다. 그래서 미사일을 만들고 핵폭탄을 개발하고 군비를 증강하며 강대국을 만들어 간다. 이것들은 일시적으로 전쟁을 억제할 수는 있지만 인류에게 참된 평화를 가져다 줄 수는 없다.

하나님은 지구상 어디에서도 얻을 수 없는 참된 평화를 이루시기 위해 이새의 줄기에서 한 싹이 나게 하신 것이다. 그분이 예수 그리스도이다. 새싹이란 가장 연약하고 부드러운 것이다. 세찬 바람이나 추위에도 쉽게 상하고 부서진다. 그 새싹은 아무것에도 상처를 주지 않는다. 바르고 정직하게 살아가는 사람들이 아무도 상처받지 않는 것이 참된 평화의 상태이다. 주님은 하나님의 아들이면서도 우리들의 죄를 대속하시기 위해 뺨을 맞고 침 뱉음을 당하고 욕을 들어도 대신 욕하지 아니하고 마침내 십자가에 못 박히셨다.

이것은 참된 평화를 추구하는 우리들의 삶의 자세가 어떠해야 함을 보여주는 것이다. 평화는 힘 있고 큰소리치는 자들에 의해서 이루어지는 것이 아니라 묵묵히 진리의 길을 걸어가는 자들에 의해서 이루어지는 것이다. 평화의 왕으로 오신 온유한 주님의 모습을 보면 오늘날 평화를 만들어 가는 사람들이 너무 많이 떠들고 너무나 거침없는 행동을 하는 것 같다. 그 잘하는 말 한마디 때문에 평화가 깨뜨려지고 생각 없이 내뱉는 한마디가 남을 이간하고 싸움을 붙이는 경우도 생겨나게 된다.

평화의 왕으로 이 땅에 오실 주님에 대해 이사야 선지는 이렇게 예언했다. "그가 곤욕을 당하여 괴로울 때에도 그의 입을 열지 아니하였음이여 마치 도수장으로 끌려가는 어린 양과 털 깎는 자 앞에서 잠잠한 양과 같이 그 입을 열지 아니하였도다."(이사야53:7) 또한 주님은 "나는 마음이 온유하고 겸손하니 나의 멍에를 메고 내게 배우라."(마태11:29)고 말씀하셨다. 성도들은 주님께 그 겸손을 배우고 다른 사람들에게도 전할 수 있어야 한다.

성탄절의 기쁨은 평화의 왕으로 오신 예수 그리스도를 전파하는 것에서 얻어져야 하며, 이 참된 평화의 비밀을 알리기 위해 우리는 크리스마스가 가져다준 평화의 송가를 불러야 한다. 노숙자·실직자에 대한 무료 급식이나 구제도 주님의 사랑과 함께 전달되어야 한다. 북한 땅에도 경제적 원조와 함께 이 평화의 복음을 함께 전할 수 있는 길을 열어가야 한다. 그리고 멀리 있는 사람들을 찾아가는 날을 기다리는 것보다 우선 내 이웃에게 예수 그리스도를 증거해야 한다. 한 사람에게 복음을 전하는 것은 이 땅에 참된 평화의 씨앗을 심는 것이 되기 때문이다.

임택진 목사님을 생각하며
- 2010년 스승의 날에

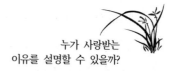

누가 사랑받는
이유를 설명할 수 있을까?

사랑받는 것보다 더 행복한 것이 또 있을까? 나를 사랑하는 그분이 내가 마음으로부터 존경하는 분이라면 그 기쁨은 배가된다. 그리고 세월이 지나도 잊히지 않는다. 내가 임택진 목사님을 처음 뵙게 된 것은 그분이 65세로 청량리중앙교회를 조기 은퇴하시던 해로 기억된다. 신학교 동기였던 P 목사의 추천으로 내가 청량리중앙교회 교육전도사로 일하기 시작한 것은 신대원 2학년 때부터였다. 불혹에 가까운 나를 신학생으로 불러주신 일과 교회가 나를 교육전도사로 받아준 일은 생각하면 할수록 감사하고 소중한 은혜이다. 1년 반 동안 교육전도사의 일을 마치고 나는 목회현장으로 떠나왔지만 그 후에도 목사님과의 관계는 계속되었다. 그러나 나는 목사님이 하늘나라로 떠나가신 소식을 1년이 훨씬 지나 듣게 되었다.

자기 집을 방문한 사람을 배웅하지 못해도 결례이거늘 하물며 존경하는 분이 이 세상을 떠나가실 때 전송하지 못한 것은 비록 부음을 접하지 못했다 할지라도 내게는 늘 무거운 마음으로 남아 있다. 임 목사님은 은퇴 후에 어쩌다 한 번씩 본 교회 강단에 설 때면 교회 입구에서 교인들에게 인사하는 것을 보지 못했다. 혹시라도 교인들의 마음이 흐트러질까, 강단 뒷문으로 조용히 내려와 사무실로 들어가셨으며 결혼 주례도 조심스럽게 사양하신 것을 보았다. 임 목사님이 집회 인도 차 부산에 내려오실 때는 그가 중매한 K 목사와 P 목사, 그리고 나 세 사람에게 오랜만에 점심이라도 같이 하자면서 연락을 주셨다. 물론 점심값은 임 목사님이 내셨다.

내가 서울에 볼일이 있을 때 명일동에 있는 임 목사님 댁을 방문한 적이 몇 차례 있었다. 어떤 때는 눈치도 없이 점심식사 시간에 들러 목사님 내외와 함께 식사를 하기도 했다. 한번은 내가 목사님을 모시고 나와 점심대접을 하려고 연락을 드렸을 때였다. 전화를 받으신 목사님은 "멀리까지 들어올 것 없다."고 말씀하시고 장신대 전철역 '만남의 장소'에서 만나, 광장동 사골탕집에서 점심식사를 하며 얘기를 나누었다. 장신대역 만남의 장소는 그 후에도 몇 차례나 목사님과 나와의 약속장소가 되었다. 함께 얘기를 나눌 때면 목사님의 화두는 언제나 한국교회가 본연의 모습을 잃어가고 있다는 것이었다. 내가 뜻하지 않은 어려움을 겪은 후 해가 바뀌고 많은 시간이 흐르고 임 목사님을 만났을 때였다. 장신대 앞 조용한 경양식집에서 식사를 하고 나서 목사님은 요즘도 많은 액수에 해당하는 봉투를 쥐어 주고 달아나듯 음식점을 나가셨다.

나는 두고 나가신 안경을 전해드리려 한참이나 목사님을 뒤쫓아 가야 했다.

내가 세 번째 목회지에서 시를 쓰기 시작하고 제8회 광나루 문학상을 받게 되었을 때 일이다. 나는 목사님께 알려드리는 것이 도리라 생각하고 며칠 전에 연락을 드렸었다. 한국교회 100주년 기념관에서 개최된 이날 저녁 시상식에 임 목사님은 불편한 몸으로 따님이 운전하는 차를 타고 참석, 나를 축하해 주셔서 참으로 송구스러웠다. 임 목사님은 내가 첫 설교집을 비롯해 시집, 수필집을 출간했을 때는 꼭 친필편지로 축하와 격려의 마음을 보내주셨다. 기독공보나 교계신문에 실린 내 글을 보셨을 때도 잘 읽었다면서 편지나 전화를 주시곤 했다. 언젠가는 총회 총대들에게 주어진 가방에다 목사님이 갖고 계시던 소중한 목회 자료와 신간서적을 가득 담아 주신 일도 있었다.

장신대 신대원에서 목회학 강의를 하실 때는 첫 시간에 "목회자는 공과 사를 분명히 해야 한다."고 말씀하신 것을 나는 아직도 잊지 못한다. 언제나 깨끗하고 소탈한 삶, 인생에는 부모님 같고, 목회에는 대스승이신 목사님을 나는 존경하지 않을 수 없었다. 그러나 나는 생전에 한 번도 목사님에게 '존경'이란 말씀을 드리지 못했다. 왠지 그런 표현이 부적절한 것 같았다. 진정으로 존경하는 사람 앞에서는 할 수 없는 말이 '존경한다'는 말이 아닐까?

병석에 계실 때 오랜만에 병문안 차 목사님 댁을 방문한 적이 있다. 그러나 그때 임 목사님은 나를 알아보지 못하셨다. 그때부터 나는 목사님을 위해서 기도할 뿐 소식을 들을 수는 없었다. 참으로 오랜만에 사모님께 전화로 목사님 안부를 물었더니 목사님은 지난해 소천하시고 올해 1주기 추모문집을 교회에서 출판했다면서 책 두 권을 보내주셨다. 그러고도 두 해가 흘렀다. 나의 무관심 때문일까? 내가 사랑하고 존경하는 사람과의 이별의 소식은 왜 그렇게 오랜 시간이 지나서 듣게 되는 것인가? 훗날 하늘나라에서 만나면 뭐라고 변명을 늘어놓을까? 살아온 길을 돌아보면 꼭 해야 할 일이 생각나도 차일피일 미루다 기회를 놓쳐버린 경우가 없지 않다. 어떤 때는 바쁘다는 핑계로, 또 어떤 때는 이웃보다는 자기중심으로 생각하는 것으로 인해 도리를 다하지 못하기도 했다. 희생과 헌신을 부지런히 가르치기는 했으나 실천에는 너무도 약했던 부끄러운 모습이다.

임 목사님은 글쓰기를 좋아하셨고 글 쓰는 나를 사랑하셨다. 아니, 그것보다도 글을 쓰는 내 마음을 어여삐 보신 것이 아닐까? 나의 글 속에 숨어있는 겨자씨가 같은 어떤 마음이 먼 훗날 조그만 열매를 맺을 것이라는 기대감으로 나를 바라보셨을 것이다. 살아오면서 속 터놓고 인생과 목회를 얘기할 진정한 친구 하나 사귀지 못하고, 25년의 목회 가운데 '내 사람'(?) 하나 두지 못한 일도 빈 들처럼 허전하게 다가온다. 반환지점이 없는 하오의 길을 걸어가면서 목사님 생각이 간절하다. 임 목사님 생각을 하면 부질없는 일에 열을 올렸던 기억이나 욕심을 버리지 못했던 시간들이 더욱 나의 선명한 얼룩으로 드러나 보인다. 그럼에도 불구하고 여러분들로부터 입은 사랑의 빚은 내 어깨를 무겁게 하고 있다. 누가 사랑하는 이유를 말하고 사랑받는 이유를 설명할 수 있을까? 다만 사랑받아 행복하고 사랑할 수 있어 즐거울 뿐이다.

스승의 날을 맞으면서 이제는 마음 놓고 불러보는 그 이름, '존경하는 임택진 목사님!'

제비와의 대화

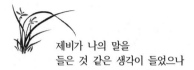

제비가 나의 말을
들은 것 같은 생각이 들었으나

'더위 탈출 프로젝트' '초특가 한정판매' '알랑가 몰라' '갈비 시작' '폭탄세일' 등등.

우리 집 아파트 현관문과 복도 벽면에는 거의 매일이다시피 이런 광고지들이 나붙어 덜렁거린다. 뜯어내면 또 붙이고 뜯어내면 또 붙이고 -. 제발 광고지를 붙이지 말도록 말하고 싶어도 언제 와서 붙이고 가는지 알 수 없다. 전에 살았던 아파트에서는 관리 사무실에다 광고지 부착을 막아주도록 부탁했지만 그들도 속수무책이라는 대답이었다. 육교나 전철역 입구에서 여인들이 떠맡기듯 광고지를 손에 쥐여 주는 것이나 아무데나 광고지를 붙이는 행위는 삶의 수단인 본능적인 모습처럼 보이기도 한다.

첫 번째 목회지인 양산에서 목회할 때의 일이다. 추운 겨울이 지나고 따뜻한 봄이 한창 피어나고 있었다. 강남 갔던 제비들이 다시 돌아왔다. 흥부네 집처럼 박씨를 물어다주지는 않아도 제비를 반기지 않는 사람은 아무도 없을 것이다. 제비도 그것을 아는지 꼭 사람들이 사는 집을 찾아 처마 밑에 흙으로 둥지를 튼다. 그때 우리 교회를 찾아든 제비는 예배당 출입구 위쪽 벽면에 집을 짓기 시작했다. 집이 완성되면 알을 낳을 것이고 새끼가 자랄 때까지는 제비 똥이 현관 입구에 떨어지게될 것이었다. 어릴 적 경험으로 보면 똥받이를 달아주어도 주변은 지저분할 뿐만 아니라 출입하는 사람들이 머리에 똥을 뒤집어쓸 수도 있었다.

나는 제비가 집터를 잡기 시작할 때 장대로 벽면에 붙은 흙을 긁어버렸다. 그래도 제비는 그 자리에 집짓기를 계속하고 있었다. 사람은 헐어내고 제비는 집짓기를 계속하는 씨름은 며칠간 계속되었다. 마치 아파트 현관문에 광고지를 붙이는 사람들처럼 제비는 포기할 줄을 몰랐다. 그토록 집을 지으려고 애쓰는 제비에게 나의 행위가 마치 놀부 같다는 생각도 들어 마음이 불편했다.

나는 이탈리아가 낳은 성 프랜시스가 새들과 대화했다는 말을 떠올렸다. 프랜시스가 복음을 전하기 위해 칸나라(Cannara)라는 마을에 도착했다. 그는 주변에서 시끄럽게 지저귀고 있던 제비들에게 설교가 끝날 때까지 조용히 하도록 명령했다. 제비들이 그의 말에 순종하여 집회를 잘 마칠 수 있었다. 또 한 번은 길을 가던 중에 나무숲에 엄청난 새떼가 모여 있는 것을 보았다. 그가 새에게로 다가가자 새들도 나무에서 내려와 그에게로 몰려왔다. 프랜시스는 "나의 작은 새 누이들아, 너희는 하나님을 찬양하라."는 설교를 했다. 새들은 일제히 머리를 주억거리며 목을 길게 빼고 날개를 쭉 편 채 공손하게 몸을 땅에 조아렸다. 프랜시스가 새들을 축복하고 등을 쓰다듬어주자 새들은 찬양하듯 지저귀며 날아갔다고 한다.

나도 제비에게 정중히 부탁해보기로 했다. 사람의 진정한 마음은 새들도 알아줄 수 있을 것이라는 생각이 들었기 때문이다. "제비여, 이곳에 집을 짓지 말아다오!" 나는 제비가 둥지를 트는 자리에 하소연하듯 이렇게 큰 글씨로 써 붙였다. 그제야 그렇게 긁어내어도 막무가내이던 제비가 집짓기를 중단했다. 내가 제비에게 부탁하는 말을 써 붙인 것을 보고 웃는 성도들도 있었지만 어떤 이는 "제비가 목사님의 말을 들었는가?"라고 말하기도 했다. 나도 처음에는 제비가 나의 말을 들은 것 같은 생각이 들었으나 그것은 성 프랜시스에게나 일어날 수 있는 일이 아닐까? 곡식밭에 날아드는 참새 떼가 허수아비나 금박지를 보고 달아나듯 제비는 그 자리에 붙은 흰 종이를 보고 피한 것임에 틀림없다. 훈련된 개나 구관조가 혹 사람의 말을 알아듣는다고 하지만 야생동물이 사람의 말을 듣거나 더더욱 글을 읽을 수는 없을 것이다.

그럼에도 불구하고 사람들은 동물들도 인간의 말을 들어주었으면 하는 바람을 버리지 못하고 있는 것 같다. 두 번째 목회지에서 새벽기도회를 마친 뒤에 아내와 함께 한적한 뒷길로 조깅을 할 때가 있었다. 주변의 전봇대나 미루나무에는 까치집도 보였다. 어느 날 아침 조깅을 하면서 까치집이 있는 전봇대에 "까치집짓기 금지"라고 써 붙인 표지를 보았다. 우리는 첫 목회지에서 제비에게 부탁했던 일을 떠올리고 함께 웃었다. 지금 생각해보면 '까치집짓기 금지'란 글귀는 정전사고를 방지하기 위한 까치집 철거반원에게 주는 작업지시였는지도 모른다. 아마 관리하는 사람들은 부지런히 까치집을 털어내었을 것이고 까치는 열심히 집짓기를 계속했을 것이다.

얼마 전 서울역광장 한구석에 걸려있는 "우리는 죽을 수는 있어도 물러설 수는 없다."는 철거민들의 처절한 항의 현수막을 볼 수 있었다. 금지된 지역에 무허가로 집을 지었지만 결코 철거당할 수 없다는 삶을 위한 투쟁이었다. 새들이 집을 짓듯 철거하고 나면 밤새 집을 짓고 금지 팻말을 써 붙여도 사람들은 다시 집을 짓기 위해 목숨을 돌아보지 않는 경우도 있었다. 그 누구도 본능적 행위를 제어할 수는 없다. 가난에 허덕이는 사람에게 납세의 의무를 추궁할 수 없듯이 생계를 위한 일 앞에 법은 무력할 뿐이다.

오늘도 현관문 앞에 나붙어 덜렁이는 광고지를 보며 "제발 이곳에 광고지를 붙이지 말아주세요."라고 써 붙이려던 생각을 접기로 했다. 내가 그 광고지를 보는 것은 잠시 기분이 좋지 않은 것으로 그치지만 부지런히 광고를 붙이는 사람은 그 붙이는 행위만으로 일당을 받거나 그것으로 생계를 유지해 갈 수도 있을 것이다. 처마 끝에 집을 짓고 한철을 지내는 제비처럼 아파트 현관문에 광고를 붙이는 것은 그들의 삶의 방편인지도 모른다. "동냥은 주지 않아도 쪽박은 깨지 말라."는 속담이 생각난다.

나들이 준비물 열여덟 가지

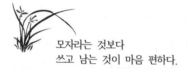

모자라는 것보다
쓰고 남는 것이 마음 편하다.

'도랑만 건너도 객지'라는 말이 생각난다. 오래전 할아버지 할머니가 살아계실 때 들었던 말이다. 처음엔 무슨 말인지 몰랐지만 시간이 흐르면서 그 뜻을 차츰 깨닫게 되었다. '객지客地'란 '자기 집을 멀리 떠나 있는 곳'이기에 모든 것이 낯설거나 어렵고 불편해지기 마련이다. 또한 "객지생활 삼 년이면 골이 빈다."는 속담도 있다. 이는 객지에서는 남이 아무리 잘해주어도 고생이 되므로 허울만 남게 된다는 것을 이르는 말이다. 요즘은 옛날과는 상황이 많이 달라져 돈만 있으면 다 해결될 것 같지만 하루만 집을 떠나도 준비할 것은 한두 가지가 아니다.

명절에 고향을 찾아가든지 등산을 하거나 며칠씩 해외여행이라도 할 때는 챙겨야 할 것이 너무 많다. 꼼꼼하게 메모하고 준비를 하다 보면 배낭은 무거워지고 여행 가방은 한껏 부풀어 오르는 것이다. 한나절을 잠시 나들이하는 것은 별로 챙길 것이 없다는 생각을 할 수도 있으나 실제로 준비를 하다 보면 필요한 것은 자꾸 늘어나기 마련이다. 어디에서나 사람이 살아가는 데는 번거롭고 복잡한 문제들이 생긴다. 단체 야외나들이를 할 때도 먹는 것뿐만 아니라 배설의 문제가 따르고, 자리를 펼치는 것만 아니라 뒷정리를 하는 것까지 생각해야 한다.

엊그제 서울에 모임이 있어 하루 다녀올 준비를 하면서 생각보다는 여러 가지를 챙겨야 했다. 그 모임이란 30년 전 신학교 은사인 박창환 목사를 모시고 대접하는 자리였다. 올해 구순을 맞은 박 목사님은 그동안 미국에서 목회하는 막내 아들 집에 계시다가 올해 장신대에 강의를 맡아 오시게 되었다. 며칠 전 스승의 날에 즈음하여 학부동문들이 박 목사님을 모시고 모교에서 구순잔치를 한다는 소식을 듣게 되었다. 동기회에 연락을 해보았으나 신대원 출신들이 참석할 자리가 아니라는 의견들이었다. 나는 박 목사님이 이번 학기 강의를 마치고 미국으로 들어가시면 다시는 뵙지 못할지도 모른다는 생각이 들었다. 그래서 평소 박 목사님과 연락이 닿던 내가 주선을 하고 서울에 있는 친구 네 사람과 함께 점심식사 대접을 하도록 한 것이다. 그리고 5월 마지막 날 11시 30분에 학교에서 만나기로 약속을 했었다.

스승을 뵙는데 캐주얼 옷차림으로 갈 수 없어 나는 정장을 하도록 했다. 열차표는 인터넷으로 예매를 해놓았다. 부산역에서 오전7:30 KTX를 타려면 6시 30분에 집을 나서야 한다. 우선 아침 식사시간이 어중간해서 가는 길에 '김밥천국'에서 김밥 한 줄을 사도록 했다. 24시간 편의점 간판이 붙어있는 집이지만 혹시 이른 아침에 가게 문을 열지 않을지도 모른다는 생각에 전날 확인을 해놓았다. 가방은 컴퓨터 가방을 사용하기로 하고 납작한 휴대용 물병에 생수를 한 병 담았다. 매일 아침식사 후에 복용하는 전립소 한 알과 비타민류 두 알을 약통에 넣었다. 우유 대신으로 집에 있던 두유 2봉지를 챙겼다. 두유는 냉장도 필요 없고 여름 날씨에도 변하지 않으니 여행용으로 적합하다는 생각을 한 것이다.

상처에 붙이는 밴드도 필요했다. 엊그제 탁구를 치다 오른쪽 엄지손가락에 찰상을 입었기 때문이다. 혹 손을 씻을 때 밴드가 떨어지면 다시 붙이기 위해서다. 감기 예방으로나 목 안이 텁텁할 때 빨아먹는 쏠라C도 몇 알 휴대하기로 했다. 가방은 안팎으로 포켓이 많이 달려있어 쓰기에 참 편리했다. 언제나 그림자처럼 나를 따라다니는 메모지는 가방 바깥 포켓에 넣고 볼펜은 양복 안주머니에 꽂았다. 차중에서 읽을 단편소설집도 한 권 넣었다. 무료할 때 들을 수 있도록 MP3도 미리 충전하여두었다. 요즘은 MP3를 쓰는 사람들은 찾아보기 힘들지만 나는 아직도 걷기운동을 할 때 즐겨 사용하는 편이다. 그리고 박 목사님과 함께 기념사진을 찍기 위해 오래된 소형 카메라도 휴대하기로 했다. 이것은 내가 스마트폰을 사용하지 않기 때문에 덧붙여지는 것이다. 이 모든 것들은 가방에 들어가는 용품들이다. 치약과 칫솔도 가져가고 싶었으나 껌을 씹는 것으로 이 닦기를 대신하기로 했다. 이밖에 손수건과 휴대폰, 주민증과 신용카드, 필요한 용돈 등을 확인했다. 일일산행을 할 때보다 챙길 것이 더 많은 것 같았다.

부산역까지 행여나 열차시간에 늦을세라 시간을 앞당겨 오전 6시20

분에 집을 나섰다. 김밥집에 들어가면서 물티슈를 갖고 오는 것을 잊었다는 생각이 들었고 껌도 챙기지 못한 것을 알았다. 며칠씩 여행을 할 때는 메모한 것을 체크하며 준비를 하는데 그렇지 못하다보니 빠트린 것이 있었다. 평소에도 하루를 살아가는데 필요한 것들이 헤아릴 수 없을 만큼 많지만 집에서는 별로 의식하지 못하기 때문에 부족한 것이 없는 것처럼 느껴질 뿐이다. 그러나 여행경험을 미루어보면 애써 준비한 것들이 한 번도 쓰이지 않는 경우도 있었다. 특히 나의 경우는 여벌 옷들이 그러할 때가 많았다.

정시에 열차가 부산역을 출발하고 나서 김밥으로 아침식사를 했다. 철도청에서 펴낸 잡지를 뒤져보다가 차창에 펼쳐지는 모내기가 한창인 들판을 바라보기도 하고, 단편소설을 한 편씩 읽다보니 어느새 서울역, 2시간 40분이 걸렸다. 새마을호로 4시간, 고속버스로 5시간이 넘게 걸리던 때가 아득한 옛날 일 같은 생각이 들었다. 광나루에 있는 한강호텔 한식집 앞에서의 기념사진은 친구의 스마트폰으로 촬영했다. 내 카메라를 사용하기도 했으나 다음날 그가 보내준 사진파일이 더 좋았다. 카메라는 가져가지 않아도 되었을 것이라는 생각이 들었다. MP3를 들어야할 시간도 갖지 못했다. 쏠라C도 메모지도 오늘은 별 필요가 없었고, 찰상에 붙인 밴드는 갈아붙이지 않아도 되었다.

별 필요가 없어 보이는 것들도 여행 중에는 아쉬울 때가 있으므로 많은 준비를 하는 것이 나쁠 것은 없다. 그러나 조금도 불편을 감수하지 않으려는 자세로 이것저것을 챙기다 보면 미리부터 힘이 들고 즐거워야 할 여행은 더욱 번거로워질 수도 있을 것이다. 나름대로 꼭 필요한 것만 챙긴다고 생각했는데 하루 서울나들이에 열차표를 제외하고도 준비물이 무려 열여덟 가지나 되었다. 가장 요긴한 것은 김밥과 두유, 그리고 물이었다. 언젠가는 열차 내에 식당차가 없어져 사먹을 것도 마땅치 않아 준비를 했는데 오늘은 도시락을 팔고 있었다. 신경 쓰며 여러 가지를 챙긴 것이 약간은 후회스럽기도 했다.

하지만 아슬아슬하게 딱 맞거나 모자라는 것보다는 쓰고 남는 것이 언제나 마음이 편하다. "가까운 곳에 가도 점심밥을 싸가지고 가라."는 속담을 생각하면 준비하여 손해 보는 일은 없을 것 같다.

"신학은 좋지만……"

"선생은 신앙을 걱정하는 것이 아니라
교회의 형식을 전부로 아시는 모양이군요."

  신문사에 입사한 후 5년여의 세월이 흘렀을 때였다. 그동안 결혼도 했고 취재하는 일도 익숙해지면서 나는 한창 하는 일에 재미를 붙일 수 있었다. 그럼에도 불구하고 기자생활에 만족은 느끼지는 못하고 있었다. 그것은 일찍이 목회자가 되려는 꿈을 이루지 못한 데서 오는 갈등 때문이었다. 내가 목회자가 되려는 생각을 가진 것은 당시 젊은이들 사이에 인기가 있었던 연세대 김형석 교수의 에세이 ≪영원과 사랑의 대화≫를 읽은 뒤부터였다. 그때 '그 한마디 말'은 아직도 내 가슴에 생생히 살아있다. "인생이 100이라면 자기 자신과 가족을 위해 사는 사람은 50의 인생밖에 살지 못하지만 이웃과 사회를 위해 일하면 100이라는 인생을 사는 것이다." 오직 한번 주어지는 귀한 인생의 절반만을 살기보다는 온전한 인생을 살아야 한다는 말이 나를 사로잡았다.

나는 처음에는 계몽소설의 영향을 받아 낙후된 농촌을 일깨우는 운동에 앞장서려는 생각을 하고 있었다. 그러나 1960년대 초 혁명정부 경제정책의 일환인 중공업정책에 밀려 극심한 이농현상이 나타나면서 농촌은 더욱 피폐되어 갔다. 그럼에도 불구하고 나는 젊은이들이 떠나는 농촌에 들어가 버려진 땅을 개간하고 가난한 그들과 함께 살아갈 길을 모색해보았으나 끝내 좌절되고 말았다. 나는 목회자가 되려는 쪽으로 방향을 바꾸었다. 그것이 이웃과 사회를 위해 사는 길이라 생각되었기 때문이다. 그러나 목회자가 되려는 꿈도 여건은 쉽게 허락되지 않았다. 나는 대학 3학년 때 학업을 중단하고 신학교로 방향을 바꾸려는 시도를 했으나 아버님의 엄한 반대에 부딪쳤다. 그리고 학업을 중도에 포기하기보다는 일단 하던 공부를 마치는 것이 순서라는 한 목사님의 조언을 받아들였다. 꿈과 현실이 다르다는 것을 톡톡히 체험하고 있었다.

졸업을 앞두고 직장을 구하다 일간 신문 수습기자로 입사했다. 기자생활은 젊은이들에게 선망의 대상이었으나 나의 신앙을 지키기에는 어려움이 따랐다. 이틀에 한 번씩은 술자리를 같이해야 하는 것은 물론 동료들과 함께 식사할 때는 식사기도를 하는 것조차도 어렵게 느껴지는 분위기였다. 동료들과 함께 식사하면서 식기도를 드리지 못한 나는 스스로 생각하기에도 바리새인과 같은 외식자外飾者로 보였다. 고민을 거듭하다 나는 김형석 교수에게 상담을 하려는 마음으로 편지를 썼다. 나의 편지는 신앙을 지켜가기 어려운 직장의 상황을 토로하고 목회자가 되고 싶다는 내용이었다. 얼마 후 전용원고지 3매에 세로로 써내려간 다음과 같은 김 교수의 답장을 받았다.

"편지 고맙습니다. 주님의 사랑을 빕니다. 주께서는 우리를 빛이라고 했습니다. 빛은 밝은 곳에서는 필요가 없습니다. 참 빛은 가장 어두운 곳을 찾아 빛을 발해야 합니다. 제가 아는 훌륭한 언론인들, 저널리스트로서의 문필가들도 안 선생과 같은 시련과 역경을 뚫고 온 분들이었습니다. 식기도는 형식 중의 형식이고, 붓을 든다는 것은 직업을 통한 사회적 책임이고……. 식기도를 마음으로 드린다고 해서 무슨 잘못이 있겠어요? 선생은 신앙을 걱정하는 것이 아니라 교회의 형식을 전부로 아시는 모양이군요. 신자가 아니었다고 생각하고 성경을 다시 읽어보세요. 어떻게 기자생활을 더 잘할 수 있는가를 깨닫게 될 것입니다……. 신자信者이길래 기자記者다운 기자記者가 될 수 있어야 할 것 같은데요. 신자信者이기에 군인軍人다운 군인, 정치가다운 정치가가 되듯이 ─. 저와는 생각의 차이가 커진 것 같습니다만……."

나는 신앙생활에 대한 갈등을 해소하기 위해 목회자가 되려는 나의 결심에 대해 김 교수가 찬성의 견해를 보여줄 것으로 기대했다. 긍정적인 답을 기대했던 나에게는 너무도 뜻밖이었다. 그러나 그의 대답은 나에게 반론의 여지가 없는 옳은 말씀으로 들렸다. 나는 일단 신학에의 뜻을 접고 기자의 일에만 충실하기로 했다. 그로부터 다시 5~6년이 흘렀다. 이번에는 내가 출석하던 교회의 분열과 그 혼란스런 상황을 보면서 다시금 '내가 목회자가 되어야 한다.'는 생각이 끓어올랐다. 두 번째 편지는 목회자가 되기 위해 직장을 그만두고 신학교 문을 두드리려는 결단을 한 상태에서 보낸 것이다. 이번에는 대학노트 한 장에 가로로

써진 답장을 받았다. 기대감을 갖고 편지봉투를 뜯었지만 내 생각과는
딴판이었다.

　"······직접 만나 얘기를 나눌 기회가 없어 유감입니다. 사회나 국가에
대한 봉사는 첫째로 내가 주어진 일과 직장에서 모범적인 일꾼과 생활
인이 되며 가족들을 귀하고 값있게 이끌어가는 일로부터 시작되지 않
을까요? ······신학은 좋지만 목사가 된다는 일은 크게 찬동이 가지 않습
니다. 예수께서 교직자나 목사가 되셨던가요? 성실한 한 인간으로 노력
해 간 것뿐이지요.······"

　김 교수의 말은 나를 설득하지 못했다. 나에게 다른 길은 없었다. 기
어이 나는 입사 후 12년을 맞는 3월에 기자의 펜을 내려놓고 목회자의
길로 들어섰다. 신학생이 된 나는 그토록 존경하던 김 교수를 도저히
만나 뵐 수 없었다. 광나루 선지동산에서 공부를 하면서도 나는 김 교
수의 조언과는 다른 선택을 했다는 것 때문에 늘 죄송한 마음을 갖고
있었다. 그때 그는 정기적인 신앙강좌를 열고 있었지만 나는 3년 동안
서울에서 공부하면서도 김 교수를 뵙지 않았다. 졸업 후 부산에서 개최
된 김 교수의 집회에 참석한 적도 있었지만 멀리서 바라볼 뿐 찾아가
인사드리지는 못했다. 그러나 김 교수가 정년퇴임을 하고 오랜 시간이
지난 1990년대 말 내가 연세대 목회자 세미나에 참석했을 때 함께 식사
를 하며 이야기를 나눈 것으로 마음의 무거운 짐을 덜었다. 가정과 사
회에 대한 책임을 강조한 그는 성실한 한 인간의 표상처럼 느껴졌다.

목회자로의 부름은 인간으로부터가 아니라 더 높은 데서 들려오는 음성이라는 생각이 들었다. 모든 것을 버리고 선지동산으로 달려온 사람들과 함께한 신학교생활은 힘들었지만 꿈처럼 행복한 시절이었다. 돌아보면 그토록 목회자가 되기를 원했다면 왜 5년이라도 앞당겨 행동하지 못했을까 하는 아쉬움만 남아있다. 황금 같은 젊은 시절에 좀 더 앞당겨 목회자가 되었더라면 더욱 보람된 꿈을 펼쳤을 것이라는 변명 같은 생각도 해본다. 나는 김 교수의 말로 인해 목회자가 되려는 뜻을 굳혔고, 그의 말로 인해 한동안 목회자의 꿈을 접어야 했었다. 이제는 목회자의 생활도 끝나고 농촌에의 꿈은 추억 속에 묻혀있을 뿐이다. 누구를 위해 일한다거나 무엇이 되려는 것보다는 주어진 자리에서 성실한 생활인으로 살아가는 것이 중요하다는 교훈을 다시 한 번 되새겨본다.

교회의 건강진단

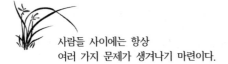

사람들 사이에는 항상
여러 가지 문제가 생겨나기 마련이다.

어느 분야에서도 희소가치는 무시할 수 없다. 토마스 모어는 그의 ≪유토피아≫에서 성직자에 대해 다음과 같이 그리고 있다. "유토피아의 공직 중에서는 사제직이 가장 존경받고 명예로운 직업입니다. 그러기 때문에 사제들은 죄를 범해도 일반 사회의 재판을 받는 일이 없으며 오직 신과 그 자신의 양심에 맡겨둘 뿐입니다. 이와 같은 풍습은 첫째로 사제의 수가 매우 적으며 또한 그들은 매우 세심한 주의를 기울여서 선출되기 때문입니다. ……그들이 사제의 수효를 적게 하고 있는 것은 만일 명예의 지위가 누구에게나 주어진다면 현재 만인의 존경을 받는 사제직의 권위가 일조일석에 경멸을 당하게 될 우려가 있기도 할뿐더러 그밖에도 특히 그와 같은 권위에 알맞은 덕망 있고 훌륭한 인물을 많이 찾아내기도 힘든 일이라고 생각되었기 때문입니다." 유토피아는 기상천외한 헛된 공상이 아니라 인류의 공통염원을 담은 이상국가의 모델을 그린 것이다. 성직자를 배출하는 자세와 그 정신은 본받을 만한 것으로 생각된다.

최근 들어 우리나라의 대형교회들이 많은 문제들을 드러내어 기독교의 위상을 실추시키고 선량한 국민들과 크리스천들에게 큰 우려를 안겨주고 있다. 뿐만 아니라 기독교인들 가운데서도 자기가 몸담아오던 교회에 실망을 느끼고 다른 교회로 옮겨가고 그 옮김은 한번으로 끝나는 것이 아니라 또다시 자기 마음에 맞는 교회를 찾아 방황하는 경우가 허다하다. 기독교 역사 속에 다른 나라에서는 유례를 찾아볼 수 없는 부흥성장과 발전을 거듭하며 수많은 선교사를 파송하고 있는 한국교회에 왜 이런 문제들이 잇달아 일어나고 있는 것인가?

여러 가지 구조적인 원인이 있겠지만 그 첫째는 목회자의 양산을 들 수 있다. 보도에 따르면 교육부인가를 받은 신학교에서 배출되는 졸업생이 한해 4천여 명, 여기에다 무인가 신학교 졸업생까지 합하면 매년 줄잡아 1만여 명의 목회자가 배출된다는 것이다. 최근 장로교 통합교단의 통계에 따르면 지난 10년 동안 교회수와 교인 수는 각각 23%, 15%가 증가한 반면 목회자 수는 63%나 증가했다는 것이다. 또한 다른 교단의 신학교도 교단의 재정적 지원이 불충분한 상황에서 학교를 운영하다보니 학생들을 많이 선발하지 않으면 안 되었고 결과는 목회자의 질적 저하를 불러오게 되었다는 지적이다.

그러나 아무리 이상적인 목회자를 엄선한다 하더라도 그 교회에 전혀 문제가 일어나지 않는다고 단정할 수는 없다. 왜냐하면 교회의 문제는 목회자 쪽에만 있는 것이 아니라 그 교회에 속한 모든 구성원들의 관계 속에서 발생하는 것이기 때문이다. 그런고로 어떠한 수단과 방법을 동원한다 하더라도 인간이 구성하고 있는 집단에서 온전한 단체를 찾아낼 수는 없을 것이다. 다양한 계층의 사람들이 함께 모인 교회는 더욱 예외일 수 없다. "인간은 천사도 짐승도 아니다. 그리고 천사의 흉내를 내려고 하면 짐승이 되어버린다." 파스칼의 말이다. 인간은 천사가 될 수 없는 한계성을 지니고 살아갈 수밖에 없다는 의미이다. 더욱이 '인간人間'이란 말은 '사람'을 의미하지만 한자의 뜻을 그대로 풀면 '사람과 사람 사이'라는 뜻이 된다. 사람은 천사가 아니기에 많은 문제를 안고 있고 문제를 가진 사람들 사이에는 항상 문제가 생겨나기 마련이다. 아이러니 하게도 역사의 발전은 문제로부터 비롯되었고 그 문제가 역사를 이끌어 왔다. 살아가다보면 문제가 생기고 문제를 해결하면서 역사는 한 단계씩 발전해 가는 것이다.

그리고 보면 한국교회의 '문제'를 비관적인 쪽으로만 받아들일 수는 없을 것 같다. 문제나 불화가 나타났다는 것은 그것을 해소하고 발전할 수 있는 기회가 될 수도 있기 때문이다. 중요한 것은 문제를 해결하려는 교회의 의지이다. 건강한 교회가 되려면 드러나지 않는 문제점을 진단하는 객관적인 작업이 필요하다. 이 진단은 신학교가 수행할 수 있을 것이다. 교회도 하나의 유기체와 같다. 오래되면 질병이 생길 수 있다. 특정한 질병의 유무를 알아내는 것으로 조기진단과 조기치료에 목적을 두고 있는 휴먼도크(Human dock)라는 말이 있다. 이 말은 이미 반세기 전에 생긴 말로 항해를 마친 선박이 부두에 들어와 기계를 점검하는 것처럼 인간도 일정한 기간마다 건강을 점검해야 한다는 의미에서 비롯된 말이다. 오랜 세월 긴 항해를 해온 한국교회들은 교회의 건강진단 ―'처치 도크'가 필요한 때가 되었다.

'연평도의 평화'를 위해

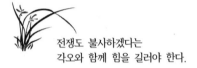

전쟁도 불사하겠다는
각오와 함께 힘을 길러야 한다.

《전쟁과 평화》는 1812년 나폴레옹 전쟁 전후를 배경으로 한 톨스토이의 웅장한 역사소설이다. 제목이 보여주는 대로 인간은 전쟁 속에서 평화를 찾고 평화를 구축하고서도 전쟁에서 완전히 자유로워질 수 없었다. 전쟁과 평화는 밤과 낮처럼 번갈아가며 역사를 기록해왔다. 한동안 평화가 지속되면 반드시 전쟁이 찾아왔고 전쟁은 다시 평화를 이끌어내었다. 인류는 전쟁의 폐허 속에 한 뿌리 잡초 같은 연약한 평화를 가꾸어 거대한 평화의 숲을 만들어왔다. 그리고 그 평화를 지켜가기 위해 언제나 전쟁에 임할 준비를 하고 있었다.

올해는 노벨평화상 자체가 '전쟁상태'를 불러왔다. 지난달 중국의 반체제인사 류샤오보(劉曉波·54)가 평화상 수상자로 선정된 직후 이를 두고 "평화상에 대한 모독"이라고 맹비난했던 중국정부는 한발 더 나아가 노르웨이 오슬로에서 열릴 시상식 자체를 저지하기 위해 '실력행사'에 나섰었다. 류샤오보는 물론 가족이나 친척들까지 출국을 금지시키는 한편 '힘의 외교'를 통해 다른 나라들의 시상식 불참선언을 이끌어냈다. 영국의 일간지 인디펜던트는 '평화상 전쟁(The peace prize war)', 노벨평화상 시상식을 둘러싸고 벌어지고 있는 파행사태를 '평화'와 '전쟁'이라는 상반된 두 단어로 압축적인 표현을 했다. 결국 노르웨이에 대사파견 국가 중 우리나라를 비롯한 미국 일본 영국 등 36개국은 시상식에 참석하고, 러시아 이라크 쿠바 등 6개국이 불참한 가운데 노벨평화상 시상식은 개최되었다.

'75년 만에 주인공이 빠진 노벨평화상 시상식, 그리고 빈자리…' 1935년 나치정권의 방해로 수상자가 불참한 뒤 75년 만에 수상자나 가족이 불참한 '빈 의자 시상식'은 막을 내렸다. 이전 노벨평화상 수상자들인 소련의 안드레이 사하로프(1975년), 폴란드의 레흐 바웬사(1983년), 미얀마의 아웅산 수치(1991년)도 모두 시상식에 참석할 수 없었지만 해당 국가들의 정부는 부인이나 아들이 대리인으로 참석하는 것까지 막지는 않았었다. 뉴욕 타임스는 이에 대해 "중국정부는 구소련이나 미얀마보다도 '도량이 작다'"며 "중국은 구소련이나 공산체제하의 폴란드보다 훨씬 국제적이고 책임 있는 나라인데도 불구하고 경제력을 업고 이들보다 더 권위주의적인 행태를 보이고 있다."고 지적했다. 중국의 힘이 평화상 시상식을 무산시키지는 못했으나 평화의 정의를 형편없이 일그러뜨려놓았다.

'류샤오보를 지지하는 국가는 경제적으로 상응하는 결과'가 있을 것이라는 중국의 협박을 받아들여 몇몇 나라들은 정의를 무너뜨리는 일에 동조했다. 악한 자가 힘을 잘못 사용하는 것으로 인해 의로운 자가 괴로움을 당하는 경우는 허다하다. "힘이 없는 정의는 무력하며 정의 없는 힘은 압제적이다. 힘이 없는 정의는 반대에 부닥치게 된다. 세상에는 언제나 악한 자가 있기 때문이다. 그 때문에 정의로운 자가 강하거나, 강한 자가 정의롭거나 해야 한다." 파스칼의 말이다. 만약 모든 서방나라들의 뭉친 힘이 중국보다 못했다면 정의롭지 못한 나라의 힘에 의해 노벨평화상 시상식은 저지당했을지도 모른다.

중국은 북한을 대하는 태도에서도 정의가 땅에 떨어진 나라로 보인다. 북한의 포격으로 초토화된 연평도와 우리나라의 평화를 지켜가기 위해서는 우리의 힘이 필요하다. 영국의 철학자 화이트헤드는 "절대평화주의자는 나쁜 사람들이다. 권리·정의·이상을 옹호하기 위해서는 반드시 힘의 행사를 필요로 할 때가 있다."고 말했다. 평화를 지켜가기 위해서는 전쟁도 불사하겠다는 각오와 함께 힘을 길러야 한다는 것이다. 뿐만 아니라 지난해 노벨평화상 수상자인 오바마 미국 대통령은 수상연설에서 "(평화를 위해)전쟁은 때때로 필요하다."고 역설해 주목을 끌었다. 또한 G. 워싱턴은 미 의회연설에서 "전쟁준비는 평화를 지키는 가장 유효한 수단의 하나"라고 말했다. 영국 속담에도 "평화를 원하면 전쟁준비를 하라."는 말이 있다. 평화를 지키는 대가가 얼마나 크다는 것을 일깨워주는 말이다.

그러나 남북 대치상황 아래 있는 우리나라가 평화를 지켜가는 데 대해서는 여야가 상반된 의견을 보이고 있다. 위협에 굴복하는 나라는 언제까지나 자유와 평화를 누릴 자격을 얻지 못한다. 중국의 인권을 지켜가기 위해 죽을 각오를 한 류샤오보에게 노벨평화상이 주어진 것처럼 전쟁을 각오한 나라와 민족만이 값진 평화를 지키고 누릴 수 있을 것이다. 우리는 어쩌면 지구상에서 유일한 '악의 축'과 마주하고 있는지도 모른다. 정치 지도자들은 걸핏하면 "전쟁하잔 말이냐?"라는 말로 국민을 오도하는 '나쁜 사람'이 되어서는 안 된다.

3부
수수조청

그때는 누구보다 엄마가 보고 싶었다. 그 때문인지 나는 겨울이 되면 까닭 모르게
목이 꽉 잠기고 기침도 자주하며 힘들어했다. 할머니는 어느 날 수수조청이 기관지에
좋다는 말을 듣고 오셔서 조청을 만들어 나에게 먹이셨다. 추수와 함께 월동준비가
끝나면 하얀 사기대접이나 뚝배기에 참깨를 수놓듯 뿌려놓은 조청은 내가 즐겨먹는
특별한 겨울철 간식이었다.

수수조청

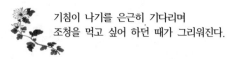

기침이 나기를 은근히 기다리며
조청을 먹고 싶어 하던 때가 그리워진다.

옛날에는 겨울이 되면 흰떡이나 인절미를 만들어 조청에 찍어 먹곤
했다. 설탕도 흔하지 않았고 꿀도 귀한 때인지라 조청은 누구에게나 구
미를 돋우는 인기 있는 감미료였다. 설날 손님들에게 떡을 내놓을 때
반드시 상에 오르는 조청은 마치 약방의 감초와 같은 존재였다. 아이도
어른도 접시가 닳을 만큼 조청을 싹싹 닦아 먹던 일이 눈에 선하다.
조청은 만드는 과정이 까다롭기 때문인지 아껴두며 귀하게 사용하는
음식이었다.

그런데 나는 어릴 적 이 귀한 조청을 거의 매일이다시피 먹을 때가
있었다. 내가 초등학교 4·5학년 때쯤으로 기억된다. 이때 어머니와 형
제들은 공무원이었던 아버지를 따라 의성에서 살았고 철이 일찍 든 것
(?)같은 나만 혼자 포항에서 할아버지 할머니와 함께 살도록 남겨졌다.

그때는 누구보다 엄마가 보고 싶었다. 그 때문인지 나는 겨울이 되면 까닭 모르게 목이 꽉 잠기고 기침도 자주하며 힘들어했다. 할머니는 어느 날 수수조청이 기관지에 좋다는 말을 듣고 오셔서 조청을 만들어 나에게 먹이셨다. 추수와 함께 월동준비가 끝나면 하얀 사기대접이나 뚝배기에 참깨를 수놓듯 뿌려놓은 조청은 내가 즐겨먹는 특별한 겨울철 간식이었다. 심한 기침이나 잠기던 목이 좋아졌는지 어떤지는 기억에 없지만 날마다 즐겨먹던 조청의 맛은 아직도 나의 혀끝에 맴돌고 있다.

조청이란 곡식을 엿기름으로 삭힌 후 약한 불에 졸여서 꿀처럼 만든 감미료이다. 자연에서 얻는 꿀을 예로부터 청淸이라 불렀는데 여기에 '만들 조造'자를 붙여 조청, 인공 꿀이란 뜻으로 쓰인 것이다. 조청을 만드는 공정은 까다롭다. 먼저 곡물의 전분질을 찌거나 삶으면 끈적끈적한 점성粘性이 나타난다. 이것을 호화糊化라 한다. 녹말에 물을 넣어 가열할 때 부피가 늘어나고 점성이 생겨 풀같이 되는 현상을 일컫는 말이다. 호화된 곡물과 엿기름물(물에 치대어 만듦)을 5:2비율로 섞어 따뜻하게 중탕을 하거나 온돌방 아랫목에 묻어두면 밥알이 삭아서 단맛을 내게 된다. 이것을 자루에 퍼 담아 단물을 짜내면 엿물이 되고, 엿물을 가마솥에 붓고 강하지 않게 불을 지펴 진하게 졸이면 조청이 완성된다.

조청은 쌀밥이나 옥수수 가루로 쑨 죽으로도 만들 수 있지만 할머니는 나를 위해 해마다 수수로 조청을 만들었다. 수수조청의 색깔은 마치 잘 말린 곶감 색깔과 흡사했다. 할머니는 이를 위해 며칠 전부터 준비를 하시는 것 같았다. 자세한 과정은 일일이 기억나지 않지만 으깨진

수수 알이 엿기름물로 인해 삭아 단맛을 내게 되면 할머니는 이것을 밀가루 자루 같은 부대에 퍼 담아 단물을 짜내었다. 나는 할머니가 고무함지에 쳇다리를 걸치고 단물을 짜내는 과정을 도와드리며 재미있어 했던 기억을 잊을 수 없다.

겨울이 되면 목이 잠기고 기침을 하는 것은 한때 나의 고질병이었는지도 모른다. 결혼을 하고나서도 겨울이면 나는 가끔 목이 잠기고 마른 기침을 하며 고생을 했다. 특별한 약도 없었다. 어느 날 나는 신문에서 무 조청이 기관지를 좋게 한다는 기사를 읽고 그때 우리 집에 함께 계시던 장모님에게 말씀을 드렸다. 장모님은 조청을 만들고 나서 깍두기처럼 얇게 무를 썰어 넣어 쟁였다. 하루가 지나면 무는 수분이 빠지면서 조청이 스며들었고 나는 약간 묽어진 무 조청을 공복에 한 컵씩 먹었다. 그것 때문인지는 나의 겨울기침 증상은 차츰 사라졌다. 고희를 넘긴 나이에도 장모님이 만들어주신 무 조청의 고마움은 아직도 내 가슴에 남아있다.

조청! 설탕이나 꿀은 여기에 비할 바 못 된다. 수많은 음식 가운데 아무리 먹어도 밥이 물리지 않는 것처럼 적당히 단맛을 내는 조청은 매일 먹어도 물리는 법이 없었다. 이제 기관지 걱정을 할 필요는 없어졌지만 겨울이 되면 어린 시절 목이 잠기고 기침이 나기를 은근히 기다리며 조청을 먹고 싶어 하던 때가 그리워진다.

텃밭 가꾸기

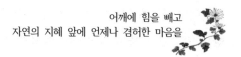

어깨에 힘을 빼고
자연의 지혜 앞에 언제나 겸허한 마음을

　멋모르고 처음 할 때는 무엇이든지 잘되는 것 같다. 그러나 어깨에 힘을 주고 좀 더 잘해보려고 다시 하면 생각대로 잘되지 않을 때가 많다. 내가 텃밭을 가꾸는 것도 그랬다. 첫해에는 아무렇게나 심었는데도 고추도 토마토도 잘 자랐고, 몇 포기 안 되는 데서 많은 열매를 거두었다. 무 재배는 씨앗을 뿌리지만 배추는 모종을 사서 심는 것이 좋다고 '교과서'에 나와 있다. 그럼에도 불구하고 나는 무와 배추 둘 다 씨를 뿌려서 가꾸었다. 적당히 솎아주고 가끔 벌레를 잡아 주었을 뿐인데 잘도 자랐다. 특히 무는 지표면으로 몸을 쑤욱 내밀어 두 손으로 감싸 쥐어도 남을 만큼 크고 탐스럽게 자랐다. 나란히 텃밭을 가꾸는 K 목사는 우리 텃밭을 '모범농장'이라 치켜세우며 내가 손닿는 것이 무엇이나 잘되는 것 같아 샘이 난다고 농담을 하기까지 했다. 나는 그해 11월

추수감사절에 난생 처음으로 내가 재배한 무 배추를 감사예물로 강대상에 올렸다. 진정한 추수감사의 마음을 목회를 끝낸 뒤에야 체험해보는 순간이었다.

약간의 자신감이 붙었다고 할까? 다음 해에는 거름도 제대로 주고 심는 간격도 모양새를 갖추며 나름대로 정성을 다했다. 배추씨앗은 특별히 맛이 좋다는 '청방'을 골랐다. 채소를 가꾸는 데 가장 문제가 되는 것은 병충해이다. 까닭 모르게 시들기도 하고 벌레가 잎을 갉아먹기 예사이다. 무 배추가 한창 자라기 시작하면서 벌레들이 많이 달라붙자 다른 텃밭에는 붉은 가루약이 뿌려져 있었다. 텃밭을 가꾸는 것은 가꾸는 재미도 있지만 무엇보다 유기농 채소를 먹기 위함이다. 화학 비료나 농약을 사용하지 않고 채소를 재배해야 한다는 것은 말할 나위도 없다. 첫해에는 방법을 제대로 몰랐지만 이번에는 더욱 잘 가꾸고 싶었다. 나는 ≪텃밭 가꾸기≫ 책에서 "유기농 해충방제에는 20배액으로 희석한 식초를 분무기로 뿌려주면 된다."는 것을 찾아냈다. 그렇게 벌레가 많지 않은 데도 예방을 위해 조심스레 준비한 식초액을 뿌려보았다. 3~4일이 지났는데도 배추에는 아무런 이상이 없었고 벌레도 덜한 것 같았다.

어느 날 K 목사가 배추벌레를 걱정하기에 나는 "식초를 뿌려주면 좋다는데요."라고 말했다. 그는 함께 식당에 갈 때면 식탁에 놓여있는 식초를 물 컵에 타서 마시곤 했다. 사람에게 좋은 식초가 채소에도 좋은 것으로 생각했을까? 며칠 후 그는 식초에 적당히 물을 섞어 솔잎으로 배추에 뿌려주었다고 말했다. 나는 그 말을 듣고서야 식초를 20배액으로 희석해야 한다는 것을 일러주었다. 두 밭의 배추는 별다른 이상이 없었고 나는 그 후에도 한 번씩 텃밭에 갈 때마다 해충예방을 위해 식초를 뿌려주었다. 열흘쯤 지났을까? K 목사 텃밭의 배추가 거의 다 말라죽었다. 식초를 제대로 희석하지 않고 뿌렸기 때문이었다. 나는 K 목사와 사모님을 뵐 면목이 없었고 만날 때마다 늘 송구스러웠다.

다행히 우리 텃밭은 아무런 문제가 없었다. 나는 속으로 내가 식초희석을 제대로 했기 때문이라고 생각하며 안도했다. 그러나 지난해에는 며칠 늦게 파종을 한데다 추위가 일찍 찾아와 배추들이 모두 제대로 자라지를 못했다. 처서가 지나면 잡초도 거의 돋아나지 않기에 밭에 자주 들르지도 않았다. 10월 말께 텃밭에 나갔을 때 나는 깜짝 놀랐다. 내가 가꾼 배추는 모두 노란 물을 들인 것 같았다. 잘 자라던 배추가 열흘 새 이렇게 떡잎으로 치장이 되어버린 것이다. 원인은 내가 식초를 너무 자주 뿌려주었기 때문이었다. 애쓴 보람도 없이 허탈감이 찾아왔다. 식초 때문인지 무도 제대로 자라지 않았다. 나는 둘째 해 추수감사절에는 무와 배추를 올릴 수 없었다.

올해는 토마토를 재배하면서 지난해의 20포기에서 100%늘려 40포기를 심었다. 아내가 "토마토는 많으면 많을수록 좋다."고 말했기 때문이다. 토마토 재배는 자주 곁눈을 제거해 주었기 때문인지 줄기도 튼실하게 자랐다. 며칠이 지나자 노란 꽃이 피고 열매가 맺기 시작했다. 재배법에는 "일반 토마토의 경우 첫 과실이 탁구공 정도의 크기가 되었을 때 복합비료로 웃거름을 준다."고 되어 있다. 올해는 열매를 좀 더 크게 키워볼 양으로 복합비료를 뿌리마다 듬뿍듬뿍 뿌려주었다. 사흘 뒤에

밭에 갔을 때 토마토가 서너 포기 시들고 있었다. 처음에는 뿌리 쪽에 두더지가 지나간 것으로 생각했다. 며칠 뒤에는 토마토 포기가 절반이나 벌겋게 말라들었다. 비료를 많이 준 것이 화근이었다. 더 큰 열매를 바라는 나의 욕심이 토마토 재배를 망치게 한 것이다. 욕심으로 이루어지는 것은 아무것도 없다.

농사를 망친다는 것은 금방 회복할 길이 없다. 파종할 시기도 열매를 맺는 시기도 지났기 때문에 다음해를 기다려야 한다. 올해는 고구마를 잘 길러보려고 준비를 단단히 했다. 미리 퇴비를 충분히 뿌렸고 심는 것도 간격을 훨씬 좁혔다. 고구마는 처음 생각했던 것처럼 줄기가 뻗어나가는 대로 고구마가 달리는 것이 아니라 심은 자리 주변에만 열매가 달렸기 때문이다. 예년에 비하면 같은 면적에 배나 더 많은 것을 심었다. 심한 가뭄이 계속되고 있었지만 마침 고구마 순을 심는 전날에 비가 왔기 때문에 물은 주지 않아도 될 것으로 생각되었다. 한 주가 지나고 텃밭에 나가보니 고구마 순이 살아남은 것은 3분의 1정도밖에 되지 않았다. 가뭄 때문이었다. 나는 부득이 종묘상에 가서 좀 늦었지만 다시 고구마 순을 사와서 보식을 했다. 그리고 이번에는 물을 흠뻑 주었다. 올 10월 말쯤 고구마 수확이 궁금해진다.

토마토 수확이 끝나면 그 자리에 무와 배추를 심어야 한다. 8월 초순 딸 사위와 함께 토마토를 심었던 자리를 깊이 파 뒤집어 퇴비를 넣었다. 보름쯤 지난 뒤에 나는 아내와 함께 맛도 좋고 저장성이 뛰어나다는 '박달무'를 심었다. 솎아내는 수고도 덜 겸 점파를 했다. 무 파종 때도 오랜 가뭄 끝에 이틀 전 단비가 내려 땅은 촉촉이 젖어 있었다. 조심스럽게 흙을 덮어주고 첫해에 잘 자랐던 무를 생각했다. 올해는 더 좋은 추수감사절 예물을 기대하면서ㅡ. 닷새 만에 텃밭에 나가보고 나는 또 한 번 실망했다. 무 씨앗이 절반도 싹이 나지 않았기 때문이다. 나는 그제사 아무리 땅에 습기가 있어도 씨앗을 뿌리거나 고구마 순을 심을 때는 물을 듬뿍 주어야 한다는 것을 잊었다는 것을 깨달았다. 나는 월요일에 아내와 함께 밭에 나가 싹이 나지 않은 자리에 무 씨앗을 다시 뿌리고 물을 충분히 주었다.

처음 텃밭을 가꾸기 시작할 때는 '농사는 별로 어려운 일이 아니다.'는 생각을 했었다. 씨앗만 뿌려놓으면 저절로 자라고 열매가 맺히기 때문이다. 김을 매고 손질을 해주는 일이 있지만 그것도 그렇게 어려운 일은 아니었다. 그러나 좀 더 잘하려고 온갖 정성을 쏟았을 때는 오히려 농사를 망치고 말았다. 씨앗을 뿌리거나 모종을 심고 나서 물을 주는 기본을 잊어버렸고, 나름대로 생각한 관리법이 잇달아 시행착오를 가져왔다. 섣부른 상식으로 이웃의 농사까지 망치게 하며 나는 3년째 실수를 거듭하고 있다. 텃밭 가꾸기야말로 쉽지 않은 일이란 생각을 다시 하게 된다. "아는 길도 물어가라."는 말처럼 '선배'에게 도움을 구하고, 어깨에 힘을 빼고 자연의 지혜 앞에 언제나 겸허한 마음을 버리지 말아야 할 것 같다.

음식 알레르기

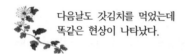

다음날도 갓김치를 먹었는데
똑같은 현상이 나타났다.

　육식을 좋아하는 어떤 이가 "네 발 달린 것은 책상만 빼고는 다 먹는
다."고 하던 말이 생각난다. 내 어릴 적 기억으로는 파, 마늘, 고추를
제외하고는 별로 못 먹는 것이 없었던 것 같다. 어른들이 '파를 많이
먹으면 머리가 좋아진다.'고 말하는 것을 들었기 때문인지 싫어하던 파
도 거부감 없이 먹게 되었고, 별로 좋아하지 않던 호박도 한번 맛을 들
이고 나니 그보다 더 맛있는 것도 없는 것 같았다. 애호박으로 만든
호박국이며 호박죽도 먹을수록 일미였다. 청소년 때에도 음식을 가리
는 아이들이 제법 있었지만 나는 그때마다 무엇이나 잘 먹는다는 것을
자랑했다.
　어릴 적 잘 먹던 식성 때문에 내 키는 두 살 위인 형보다 5~6cm나
더 컸는지 모른다. 나는 특별히 칼국수를 좋아했다. 여름날 저녁 시골

집 마당에 멍석을 깔아놓고 연기가 낮게 깔리는 모깃불 냄새를 맡으며 배가 빵빵하게 칼국수를 먹었다. 요즘도 옛 맛을 못 잊어 온천장 칼국수집 골목을 한 번씩 찾아간다. 내가 특별히 맛있게 먹는 반찬으로는 갓김치를 빼놓을 수 없다. 언젠가 완도 여행을 갔는데 그곳은 갓김치 고장이었다. 식사할 때 맛있게 먹었던 갓김치를 돌아올 때는 한 박스를 주문했다. 며칠 후 택배를 받아서 먹고 싶은 대로 실컷 먹었다. 다음날엔 까닭 모르게 온몸에 심한 두드러기가 피었다. 피부과를 찾아 주사를 맞고 약을 먹었더니 씻은 듯이 나았다. 다음날도 갓김치를 먹었는데 똑같은 현상이 나타났다. 나는 그것이 갓김치 알레르기란 것을 알았다. 그 다음부터는 갓김치를 조금만 먹어도 반응이 나타나 이제는 입에도 대지 않는다.

음식을 가리는 사람들은 의외로 많아 보인다. 상당수의 사람들, 특히 여자 분들은 대부분 보신탕을 먹지 않고, 어떤 이는 다른 고기 다 먹어도 쇠고기를 먹지 못한다는 사람도 보았다. 식성은 어쩌면 사람들의 얼굴 모습만큼 다르고 음식에 대한 기호도도 다양한 것 같다. 나이 들면 체질이 변하는 것일까? 어떤 이는 못 먹던 것을 먹을 수 있게 되고, 또 어떤 이는 먹던 것도 못 먹게 된다고 한다. 한때는 못 먹는 것이 없다고 자랑하던 나도 이제는 가리는 것이 여러 가지이다.

나는 닭고기를 싫어한다. 불혹의 나이에 광나루 신학교에 다닐 때 어머님이 전방에서 군복무를 하고 있는 막내 동생을 면회하기 위해 서울에 오셨다. 갖고 갈 통닭을 준비하고 친척집에서 미리 좀 맛있게 먹었는데 잠재해 있던 무좀이 밤새 반란을 일으켜 한동안 고생을 했다.

요즘도 닭고기만 먹으면 발가락 사이가 근질근질하며 심하면 붉은 반점이 나타난다. 비행기를 타면 기내식으로 닭고기 요리가 많이 나오지만 나는 언제나 비프나 시 푸드를 선택한다. 얼마 전부터는 비빔밥이 나와서 선호하는 편이다.

나는 돼지고기도 먹지 못한다. 돼지고기는 실제로 쇠고기보다 건강에 좋다고 하지만 몸이 받아주지를 않는다. 신학교 때 먹어본 두루치기 맛은 잊을 수 없고 그 알레르기도 기억에 깊이 새겨져 있다. 내가 책임 맡았던 학교신문 〈신학춘추〉를 만들고 나서 기자들을 데리고 늦은 저녁으로 학교 앞 식당에서 두루치기를 시켜 먹었다. 쇠고기와는 달리 부드럽고 맛도 있어 얼마든지 먹을 수 있을 것 같았다. 식사를 끝내고 기숙사로 올라가기까지는 한 시간도 채 못 되었을 것이다. 온몸이 가려워서 옷을 벗어보니 피부가 흡사 털을 깎은 돼지살갗처럼 퍼렇게 변해 있었다. 아무리 긁어도 시원치 않았다. 그 후로는 돼지고기만 먹으면 그런 증상이 나타날 것 같아 사람들이 좋아하는 삼겹살도 먹지 못한다.

가리는 음식이 많으면 목회에도 도움이 되지 않는다. 심방을 할 때는 삼겹살이나 삼계탕을 대접받으면 거절할 수도 없어 힘들었다. 처음에는 억지로 먹어주느라 힘들었고 시간이 좀 더 지나서도 까다로운(?) 식성을 털어놓기가 민망했다. 묻지도 않고 커피부터 타오는 가정에서는 참으로 난처했던 기억을 갖고 있다. 오래전 회사원으로 일할 때 십이지장을 앓은 뒤부터 나는 커피를 마시지 않는다. 커피가 위장을 해칠 뿐만 아니라 오후에 한두 잔 마시면 밤에 잠이 오지 않기 때문이다. 요즘은 반 잔만 마셔도 밤잠을 설치게 된다.

호두나 땅콩 등 견과류가 심혈관계 질환 개선이나 예방에 좋다는 말을 듣고 땅콩을 사다놓고 먹어본 적이 있다. 그렇게 많이 먹지도 않았는데 하루 이틀 계속하니 설사가 났다. 아몬드로 바꾸어 먹어보니 괜찮은 것 같았으나 아몬드도 며칠 더 계속하니 몇 개만 먹어도 설사가 났다. 건포도와 곁들여먹으려고 사다 놓았던 것이 아직도 냉장고에서 잠자고 있다. 한가위가 되면 감, 밤, 대추를 먹고 겨울이면 고구마를 삶아 먹던 시절이 그립다. 설이 되면 쌀강정을 만들어놓고 2월이 되기까지 먹었던 기억이 떠오른다. 아무리 배가 불러도 금방 소화가 되었고 어떤 것을 먹어도 알레르기 반응을 일으킨 기억은 없다.

젊은이들이 좋아하는 피자는 가장 해로운 음식 중의 하나로 생각해서 스스로 사먹은 적은 한 번도 없다. 그러나 아이들은 내가 칼국수를 좋아하는 것만큼이나 피자를 좋아하는 것을 본다. 손주들이 생일을 맞거나 학교에서 시험점수를 특별히 잘 받을 때 맛있는 것을 사주려면 으레 피자집으로 가야 한다. 손주를 이길 할아버지 할머니가 어디 있을까? 처음에는 거절하다가 나중에는 아이들이 원하는 대로 해주게 되었다. 먹어보니 피자는 참 맛이 있었고 매일 먹는 것도 아니니 아이들을 나무랄 수 없을 것 같은 생각이 들었다.

내가 좋아하는 음식은 주로 옛날 음식에 속하는 것들이다. 나는 한때 담백한 맛을 내는 복국집을 즐겨 찾았다. 복뿐만 아니라 도미나 대구 지리도 좋아한다. 맑은 국물에 초장을 적당히 풀어 색깔과 간을 맞추고 식초를 약간 뿌려주면 더욱 상큼하게 입맛을 돋운다. 평소에는 육식보다는 채식을 좋아하는 편이고 어떤 때는 다른 반찬 별로 없어도 된장찌

개만 있으면 밥 한 그릇을 먹을 수 있을 정도였다. 결혼 초창기에는 어머님이 끓여주시던 된장찌개 맛을 잊지 못해 아내에게 주문했지만 아내가 그 맛을 모르니 자주 먹을 수는 없었다. 요즘은 아내도 그 맛을 터득하고 가끔 된장 맛보다 더 좋은 것이 없다고 하는 말을 듣는다.

그러나 아무리 맛있는 음식이라도 나는 많이 먹지 못한다. 많아도 적어도 별 상관없는 아내의 식성이 부러울 때가 많다. 아내는 40여 년을 함께 살아오면서도 내 식성은 아랑곳하지 않고 밥을 많이 담는다. 그리고는 "기름을 많이 넣는 차가 힘도 세고 멀리간다."고 말하면서 밥을 남기지 말도록 은근히 압력(?)을 가하기도 한다. 소식小食이 건강의 비법이란 것은 왜 자주 잊어버릴까? 나는 "남편 사랑 여전하다."라고 받아주지만 아무래도 그 사랑은 무례히 행하는 것 같다.

사람들이 즐겨 찾는 뷔페도 내게는 별로 반갑지 않다. 대체로 한 접시 담아오는 것으로 끝날 때가 많고 디저트까지 한두 번 더 다녀와도 먹는 양은 다른 이들에 비해 삼분의 일도 안 된다는 생각이다. 보통식사의 두세 배가 드는 돈이 아깝고 대접하는 사람에게는 많이 먹어주지 못해 미안하다. 많이 차린 음식을 대하거나 많이 먹어야 한다는 생각은 내게 또 하나의 음식 알레르기이다.

때로는 혼자 있고 싶어도

언젠가는 또 다른 새로운
쳇바퀴를 돌리려는 기대를 하며―.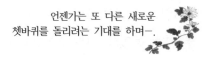

다람쥐가 쳇바퀴를 돌리고 있는 것을 보면 재미있다. 그러나 그것도
계속 보면 싫증이 날 수밖에 없다. 삶을 두고 누군가가 쳇바퀴라고 말
했다. 그렇다! 삶은 쳇바퀴이다. 다만 큰 쳇바퀴와 작은 쳇바퀴가 있을
따름이다. 큰 쳇바퀴는 집을 떠나 바깥에서 일하는 생활이라고 한다면
작은 쳇바퀴는 집안일을 중심으로 살아가는 삶이라 할 수 있을 것이다.
사람들은 모두 자기 쳇바퀴를 돌리며, 돌며 살아간다. 나의 삶이 큰 쳇
바퀴에서 작은 쳇바퀴로 바뀐 지 반년이 가까워지기까지 나는 싫증을
내지 않고 부지런히 쳇바퀴를 돌리며 살아가고 있다. 언젠가는 또 다른
새로운 쳇바퀴를 돌리려는 기대를 하며―.
요즘 나의 일과는 아내와 함께 시작하고 아내와 함께 끝을 맺는 쳇바
퀴이다. 그러나 아내는 손자들을 돌보는 쪽이 주가 되고, 나는 그동안

읽지 못했던 책이나 다시 읽고 싶은 책을 읽는 것이 주가 된다. 나는 새벽 5시나 6시가 못 되어 잠자리에서 일어난다. 그리고 구약과 신약성경을 차례로 3-4장씩 읽고 혼자서 새벽기도를 드린다. 그리고 다시 일기를 쓴다. 나는 고교 1학년 때부터 일기쓰기를 시작하여 대학을 마칠 때까지 계속했다. 결혼 후에는 그 일기장들을 모두 소각해버렸을 뿐만 아니라 오래도록 일기를 쓰지 않았다. 그러나 5년 앞당겨 목회를 마감하면서 은퇴 후의 삶을 일기로 적고 있다.

어릴 적 일기를 쓰면 아침 먹고, 학교에 가고, 집에 돌아와 숙제하고, 잠자리에 들었다는 내용이 거의 그대로 반복되었던 것을 기억한다. 어른이 되어 일기를 쓰는 것은 자기의 삶을 돌아보는 것과 함께 생각 없이 꼭 같은 삶을 반복하지 않는다는 점에서 좋은 것 같다. 물론 일상생활의 기록이 중심이 되겠지만 새로운 생각이나 꿈, 읽은 책에 대한 감상을 나름대로 적으면서 틀에 박힌 모습을 벗어버리고 싶어 한다. 어쩌면 일기는 생활의 기록이기보다는 나의 생각의 기록이라 할 수 있다.

나들이 할 때나 시장 보러갈 때는 짐을 들어주며 아내와 동행한다. 언제나 아내와 함께한다는 것은 좋은 점도 있지만 아쉬운 점도 많다. 시간에 구애받지 않고 조용히 생각에 잠기고 싶을 때면 함께 있는 것이 불편이라면 불편이고, 걷기운동을 할 때는 늦게 걷는 아내를 배려해야 하는 일이 마음에 들지 않는다. 좋아하는 이기대 해변공원을 산책할 때도 아내와 함께 가면 조용한 시간을 갖지 못하고 그대로 돌아오기도 한다. 바다와의 깊은 대화를 나누지 못하는 아쉬움이 있을 때마다 나는 독신으로 일생을 보낸 레오나르도 다 빈치의 말을 떠올린다. "만일 네가 혼자 있다면 너는 완전히 네 것이다. 한 친구와 같이 있다면 너는 절반의 너이다." 누구나 결혼하면 절반의 자유는 포기하지 않으면 안 된다.

나는 이따금 온전한 자유를 누려보고 싶은 때가 있다. 어느 날 오후 나는 늘 동행하던 아내에게 이기대 바닷가에 다녀오겠다고 말하고 혼자서 집을 나섰다. 이기대 공원까지는 승용차로 30분 정도, 가볍게 나들이하기 좋은 거리이다. 그려 붙인 듯한 바위로 이루어진 해안선에 하얗게 부서지는 파도! 세계 어느 나라에나 통하지 않는 곳이 없는 바다의 마음은 날마다 온 세상 사람들의 얘기를 실어 나른다. 가지각색의 수많은 강줄기가 끊임없이 흘러들어도 오직 하나를 이루어내는 바다! 가장 큰 것은 하나가 되는 것이며 하나가 된다는 것이야말로 생명의 길이란 것을 살아있는 바다는 말해주고 있다. 좁아진 가슴을 넓게 열도록 하며 바다는 언제나 우리의 마음을 씻어주는 것 같다.

그날은 오른쪽으로 바다를 끼고 해운대를 바라보며 광안대교가 곁에 있는 동생말까지 갔다가 돌아오니 45분 정도 시간이 소요되었다. 우리 집에서 금강공원을 돌아오는 시간과 비슷한 거리. 초여름 날씨인데도 온몸이 땀에 젖었다. 소나무 그늘 아래 비어있는 도마의자에 앉았다. 저만치 한 남자가 색소폰을 불며 연습에 열을 올리고 그 뒤쪽으로 한 여자가 애완견을 몰고나와 바다를 바라보고 앉아있다. 나는 〈오 데니보이〉 곡을 따라 흥얼거리기도 하며 혼자만의 시간을 실컷 즐기다가 해 질 녘에 집으로 돌아왔다. 저녁식사 후에 아내와 함께 플룻 연습을 하려고 안경을 찾으니 없었다. 세면장, 책상서랍, 이방 저방을 다 뒤져 보아도 안경은 보이지 않았다. 나는 이기대 송림에 앉아 쉴 때 안경을 벗었던 생각을 떠올렸다. 돌아올 때는 분명히 안경을 끼고 온 것 같은데 생각이 아리송했다.

아무리 찾아도 집에는 안경이 없으니 이기대 송림에 벗어두고 그대로 돌아온 것이 틀림없다는 쪽으로 생각이 굳어졌다. 왜냐면 등산을 하거나 산책을 할 때는 안경을 끼지 않아도 별 불편을 느끼지 않기 때문이다. 나이가 들면 손에 쥐고도 어디다 두었는지 찾는 사람이 있다고 하더니 내가 그런 꼴이라는 생각이 들었다. 아내도 송림에 두고 온 것이 틀림없을 것이라고 말하며 왜 안경을 벗었느냐고 핀잔이다. 조약돌도 쥐고 있던 것을 놓아버리면 서운한 마음을 금할 수 없는데 계속 마음이 찜찜하다.

이미 바깥은 어두워지고 있지만 지금이라도 달려가기만 하면 안경은 그 자리에 있을 것 같은 생각이 들었다. 안경은 누구에게나 도수가 맞는 것이 아니니까, 라고 나름대로 안도했다. 아내는 연속극에 빠져들고 있었지만 나는 안경을 찾아 집안 여기저기를 뒤졌다. 나는 그대로 집에 머물러 있을 수 없어 옷을 차려입고 9시 뉴스시간을 뒤로한 채 혼자서 집을 나섰다. 아내는 "나를 혼자 집에 두고 가더니 안경을 잃어버렸다."고 비아냥댔다. 때로는 혼자 있고 싶어도 이제는 서로가 챙겨주어야 할 때라는 의미였다.

아직도 줄을 잇는 퇴근차량들 틈을 비집다시피 운전을 하여 이기대 공원에 도착했다. 플래시를 비추며 마지막 앉았던 자리 주변으로 두루 찾아보았으나 안경은 없었다. 그제야 안경은 알만 바꾸면 누구나 사용할 수 있을 것이니 다른 이가 집어갈 수 있다는 생각을 하며 집으로 돌아왔다. 안경을 새로 만들기까지 전에 쓰던 뿔테안경을 낄 수밖에 없다고 생각하며 늦게 잠자리에 들었다. 아내는 이리저리 TV채널을 돌리며 "잠이 잘 올 것 같지 않다."고 말했다. 그러나 나는 이상하게도 단잠에 빠져들었다.

새벽 6시쯤 잠이 깼으나 몸은 몹시 피곤했다. 애를 쓰고 밤에 이기대까지 왔다 갔다 했기 때문일까? 그래도 성경을 읽고 기도 하고 일기를 써야 했기에 자리에서 일어났다. 책상 앞에 앉았을 때 나는 나의 눈을 의심했다. 성경을 펼치려는데 노트북 컴퓨터와 쌓아놓은 책 사이에 끼어있는 내 안경을 발견했다. 얼핏 보면 컴퓨터 연결선이 얽힌 것처럼 보였다. 나는 안경을 들고 안방으로 뛰어가 아내를 깨웠다. 아내도 고개를 갸웃거리며 안경이 있었던 자리를 다시 살펴보았다. 몇 번이나 찾고 또 찾아보았는데 보이지 않았다니 -. 나는 잃어버리는 것으로 인해 잊고 있던 생각 하나를 찾아냈다. 하나님께서 감추시면 아무리 찾아도 찾을 수 없고 하나님께서 굽게 하신 것을 사람이 바르게 할 수 없다는 것을.

마당 뒷집

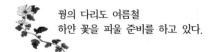

꿩의 다리도 여름철
하얀 꽃을 피울 준비를 하고 있다.

　가난한 사람도 부유한 사람도 누구나 마당은 갖고 있었다. 이름도
주소도 모르는 사람의 집을 얘기할 때 '마당뒷집'이란 말을 하며 웃을
때도 있었다. 마당은 아이들의 놀이터였고 어른들의 대화의 장소였고
아가들에게는 걸음마 연습을 하는 운동장이 되었다. 여름철에 짚방석
을 깔거나 평상을 내다 놓으면 그것은 식구들이 저녁식사를 하는 다이
닝 룸이 되고 삼복더위에는 온 식구들의 침실이 되기도 했다. 전기도
없는 저녁 일찍이 호롱불을 끄고 나면 아이들은 가만히 별을 헤아리다
별과 함께 잠들었다.

　그 소중한 마당이 우리에게서 사라진 지 오래이다. 특별히 도회에서
는 마당뒷집도 공터도 찾아볼 수 없다. 빈자리에는 모두 집을 짓고 그
것도 모자라 사람이 사는 집을 닭장처럼 겹겹이 쌓아올렸다. 처음에는

5층, 10층, 20층으로 높아지더니 이제는 50층 60층으로 하늘을 찌르고 있다. 하나님이 바벨탑을 쌓는 인간들의 언어를 혼잡케 하심으로 의사 소통이 안 되었던 것처럼 오늘날 사람들은 마당 없는 높은 집을 지어가면서 대화를 잃어버렸다. 부모와 자식, 아내와 남편, 현관문을 맞대고 사는 이웃 간에도 대화는 끊어졌다. 심지어 같은 이념으로 모인 정당 정치인들끼리도 대화가 되지 않는 시대에 살고 있다.

현대문명이 살기 좋고 편리한 많은 것들을 이루는 것 같지만 그것은 재앙을 예비하고 있는 것이나 다름없다. 전철이 그렇고 여기저기 골짜 기를 막아 만든 댐이 그렇다. 그것들은 재앙을 안고 있다. 공장들이 토 해내는 폐수로 인해 물고기가 죽어가고 사람들의 발길로 인해 약수터 는 오염되었다. 학교도 이젠 운동장이 없어 빌딩으로 세워지고, 사람들 의 만남은 잠시 엘리베이터에서 끝나고 있는 것 같다. 사람들은 마당을 잊어버리고 산다.

그래도 아직은 마당이 있는 집이 나를 기다리고 있다. 우리가 어릴 적 떠나온 고향집, 호호백발이 된 부모님들이 자녀를 기다리는 그 집-. 내 가 사택으로 세 들어 사는 집엔 넓지는 않지만 마당이 있어 좋다. 엊그제 아침에는 주인집 아주머니가 포트에 키운 과꽃을 담 밑에다 심고 있었다. 그 옆에는 꿩의다리도 여름철 하얀 꽃을 피울 준비를 하고 있다.

파리봉이 보이는/ 대밭에 마당이 있는/ 집을 짓고 싶다/ 텃밭엔 오이 상추 고추도 심고/ 개나리 울타리 안으로/ 조갑지 만한 연못/ 백목련 한 그루쯤/ 심을 자리가 있을까…(졸시 「북문 가는 길」 중에서)

행복의 묘목을 심자
— ≪꾸뻬 씨의 행복여행≫을 읽고

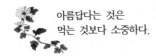

아름답다는 것은
먹는 것보다 소중하다.

"모든 여행의 궁극적인 목적지는 행복이다."

한때 베스트셀러 반열에 올랐던 ≪꾸뻬 씨의 행복여행≫(프랑수아 를 로르)에 나오는 말이다. 저자가 찾아낸 스물세 가지의 행복 가운데는 우리가 자주 말하면서도 잊고 있던 '행복'이 대부분이었다. 인류가 생각하기 시작하면서부터 추구해 온 것이 행복이고 보면 '해 아래 새로운 것'이 어디 있으랴? 그러나 그 가운데 두어 가지 눈길을 끄는 '행복'이 있었다.

"행복은 집과 채소밭을 갖는 것이다." 이것은 꾸뻬 씨가 찾아낸 열한 번째 행복이다. 그럼에도 불구하고 나의 눈길은 맨 먼저 '채소밭'에 머물렀다. 텃밭을 생각하면 옛날로 돌아가는 것 같고, 더 거슬러 올라가면 루소의 "자연으로 돌아가라."는 말을 떠올리게 된다. 문명이 발달해 가면 갈수록 사람들은 '자연보다 더 좋은 것은 없다'는 것을 깨닫는다.

잃어버린 건강의 회복도, 트라우마의 치유도 자연에 맡기는 것. 그 속에 절대자의 오묘한 섭리가 들어있다는 것을 사람들은 알고 있다.

〈레 미제라블〉의 첫머리에 등장하는 미리엘 주교는 어떤 때는 정원을 가꾸고 어떤 때는 글을 쓰고 있다. 그는 "정원을 가꾸는 것은 뜰을 가꾸는 일"이라고 말하며 "인간의 정신도 뜰"이라고 풀어놓고 있다. 뜰을 가꾸는 것은 정신을 가꾸는 일도 된다는 뜻이다. 어느 날 가정부가 미리엘 주교에게, 우리도 흔히 말하듯, 정원에 꽃을 가꾸는 대신 채소를 심으면 더 좋지 않겠느냐고 물었다. 미리엘 주교는 이렇게 대답한다. "마글루아르 부인, 그건 잘못된 생각이오. 아름다운 것은 유용한 것과 마찬가지로 유익해요." 잠시 후 그는 "아마 더 유익할거요."라고 덧붙인다. 아름답다는 것은 먹는 것보다 더 소중하다는 의미가 아닐까? 미리엘 주교는 행복을 캐는 삶을 살고 있는 것이다.

'꾸뻬 씨'의 이야기 중에서 그 다음 눈길이 가는 것은 다섯 번째의 "행복은 알려지지 않는 아름다운 산속을 걷는 것."이다. 이것은 개발의 손길이 미치지 않은 자연 속에 행복이 숨어있다는 것으로 받아들일 수 있다. 호젓한 산길을 걷는 다는 것은 때 묻지 않은 행복을 맛보는 것이다. 물 반 사람 반으로 북적대는 해수욕장이나 피서지를 찾아가는 사람들, 새해 해돋이나 정월 대보름달을 보려고 몰려드는 사람들이 찾으려는 행복이 어디에 있는지를 생각해 본다. 어쩌면 그나마 갖고 있던 행복조차도 다 잃어버리기에 그 시간이 지나면 사람들은 더욱 허전해지는 것이 아닐까?

세 번째 눈길이 간 곳은 "행복은 자신이 좋아하는 일을 하는 것이다."

이것은 꾸뻬 씨가 찾아낸 열 번째 행복이다. 사람마다 이런 생각을 하지 않는 사람은 아마 별로 없을 것이다. 끊임없이 행복을 추구하면서도 그것을 쉽게 잡을 수 있는 사람이 과연 얼마나 될 것인가? 언제나 자기가 좋아하는 일을 할 수 있다는 것은 행복을 찾아가는 마지막 코스이다.

그러나 살다보면 친구나 가까운 사람들이 내뱉는 "그건 별로야."라는 말 한마디가 쌓아가던 행복의 탑을 무너뜨리는 경우도 없지 않다. 이럴 때 꾸뻬 씨는 사람들이 자기 행복을 지켜가는 방법도 일러주고 있다. "행복은 다른 사람의 의견을 너무 중요하게 생각하지 않는 것이다." 이것은 주인공이 찾아낸 열아홉 번째 행복이다. 사람들은 누구나 자기 생각대로, 자기가 좋아하는 쪽으로 의견을 말하기 일쑤이다. 그리고는 그것을 까맣게 잊어버린다. 지구상의 70억 사람들 가운데 같은 얼굴을 가진 사람이 하나도 없듯이 각자의 삶도 다를 수밖에 없다. 자기가 서 있는 곳에서 자기에게 주어진 삶을 겸허하게 살아가는 것이야말로 행복을 누리는 길이란 생각을 해본다.

추수한 들판처럼 허전한 마음! 가을은 마음의 텃밭을 가꾸는 계절이다. 한 문화심리학자가 쓴 글의 한 부분을 그대로 옮겨 본다. "떨어지는 낙엽에 늙어가는 것을 슬퍼할 일이 아니다. 이 가을에는 아름답고 기분 좋은 것들만 기억해야 한다. 또 먼 훗날 즐겁고 가슴 찡하게 기억할 만한 것들을 죽어라 만들어 놓아야 한다. 앞으로도 오래 살아야 하기 때문이다. 그러라고 낙엽도 지고 단풍도 드는 거다."

하늘의 높이만큼 생각이 깊어지는 만추에 우리는 정신의 뜰에 행복의 묘목을 심어야 한다. 행복은 언제나 마음 밭에서 자라기 때문이다.

봉사와 협력을 위한 '소금'

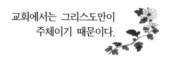

교회에서는 그리스도만이
주체이기 때문이다.

선교와 전도는 궁극적으로는 그 의미가 복음을 전하는 같은 것이지만 때로 구별하여 사용되는 경우가 있다. 선교라고 하면 복음을 전하는 교회의 모든 활동과 사업을 포함하는 포괄적인 의미를 갖지만 전도는 단지 불신자에게 복음을 직접 전하는 것을 뜻한다. 예루살렘 초대교회가 성령과 믿음이 충만한 일꾼들을 세우고 나서는 말씀이 점점 왕성해 가고 교회는 더욱 부흥하기 시작했다. 한국교회도 초창기에는 목회자 혼자서 모든 일을 도맡아 동분서주하다가 청년 면려회가 차츰 발전하여 남녀선교회로 조직되면서 더욱 부흥에 박차를 가하게 되었다. 그것은 자치기관이 자신들의 신앙증진뿐만 아니라 목회자와 협력하여 봉사와 섬김의 역할을 다했기 때문이다.

유니온 신학교 존 녹스(John Knox)교수는 오늘의 교역(미니스트리)

의 뿌리를 초대교회의 섬김(디아코니아)에서 찾고 있다. 그리고 이 섬
김은 사도나 목회자만의 전유물이 아니라 모든 성도들에게 위임된 선
교적 영역이라고 풀이했다. 그리고 평신도 신학이 재해석되면서 자치
기관의 활동은 교회 밖으로까지 확대되어야 한다는 요청을 받게 되었
다. 성도들이 하나님께로부터 받은 은사가 하나님과 함께 세상을 섬기
는 구조로 재편되면서 자치기관, 특별히 남 선교회의 활동은 교회 바깥
쪽으로 더 관심을 기울이게 되었다.

그리고 21세기를 맞으면서 "평신도는 이제 목회자의 지시만 받는 객
체의 존재가 아니라 주체자"라는 편협된 자의식을 가지면서 평신도회
조직은 목회자와는 주도권쟁탈의 위치에 있는 것처럼 비치기도 했다.
그러나 그 누구, 그 어떤 기관도 교회 안에서 주체와 객체를 논해서는
안 된다. 왜냐하면 교회에서는 그리스도만이 주체이기 때문이다.

한국교회의 낡은 인습 가운데 하나는 상회나 기타 연합조직이 지교
회의 발전과 효율적 선교를 위한 수단이라는 원래의 목적을 잊어버리
고 권위주의에 빠져있는 것. 남 선교회도 먼저는 여전도회와 함께 지
교회를 든든케 세우는 일에 힘을 합해야 함에도 불구하고 지교회의 일
은 여전히 여전도회의 몫으로 남아있다. 종교개혁자 루터는 "가정은 민
족의 행복과 불행의 근원이 된다."고 말하며 부부의 역할을 강조했다.
남 선교회는 여전도회의 어머니의 역할만 있는 한국교회에 비어있는
아버지의 역할을 살려내야 한다.

가장이 가정의 축을 벗어나 훌륭한 가장이 될 수 없듯이 교회의 축을
벗어난 자치기관은 오히려 선교의 문을 가로막을 수도 있음을 유념해

야 한다. 사회의 모든 힘이 안정된 가정에서 나오는 것처럼 기독교계의 힘과 발전은 안정된 교회성장과 협력에서 나온다. 때로는 사회 속의 정치단체를 닮아 가는 듯한 남 선교회의 운영방식을 지양하고 교회와 사회를 위해 녹아지는 소금의 맛을 회복해야 한다. 바울은 "내가 내 몸을 쳐 복종케 함은 내가 남에게 전파한 후에 자기가 도리어 버림이 될까 두려워함이라."고 말했다.

10일은 남선교회 주일이다. 국내외의 많은 선교활동에 수고하는 남선교회가 오직 복음전도를 위한 본래의 목적에 헌신하며 교회 안에서도 보다 적극적으로 여전도회와 함께 아름다운 팀워크를 이루기를 기대한다.

금붕어 은붕어

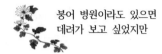

붕어 병원이라도 있으면
데려가 보고 싶었지만

어릴 적 아궁이가 커다란 나팔꽃처럼 생긴 투명 유리항아리에 금붕어를 키우는 것을 본 적이 있다. 학교에서, 또는 음식점에서 장식용으로 어항을 들여놓은 것이다. 좀 더 시간이 흘러서는 열대어를 키우는 수족관이 등장했다. 가정에서는 습도조절 역할을 하고, 사람이 많이 드나드는 호텔이나 음식점 같은 데서는 관상용으로 이용되기도 한다. 그러나 나는 어항이나 수족관에 금붕어를 키워본 적은 한 번도 없다. 지금 거실에 있는 금붕어를 키우는 항아리는 사택에서 아파트로 이사 하면서 장식용 분수대로 들여놓았던 것. 분수대라고 하지만 알밤 크기만 한 소형모터가 돌아가고 그 가운데 금붕어 몇 마리를 넣은 것이었다.

이 분수대가 얼마 쓰지 않아 고장이 났다. 양수모터에 물이끼가 끼고 마침내 못쓰게 되자 모터를 들어내고 금붕어만 남겨 어항으로 대신 쓰

고 있다. 항아리 안에는 실내에서 기르던 '스킨' 한 줄기를 심은 조그만 화분을 넣었다. 공기정화 능력이 뛰어나고 음지에서도 잘 자라는 스킨 답서스를 금붕어가 서식하는 수초처럼 이용하도록 하기 위한 것이다. 생명이 있는 것을 기른다는 것은 늘 관심이 가고 시간이 흐를수록 정이 들게 마련이다. 그러나 안타깝게도 금붕어는 오래 살지 못했다. 무엇이 잘못되었는지 알아보았더니 금붕어 수명은 길어야 3년을 넘기지 못한다는 것이다. 언젠가는 금붕어 모형을 만들어 기둥처럼 생긴 유리병에 넣고 살아있는 것처럼 아래위로 유영하게 하는 어항을 들여놓아 보았지만 재미가 없었다.

생명 있는 것을 키운다는 것은 언제나 마음을 쓰는 일이다. 금붕어를 기르는 것은 별것 아닌 것 같지만 끊임없이 관심을 기울여야 한다. 매일아침 한 번씩 빵 부스러기로 밥을 주어야 한다. 산소 공급기가 따로 달려있지 않은 항아리 물은 1주일 정도면 색깔이 뿌옇게 변한다. 이때쯤엔 창문을 열어주듯 물을 한 바가지 부어 산소를 보충하고 좀 더 지나서는 항아리 물을 모두 갈아주어야 한다. 처음에는 금붕어를 모두 다른 그릇에 옮기고 항아리를 깨끗이 청소했다. 매번 여간 번거로운 일이 아니어서 생각해낸 것이 물만 갈아주는 방식이다. 1m쯤 되는 비닐 호스를 사와서 물을 빼내고 다시 물을 채워주기만 하면 되었다.

2년쯤 지났을까? 내가 키우던 금붕어가 다 죽고 오랫동안 항아리는 빈 채로 남아있었다. 매일 아침 먹이를 주느라 신경을 써야 하고 여행을 떠날 때는 가까이 사는 손주들에게 부탁하지 않아도 되기에 한결 마음이 편했다. 그러나 손주들은 주인이 없는 빈 항아리가 보기 싫었던

지 어느 날 마트에서 금붕어 일곱 마리를 사다 넣어주었다. 며칠이 못 가서 한 마리씩 죽더니 마침내 두 마리만 남게 되었다. 사올 때 충실하지 못한 것들이었던 것 같다. 집에서 금붕어를 키워본 사람들은 알겠지만 이상하게도 처음에는 빨갛던 금붕어가 시간이 지나면 차츰 탈색이 되면서 노랗게 황금색깔로 변했다. 좀 더 시간이 지나자 그중 한 마리는 더욱 탈색되어 하얗게 되었다. 나는 그 한 마리를 '은붕어'라 이름을 붙였다. 금붕어라는 말이 도무지 어울리지 않기 때문이다. 색깔은 달라도 금붕어와 은붕어는 사이좋게 지내고 있었다.

어느 날 초등학교 3학년인 손녀가 학교 앞에서 과자를 사먹다 당첨(?)되었다면서 금붕어 두 마리를 가져와 우리 집 어항에 넣어주었다. 새로 들어온 금붕어들은 항아리 가운데 놓인 스킨 화분 아래로 몸을 숨기며 모습을 잘 드러내지 않았고 먹이를 주어도 수면 위로 올라오지 않았다. 며칠이 지나도 금붕어들은 자연스런 모습으로 어울리지는 않았다. 처음에는 대수롭잖게 생각했으나 며칠째 자세히 들여다보니 기존의 '금붕어'는 새로 들어온 금붕어와 한데 어울려 놀고 '은붕어' 한 마리는 따로 놀고 있었다.

금붕어가 은붕어를 왕따시키는 것일까? 안타까운 마음으로 먹이를 넣어주지만 어찌할 도리가 없었다. 먹이도 먹지 않고 늘 혼자서 놀던 은붕어는 어느 날 어항 바닥에 가라앉아 움직이지 않았다. 붕어 병원이라도 있으면 데려 가보고 싶었지만 어쩔 수 없었다. 남아있는 금붕어 세 마리는 아직도 어항에서 사이좋게 놀고 있다. 같은 금붕어끼리 색깔이 변해버렸다고 왕따를 시킨 것일까? 얼마 지나지 않으면 금붕어도 은붕어가 될 것인데 끼리끼리 노는 모습이 얄밉기도 했다. 정말 금붕어가 은붕어 한 마리를 따돌리며 따로 놀았을까? 아니면 은붕어의 수명이 다해서 함께 어울리지 못했을까? 떠나버린 은붕어 한 마리를 생각한다.

돌을 던지는 습관

한바탕 전쟁을 치른 것처럼
슬레이트지붕은 돌에 맞아 폐허가 되어 있었다.

언젠가 교회학교 학생들이 만드는 회지에서 "하나님은 골치 아프시 겠다"라는 제목의 글을 읽은 적이 있다. 인간의 잦은 불순종을 꼬집은 내용이었던 것으로 기억한다. 우리 속담에 "하던 짓도 멍석을 깔아놓으 면 하지 않는다."는 말이 있다. 하지 말라고 하면 기를 쓰고 하고 하라 고 하면 일부러 하지 않는 인간의 심리ᅳ. 하나님은 참으로 골치 아프 시겠다. 아담과 하와가 하나님께서 하라는 대로 했으면 얼마나 좋았으 랴. '정녕 하지 말라'고 말씀하셨으나 저들은 '정녕 하고' 말았다. 참으로 이상한 것이 인간의 마음이다.

간음하다 현장에서 잡혀온 여인을 돌로 치려는 사람들에게 예수님이 "죄 없는 자가 먼저 돌로 치라."고 말씀하셨을 때 사람들은 하나 둘 돌 을 버리고 돌아가고 말았다. 만약 예수님이 무턱대고 '치지 말라'고 말씀하셨다면 그 여인은 돌에 맞아죽었을지도 모른다. 먼저 자기를 돌아본다면, 돌을 맞으면 아프다는 생각을 할 줄 아는 사람이라면 누가 감히 남에게 돌을 던질 수 있으랴.

내가 살고 있는 금정산 죽전마을에서 금정산성 북문 쪽으로 반 시간 정도 오르면 오래전 가톨릭교회에서 젖소를 쳤던 농장이 있고 길가 쪽에는 아담한 석조건물이 하얀 십자가를 들고 서 있다. 창문도 마루판도 없이 속은 텅 비어 있고 슬레이트지붕만 비를 막아주고 있는 예배당—. 내가 처음 그 예배당을 보았을 때도 마치 한바탕 전쟁을 치른 것처럼 지붕은 돌에 맞아 폐허가 되어 있었다. 어느 날 새로 지붕이 말끔히 단장되고 이번에는 "돌을 던지지 마세요."라는 팻말까지 붙여졌다.

그러나 그 후에도 지붕에는 주먹보다 큰 돌멩이들이 날아들었고 그 두꺼운 슬레이트가 여기저기 구멍이 났다. 어쩌면 '돌을 던지지 마세요.'라는 팻말이 행인들의 심리를 자극한 것일지도 모른다. 차라리 표지판을 붙이지 말든지 아니면 "돌을 맞아도 아프지 않은 사람은 돌을 던지세요."라고 써 붙여 놓았으면 어떨까 하는 생각을 해본다.

어두운 밤길의 안내자인 뒷골목 가로등이 돌에 맞아 눈을 잃고, 오직 사람들을 즐겁게 하기 위해 이역만리 정글에서 초대된 동물원 가족들에게 돌멩이로 인사하고, 천진한 연못의 비단잉어가 날아든 돌에 머리를 다치고—. 언젠가 자기를 향해 친구들이 짓궂은 농담을 계속하는 것을 참다못해 그가 "행인들은 장난삼아 돌을 던지지만 연못의 개구리는 목숨을 잃을 수 있다."는 말을 듣고 나와 분위기가 숙연해졌던 기억이 있다. 무심코 돌을 던지는 우리의 습관은 언제쯤 던져버릴 수 있을 것인가?

자운영을 만난 아침

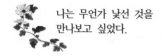

나는 무언가 낯선 것을
만나보고 싶었다.

어릴 때 '박사'는 세상의 모든 것을 다 아는 사람이라는 생각을 한
적이 있었다. 우물안 개구리도 그런 생각을 갖고 있을 것이다. 그러나
그 개구리가 두레박을 타고 세상구경을 나온 후에는 자기생각이 얼마
나 잘못되었다는 것을 깨달을 것이다. 왜냐하면 보이는 것마다 낯설고
모르는 것이 많기 때문이다. 누구나 모든 것을 다 알지는 못하는 것이
며, 인생길은 언제나 묻고 배우며 살아가는 것이다. 그럼에도 불구하고
모른다는 것은 부끄러웠고 답답하고 안타까운 마음은 쌓여갔다.

시를 읽으면서 몇 차례나 자운영紫雲英을 대한 적이 있다. 그 이름이
참으로 그윽하고 아름답게 느껴지지만 그 꽃은 한번도 본 적이 없었다.
보았어도 알아차리지 못했으리라. 관심이 없었으니까. 나는 식물도감
을 뒤져 그 모양을 익히고 기회 있는 대로 산자락이나 들판을 눈여겨

살펴보았지만 자운영은 보이지 않았다. 언젠가는 자운영과 흡사한 붉은 토끼풀을 가져다 자운영에 오버랩시켜 보았지만 클로버가 자운영이 되지는 않았다.

지난주간에는 부산남노회원 수련회를 지리산 자락과 삼천포 일원을 돌면서 가졌다. 지리산에서 일박을 하는 날 새벽 일찍 잠이 깬 나는 숙소가 위치한 마을을 벗어나 혼자서 멀리 산기슭으로 발걸음을 옮기고 있었다. 할머니 한 분이 큰길가 밭에서 들깨모종을 손질하고 있었고 한 노인은 천수답에 물을 가두며 모내기 준비가 한창이었다. 산자락이 가까워지자 좁은 농로주변에는 찔레꽃이 흐드러지게 널려있고 자주색·흰색 감자꽃도 피어있었다. 자생 뽕나무엔 빨갛게 뽕이 익어가고ㅡ.

나는 모처럼 지리산 자락의 향취를 맡으며 경사진 들판 길을 계속 올라갔다. 나는 무언가 낯선 것을 만나보고 싶었다. 천수답의 모내기는 맨 위쪽에서부터 시작되었고 푸르름은 아래로 천천히 번져가고 있었다. 싸리나무 같은 묘목이 심겨진 밭을 지나자 남향한 언덕배기에서 나는 처음이지만 낯익은 꽃을 대할 수 있었다. 꽃잎 끝은 자색으로 물들고 꽃 속은 마치 물동이를 이고 가는 아낙네의 허옇게 드러난 겨드랑이 같은 자운영ㅡ, 잎줄기 상단은 싸리나무 잎과 비슷했다. 심봤다ㅡ. 나는 심마니들이 산삼을 발견했을 때의 기분을 생각해보았다. 나는 초등학교 시절 선생님들이 가르쳐주었던 식물채집을 떠올리고 자운영 한 송이를 수첩에다 고이 끼워 숙소로 발걸음을 재촉했다. 자운영을 만난 지리산 수련회ㅡ. 배우고 익힌다는 것은 언제나 즐거운 일이다.

어두운 들판의 작은 등불처럼
― 부산 크리스천문인협회 24년

 언제나
남는 시간은 없다.

　해풍이 실어오는 갯내음을 맡으며 우리는 밤하늘의 별을 쳐다보고 있었다. 백일장 행사를 마친 뒤 일부 회원은 돌아가고 남은 10여 명의 회원들 가운데 몇 명은 평상에 걸터앉고 나머지 대부분은 마당 한가운데 펼쳐놓은 멍석에 허리를 펴고 누웠다. 희미한 알전구마저 꺼버리니 별은 더욱 초롱초롱하고 어디서 풀벌레 우는 소리도 들려왔다. 포장마차에서 핫도그를 팔고 있던 장사꾼들이 철수한 해변엔 조용한 파도 소리만 남았다. 16년 전인 1996년 8월 15일(목)~16일(금) 1박2일 일정으로 임랑 해변의 한 초가집에서 개최되었던 부산 크리스천문인협회 여름행사의 기억이다.

　　죽는 날까지 하늘을 우러러/ 한 점 부끄럼 없기를/ 잎새에 이는 바람에도/ 나는 괴로워했다./ 별을 노래하는 마음으로/ 모든 죽어가는 것을 사랑해야지/ 그리고 나한테 주어진 길을/ 걸어가야겠다.// 오늘 밤에도 별이 바람에 스치운다.

회원인 남송우 교수가 윤동주의 〈서시序詩〉를 낭송하고 〈하늘과 바람과 별과 시〉에 대한 이야기를 시작했다. '세계 속의 문학 그리고 예수'란 주제로 열린 본회의 〈'96 해변문학교실〉의 밤은 이렇게 깊어가고 있었다. 마치 들판에서 하루 일을 끝내고 집으로 돌아와 안식하는 농부처럼 어떤 이는 잠이 들었을지도 모른다. 오후 2시경에 시작되었던 백일장에서는 청소년부에서 최효진 군(시 〈솔바람〉 장안중학 2년)과 일반부에서 정은숙 씨(시 〈바다〉)를 각각 최우수상 수상자로 선정하고 몇 분에게는 장려상을 수여하기도 했다.

윤동주의 서시와 같은 분위기는 우리가 해변문학교실을 개최하는 곳이면 어디서든지 찾아보고 느낄 수 있는 정서였다. 〈해변문학교실〉은 매년 여름 부산의 지역적 특성을 살려 주로 바다를 낀 곳에서 개최되었고 때로는 산간지역이나 멀리 다른 지방을 찾아가기도 했었다. 해변문학교실이 처음 열린 것은 1990년 7월 30일~8월 1일까지 2박3일간 강서구 천가동 소양보육원(가덕도)에서 부터였다. 이때는 백일장 시와 산문부문에서 최미경·이태숙 씨 등 4명의 당선자를 내고 교회복음신문에서 마련한 타월 100장과 본회가 준비한 기념볼펜 100개를 참가자들에게 나누어준 것으로 기록되어있다. 그러나 회원작품집은 1992년 ≪소금의 나라≫를 처음으로 펴냈고 이듬해에는 ≪빛의 나라≫라는 이름으로 발간되었으나 3호부터는 ≪크리스천 문학≫으로 제호를 바꾸어 오늘에까지 이르렀다.

필자는 첫 작품집 ≪소금의 나라≫에 수필 2편을 게재하며 회원으로 이름을 올렸지만 아직 등단과정은 거치치 않은 아마추어였다. 필자가 부산 크리스천문인협회와 관계를 맺게 된 것은 교회복음신문을 통해서였다. 당시 부산 크리스천문인협회는 1990년 3월부터 문현동 소재 교회복음신문사(사장 김인환)에서 정기적으로 월례회를 개최하고 있었다. 필자는 1981년 3월 신학교에 입학하기 전 부산일보사에 근무할 때부터 김인환 회원(당시 YMCA간사)과 친분이 있었고, 목회자가 된 후에는 상당기간 교회복음신문에 기명칼럼을 쓰고 있었다. 그때 필자는 친구인 김 사장의 부탁을 받고 몇 차례 기자들의 소양교육을 맡아 했기에 그의 권유로 자연스럽게 크리스천문인협회 회원들과 자리를 같이하게 되었다.

그러나 가덕도에서 첫 번째 해변문예교실을 개최할 때는 참석을 독려하는 임원들의 간곡한 요청을 받았지만 목회자가 3일씩이나 교회를 떠나있을 수 없어 부득이 불참했다. 그 후에도 필자는 어쩌다 한 차례씩 참여는 했어도 상당기간 동안 한 편의 작품도 내지 못하고 교회 일에만 몰두했었다. 그러다가 1996년 제5집에 수필 한 편을 게재했으나 본격적으로 활동한 것은 1997년부터였던 것 같다. 아마 필자가 그해 월간 〈수필문학〉에 추천을 완료하고 문인으로서의 자격을 구비한 것이 계기가 되었던 것 같다. 그전까지는 10여 년간 일간신문 기자로 일한 이력을 인정받은 회원이었다. '맛을 보고 맛을 아는 것'처럼 글을 쓰면서 필자는 차츰 글 쓰는 재미를 깊이 알게 되었고, 3년 후인 1999년 1월에는 그동안 쓴 것을 모아 첫 수필집 ≪매미소리를 들으며≫(쿰란출판사)를 출간하게 되었다.

그해 3월에는 필자는 목회자 근속 10년을 맞으면서 수필집 출판기념회 및 10년 근속감사예배를 3월16일 저녁 부산평강교회당에서 가졌다. 1부 예배에 이어 2부 행사에서는 남송우 교수(부경대)가 서평을, 김인환 본회 회장과 수필문학 부산작가회 이병수 회장이 축사를 했으며 당시 한국기독신문 주필이었던 정선기 장로가 격려사를 했었다. 이날은 부산 크리스천 문인협회뿐만 아니라 교회적으로도 큰 잔치였다. 크리스천 문인협회는 매년 해변문학교실과 함께 꾸준히 작품집을 내며 주부 백일장, 추수감사절 기념문학의 밤, 문학특강 등을 개최하며 회원수도 50~60명으로 늘어났다. 양왕용 · 남송우 · 구모룡 · 박춘덕 · 전기웅 씨 등 대학교수들이 문학적 지주를 굳게 세웠고, 심군식 · 백성호 · 안유환 목사 등 목회자들이 신앙적 기틀을 잡아주었고, 박영희 · 한영자 씨 등 의사들과 각계각층에 포진한 평신도들이 함께 모인 자리는 초창기에는 마치 교회의 원형인 초대교회의 분위기와 같았다. 서로의 얼굴을 대하기만 해도 정이 넘쳐흘렀고 문학과 신앙의 이야기를 주고받다보면 시간 가는 줄 몰랐다.

부산 크리스천문인협회는 대외적으로 활발한 활동은 펴지 못했지만 어두운 들판의 작은 등불처럼 세상을 밝혀왔다. 1994년 1월 3일 자로 신년축하 인사와 광고를 겸해 총무가 발송한 공문에서는 다음과 같은 기록을 찾아볼 수 있다.

"謹賀新年. 회원 여러분, 주님의 무한한 사랑 안에서 새해에도 만복을 받으시고 건필을 부탁드립니다. 새해에는 보다 개혁적이고 발전하는 부산 크리스천문학가 협회가 되기를 부탁드리오며 협조를 요망합니다. -회장 양왕용. *아래 회람: 지난해 부산 기독교 문화축제를 무사히 마쳤습니다. 당일 본회 연간집 ≪빛의 나라≫와 부산 기독교문화회 수상집 ≪또 하나의 작은 결실≫ 출판 기념회에는 이상규 교수(고신대)의 '부산, 부산 기독교 문화'강연과 토론이 있었습니다. 많은 회원이 나오지 못하여 안타까웠습니다. 신입회원 신선(시)을 비롯해 12명이 참가했습니다.……. 1993. 1. 3. 총무 김동재."

그로부터 3년 후 김동재 총무는 불의의 교통사고로 하늘나라로 먼저 떠나갔다. 그동안 부지런히 수필을 써오던 필자는 2001년 하반기부터 뜻밖에 시를 쓰게 되었고 2003년에는 첫 시집 ≪천사들의 휴양지≫(세종), 2006년에는 두 번째 시집 ≪서설≫(세종), 그리고 2012년에는 세 번째 시집 ≪그림자의 귀향≫(창조문예사)을 출간했다. 처음 시를 쓰기 시작할 때 수필보다는 어렵다는 생각이 들었지만 하고 싶은 말을 시로 표현할 수 있다는 것은 새로운 즐거움이었다. 이에 앞서 2001년 8월 6일~7일 거제 유스호스텔에서 개최된 해변문학교실에서는 갑작스런 임시총회가 있었다. 왜냐하면 5대 회장이었던 남송우 교수가 캐나다 교환교수로 떠나게 되어 사의를 표명했기 때문이다. 이 자리에서는 본회 초창기부터 많은 수고를 해온 허성욱 시조시인을 6대 회장으로 선출했다.

그리고 잔여임기가 끝나는 2003년 2월 3일 대연동 채식뷔페에서 개최된 정기총회에서 안유환 시인(필자)이 7대 회장으로 선출되었다. 모든 여건이 불비한 가운데서 하나의 단체를 이끌어간다는 것은 그야말로 '십자가를 지는 일'이었다. 명칭은 선출이지만 실제로는 짐을 떠맡기는 꼴이었다. 그럼에도 불구하고 필자는 맡겨진 2년 동안의 임기 중 성실히 책임을 감당하려고 최선을 다했다. 회원들의 의견을 수렴해 만든 당시 사업계획을 살펴보면 감회가 새롭다.

1) 무원칙한 연간집 약력을 등단지, 저서, 사회활동 직함, 교회직분 등 4가지로 간략하게 축소하고, 2) 매월 1회 월례회를 개최하여 회원들의 작품을 대상으로 합평회를 갖고 작품을 질적 향상을 도모하며, 3) 연1회 서면 지역에서 '크리스천 문학 세미나'를 개최하고, 4) 해변문학교실 때는 '초청문인과의 대화' 시간을 가지며, 5) 봄·가을 두 차례 회원 등산대회를 개최하고, 6) 조속한 시일 내에 인터넷 홈페이지를 개설하도록 결의했다. 7) 그리고 장기적인 안목으로 본회 문학상 제정 및 시화전 개최 등을 단계적으로 추진하도록 의견을 모았다.

교환교수 1년을 마치고 귀국한 남송우 교수는 본회 홈페이지(bookmoon. net)에 마련된 '작품 감상코너'에 코멘트를 했고, '어느 비평가의 하루'를 매주 연재하여 잔잔한 감동을 불러일으키기도 했다. 그러나 회원들이 지속적인 관심을 갖지 못함으로 이태 후 홈페이지는 아쉽게도 자동으로 폐쇄되고 말았다. 회원 작품 합평회도 실제 운영에 어려움이 노출되어 빛을 보지 못했으나 등산대회는 두어 차례 가지며 회원들의 친목을 도모했다. 이렇게 하여 화려한(?) 사업계획은 제대로 실현되지 못했고 다음 회장에게 바톤을 넘겨야 했다.

필자가 회장으로 재직하던 기간에 가장 기억에 남는 것은 2003년 8월

4일~5일 이틀간 거제 문화관광농원에서 '바다, 그 실존과 허무를 넘어'라는 주제로 개최한 해변문학교실과 2004년 4월 22일 연산로터리 해암 뷔페에서 가진 ≪크리스천 문학≫제12집 출판기념회이다. '거제 해변문학교실'에서는 1) 주제 강의: 정선기 시인, 2) 남송우 교수의 캐나다 이야기, 3) 본회 발전을 위한 '조별토의'로 이어졌다. 그리고 제12집 출판기념회에서는 1부 예배에 이어 2부에서는 류정희·최원철 시인의 시낭송, 구모룡 교수의 서평, 강인수 부산시문인협회장 축사, 임수생 부산시인협회장 격려사가 있었고, 사직동 교회 중창단이 축가를 해주었다. 또 한 가지 양왕용 교수가 주선하여 개강한 '부설 문예대학'에서 필자는 수필 부문의 강의를 맡아 특강 및 주1회 글쓰기 강의를 계속했으나 본회의 여건이 여의치 않아 각 장르 공히 등단의 열매는 맺지 못한 채 수강생들에게 아쉬움만 남겼었다.

　필자는 개인적으로 문학을 한다는 것은 매사추세츠 주의 콩코드에서 태어나 그곳을 영구 거주지로 정했던 헨리 데이비드 소로의 삶을 지향하는 것과 같은 것으로 생각할 때가 있다. 다소 불편함을 견디고, 조금은 외로우며, 상당히 반항적이고, 그 누구보다 자유를 사랑하는 사람이 문학인이 아닐까—? 거기에는 명예나 욕심이 끼어들 자리가 점점 사라져 갈 것이다. 소로는 손수 숲 속에 집을 짓고 농사를 지으며 최대한의 여가를 즐겼다. 그는 ≪월든≫에서 "간소하게, 간소하게, 간소하게 살라! 당신의 일을 두 가지나 세 가지로 줄이며, 백 가지나 천 가지가 되도록 하지 말라. 백만 대신에 다섯이나 여섯까지만 셀 것이며, 계산은 엄지손톱에 할 수 있도록 하라."고 말했다. 문학이란 이처럼 고독한 삶에서 피어나는 꽃이 아닐까?

돌아보면 꺼질듯 꺼질듯 하면서도 때로는 왕성하게 타오르는 불꽃처럼 크리스천 문인협회는 그렇게 걸어온 것 같다. 그럼에도 불구하고 크리스천 문인협회도 역시 세상의 문인협회와 별로 다를 바 없다는 아쉬움을 떨쳐버릴 수 없다. 우리의 출발은 '하나님의 영광을 위해'서였지만 어떤 때는 지나치게 자기를 내세우는 몸짓 때문에 하나님의 영광을 가릴 때도 없지 않았던 것 같다. 목회가 가장 어렵다는 생각에는 아직도 변함이 없지만 다시 생각해보면 목회보다 더 어려운 것이 문인들의 모임을 이끌어가는 것이 아닐까, 하는 생각도 해보게 된다. 언제나 남는 시간은 없다. 주어진 세월을 아끼며 살아야 한다는 마음을 새롭게 다진다.

애물단지 이웃

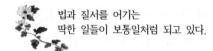

법과 질서를 어기는
딱한 일들이 보통일처럼 되고 있다.

이기심이 가득한 사람을 그대로 놓아두면 과연 어디까지 내달을 수 있을 것인가? 이웃을 짓밟고 자연을 파괴하고 마침내 모두가 공멸하는 종착역에 다다르는 데는 시간이 그렇게 많이 걸리지 않을 것 같다. 거대한 개발의 꿈이 애물단지로 변한 시화호를 보면서도 더 큰 애물단지를 만들기 위해 여전히 계속되고 있는 새만금 간척사업을 본다.

염려되는 것은 이런 큼직한 문제 외에도 우리들이 살고 있는 멀고 가까운 곳에 크고 작은 시화호의 교훈이 묻혀있고, 새만금 간척사업처럼 끊임없이 환경파괴가 진행되고 있다는 데 있다. 오늘 아침에는 내가 자주 산책하는 둔덕 입구에다 누가 큰 팻말을 하나 세워놓은 것을 보았다. '쓰레기 투기, 모친과 XXX'. 오죽이나 답답했으면 또 하나의 쓰레기 같은 팻말을 세워 놓았을까 하는 생각을 해본다. 사람이 사는 집은 한

번 쓰고 버리는 것이 아니라 또 다시 사용하기 위해 쓸고 닦고 낡으면 고친다. 우리 모두가 함께 쓰는 자연환경도 그렇게 청소하며 아끼고 보존해야 한다는 것을 알고 있으면서도 실천으로 옮기는 생각은 잊어버린다.

파란 잔디가 싱그럽게 자라고 실새풀이 여기저기 산책하듯 일렁이는 그 둔덕에 올라선다. 유유히 굽이치는 낙동강과 강가에 내려앉은 아파트들과 멀리 진해 앞 바다가 한데 어우러져 서부산의 역사를 이어가는 모습이 한 폭의 그림으로 펼쳐져있다. 특별한 일이 없는 한 해마다 5월이 되면 우리 교회는 여기서 야외예배를 드린다. 뿐만 아니라 산을 좋아하는 사람들의 발걸음이 쉴 새 없이 이어지는 아름다운 산자락이다.

며칠 전에는 그 좋은 잔디 위에 넓은 마당만 하게 제초제로 사각형을 그려놓고 말라죽은 잔디를 다시 삽으로 파 뒤집어 놓은 것을 볼 수 있었다. 어느 행글라이드 동호인들이 자기들의 착륙지점으로 표시를 해놓은 것이다. 그렇지 않아도 계속해서 잔디를 짓밟아 둔덕의 속살이 여기저기 상처를 드러내고 있는데 다시 삽으로 파 헤쳐 놓다니-. 어떻게 그런 무자비한 마음가짐으로 그처럼 귀한 취미활동을 할 줄은 알았을까?

갈맷길을 걷거나 산행을 하다보면 음료수 병이나 쓰레기를 바위틈에 깊숙이 숨겨놓은 것이 눈에 띈다. 그대로 버려두면 청소를 맡은 분들이 수거하기도 좋으련만 일하는 사람들을 더욱 괴롭히는 꼴이 된다. 어떤 이는 꽁꽁 묶어서 나뭇가지에 걸어놓은 것도 보인다. 누구를 위한 친절인가?

생각이 이상한 것은 시정당국도 마찬가지다. 조금만 변두리로 나가면 좋은 환경 속에서 아름다운 집을 얼마든지 지을 수 있을 것임에도 불구하고 도심에 가까우면 편리하다는 점만을 앞세워 부산의 그 좋은 산들을 깔아뭉개고 대신 아파트로 산을 치장해 가는 단견을 드러내고 있다. 편리함만을 추구하는 것은 모든 것을 망가뜨린다. 언젠가는 앞서 가던 고급 승용차에서 담배꽁초가 차창 밖으로 내던져지는 것을 보았다. 자기 차가 더러워지는 것은 생각할 줄 알면서 모든 사람이 함께 이용하는 거리가 지저분해지는 것은 외면하려고 하는 것인가?

도로변 어떤 가게에서는 과자 포장지나 생활 쓰레기를 하수도 덮개 사이로 쓸어 넣는 것을 보았다. 담배를 피우는 사람들에게는 하수구 틈이 꽁초를 버리는 재떨이가 된다. 그것이 장마철이 되면 도로가 범람하는 원인으로 작용한다. 누워서 침을 뱉는 격이다. 아무리 치워도 어지르는 사람을 당해낼 수는 없다. 법과 질서를 어기는 딱한 일들이 우리들에게는 보통 일처럼 되고 있다. 나쁜 습관에 젖어 살거나 이기심의 함정에 빠지면 누구나 스스로를 애물단지 이웃으로 만들어 가는 것이다.

하와의 손을 잡고

오랜 세월 동안 채워두었던
족쇄를 풀어 여성의 자유와 권리를 보장해야 한다.

우리는 누구에게서부터인가 남녀 7세 부동석男女 七歲 不同席이란 말을
들으며 자라났다. 어릴 때는 남녀는 영원히 자리를 같이하면 안 되는
것으로 생각했다. 그러나 14세만 되면 남녀가 함께하고 싶은 강한 욕구
를 느끼게 되고 그것이 인간사에서 가장 아름다운 일이란 것을 터득하
기 시작한다. 우리 사회가 청소년들이 한자리하는 것을 금기로 여길 때
교회는 함께 예배하며 친교의 자리를 마련함으로써 이 땅에 개화의 물
꼬를 트는 데 선도적 역할을 했다. 이때까지 규방생활에 파묻혀 있던
여성들은 교회로 나와 하나님의 말씀을 들으면서 자아를 발견하기에
이르렀다.

그리고 교회는 인고의 잠에서 깨어난 여성들로 인해 전도와 봉사의
사명을 감당하며 우리 사회 속에서도 큰 몫을 다하게 되었다. 1898년

2월 27일 평양 널다리골 교회에서 한국 최초로 조직된 여전도회는 오늘까지 100여 년의 세월 동안 교회 안팎에서 연약한 여성들에게 자신감을 심어왔다. 그리하여 오늘날은 교인의 70%에 달하는 여성들이 교회와 사회봉사에 이바지하고 있다. 특별히 기독교장로회 여신도회의 활동은 1979년에 이미 여 목사와 장로를 탄생시켜 대내외적으로 기회균등을 제도적으로 보장받았다.

그럼에도 불구하고 장자교단이라고 자처하는 예장통합 교단에서는 여성들이 교회성장과 봉사에 지대한 영향을 미치고 있다는 것을 인정하면서도 교회의 미래를 결정하는 정책기구에서는 언제나 여성들을 소외시켜왔다. 마침내 본 교단에서도 지난 1996년 여성안수 문제가 극적으로 허락됨으로써 인해 장로가 세워지고 목사안수를 받아 명실공히 남녀가 대등한 입장에서 교회봉사의 기회를 갖는 듯했다.

그러나 현실적으로 남녀를 차별하는 인습의 장벽은 여전하며 여성들은 서야 할 자리를 찾지 못하고 있다. 아직도 상당수의 교회가 여성 평신도들을 단지 여성이라는 이유로 강단에 세우는 것조차도 금지하고 있다. 그나마 현재까지 안수 받은 여 목사는 145명에 달하며 담임목사 28명, 부목사 57명, 기관목사 44명, 선교사 13명 등 주어진 임지에서 열심히 활동을 하고 있다.

그러나 목사고시에 합격하고서도 청빙하는 교회가 없어 170여 명의 여 목사 후보생이 안수를 받지 못하고 있는 실정이다. 이들은 여성에게 알맞은 국내외 특수 선교지를 찾아 일하려고 해도 뒷받침해주는 교회가 없어 속을 태우고 있다. 기성교회에서 봉사하고 있는 전도사의 경우도 똑같은 자격을 갖추고 있지만 여성에게는 처음부터 사례비에 차별을 두는가 하면 부교역자에게 주어지는 설교할 기회도 얻지 못하고 있다.

이제 새 천년이 밝았다. 대희년이 열렸다. 한국교회는 오랜 세월 동안 우리의 하와들에게 채워두었던 족쇄를 풀어 여성의 자유와 권리를 보장하고 함께 새 출발을 해야 한다. 그리하여 당회, 노회, 총회 등의 치리기관에서도 손잡고 일할 수 있어야 한다.

또 하나의 선악과

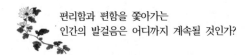

편리함과 편함을 쫓아가는
인간의 발걸음은 어디까지 계속될 것인가?

인간의 삶은 불편을 덜어가는 과정인 것 같다. 동굴에서 살다가 움막을 거쳐 현대식 주택으로 주거환경을 개선하면서 끊임없이 편리하고 편한 것을 추구해왔다. 오가는 교통수단을 빠르고 편리하게 만들고, 가사노동 등 인간이 이용하는 모든 분야에서 불편함을 덜어내는 발걸음은 오늘도 계속된다. 좀 더 쉽게, 좀 더 빨리, 좀 더 편하게 무엇이나 얻고 누리려는 생각은 한계를 모르고 있다. 오늘날엔 편함을 추구하는 것이 마치 인간의 삶의 목적인 것처럼 보인다. 그러다보니 불편함 속에서 땀을 흘려야 제 맛을 찾을 수 있는 등산에까지 편리한 시설을 점점 확대해가고 있다.

경남 산청군은 지리산 케이블카 설치를 위해 이달 중으로 환경부에 국립공원계획 변경을 신청할 것이라 한다. 그리고 지난 4일에는 산청군

민 1만여 명이 한자리에 모여 케이블카 설치추진 결의대회도 가졌다. 이는 정부가 1967년 지리산을 우리나라 최초의 국립공원으로 지정한 이후 40여 년 만에 자연공원법 시행령 개정안을 공포한 데 따른 것이다. 케이블카 설치를 반대하는 측의 주장은 자연경관 훼손을 원천적으로 막자는 것이고, 찬성하는 측은 등산객으로 인한 자연파괴를 줄일 뿐만 아니라 노약자나 장애인들도 산의 장엄한 경관을 감상할 수 있도록 하자는 주장이다. 케이블카가 꼭 필요한 곳이 있을 것이다. 문제는 '관광객을 유치하고 지역경제를 활성화'하기 위한 목적으로 무분별하게 케이블카를 설치하는 데서 나타난다. 이러한 케이블카 설치는 난개발을 초래하고 산의 정상부분까지 술 마시고 노래 부르는 유원지로 만들어 황폐화를 가속화시킬 것이다.

사람들은 이러한 경제발전을 바탕으로 인간이 바라는 최고의 안락한 상태에 도달하면 만족을 누릴 수 있을 것이란 희망을 버리지 못하고 있다. 그러나 그러한 이상적인 미래는 아직도 보이지 않는다. 현재까지 달려온 속도보다 더 빨리 달려가면 이상적인 미래를 만날 수 있을 것인가? 모든 것이 불편한 티베트의 고원지대인 라다크에서 16년을 살았던 헬레나 노르베리 호지는 다음과 같은 충격적인 보고서를 내놓고 있다. 그는 혹독한 기후와 척박한 환경에도 불구하고 별일 없이 행복하고 만족스럽게 살아가고 있는 그곳 사람들의 생활태도를 보면서 그것은 우리의 '오래된 미래'라고 말하고 있다. 가장 이상적인 환경은 좀 불편하기는 하지만 가장 자연스런 환경이라는 이야기이다. 이것은 현대인들이 그토록 목마르게 찾고 있는 미래를 이미 오래전에 잃어버렸다는 의미가 아닌가.

1800년대 미국 하버드 대학을 나왔으나 모든 기득권을 과감히 버리고 일생토록 숲과 더불어 살다간 헨리 데이비드 소로는 다음과 같이 말했다. "어떤 사람이 매일 반나절을 사랑하는 마음에 가득차서 숲 속을 산책한다면 게으름뱅이로 낙인찍히리라. 그러나 하루 종일 투기꾼으로 시간을 보내며 숲을 베어내고 땅을 평평하게 밀어버린다면 그는 근면하고 진취적인 시민으로 평가받으리라." 사람들은 자기의 편익만을 추구하는 삶의 모습이 얼마나 우리들의 의식까지 병들게 만든다는 것은 생각하지 않는다는 것이다. 소로는 또 "식물은 자기의 천성을 따라 살지 못하면 죽게 된다. 사람도 마찬가지"라고 말했다. 인간에게는 하나님이 부여하신 천성이 있다. 인간은 선악과 사건 이후 고통하며 자식을 낳고 땀 흘려 일해야 먹고 살 수 있도록 다시 만들어졌다. 인간은 땀을 흘려야 할 곳에서는 마땅히 땀을 흘리고 찬양할 곳에서는 마음을 모아 함께 찬양해야 한다. 이것이야말로 하나님을 영화롭게 하고 영원토록 그를 즐거워하는 인간의 목적을 이루어가는 길이 아닐까.

평안만을 추구하는 것은 또 하나의 선악과일 수 있다. 강단에서 십자가가 사라져가고 있다는 우려의 말은 현실로 다가와 이제는 '십자가'란 말조차 듣기 어려운 시대가 되었다. 그것은 현대인들이 축복과 평안만을 바라기 때문이다. 선악과를 따먹는 것과 같은 기대감으로 편리함과 편함을 쫓아가는 인간의 발걸음은 어디까지 계속될 것인가?

4부
오래된 행복론

행복은 멀리 있는 것이 아니라 자기 가까이서 나오는 것이다. 소크라테스는 "자기 자신 이외의 것에서 행복을 얻으려는 사람은 그릇된 사람"이라고 말했다. 또한 그는 "잘되겠다고 노력하는 그 이상으로 잘 사는 방법은 없으며 그리고 실제로 잘되어간다고 느끼는 그 이상으로 큰 만족은 없다. 그것이 행복인 것은 내 양심이 증명해주고 있다."고도 말했다.

마음을 건드리는 노래

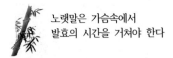
노랫말은 가슴속에서
발효의 시간을 거쳐야 한다

이문재 시인은 "좋은 시라면 사람들의 마음을 건드린다."고 말했다. 이것은 시가 주는 감동을 두고 한 말이다. 시뿐만 아니라 노래도 좋은 노래는 우리의 마음을 건드린다. 손가락으로 기타나 바이올린의 현을 건드려 아름다운 소리를 내는 것처럼 건드려진 우리 마음은 아름다운 울림으로 작용한다. 그 울림이 크면 클수록 우리의 감동은 물결처럼 이웃으로 더 널리 퍼져 갈 것이다. 선포되는 설교말씀도 사람의 마음을 건드리어 자는 잠에서 깨어나게 하고, 슬픔을 위로하고, 식어진 사랑과 열심에 불을 붙이기도 한다.

처음 믿을 때를 돌아보면 말씀이 나의 마음을 건드려주던 기억이 되살아난다. 담임전도사님의 설교가 분명히 잘 다듬어진 설교가 아니었는데도 그 말씀은 나의 마음을 계속 건드렸고 찬송은 불러도 불러도 또 부르고 싶었다. 사람마다 복음을 받아들인 시기와 감격의 정도가 각각 다를 테지만 대체로 지금 50~60대에 속하는 성도들은 아련하게 지난날의 감격을 그리워하는 얘기를 들을 때가 많다. 지난날을 그리워한다는 것은 현재가 그때보다 못할 때 나타나는 현상이다. 그분들의 이야기는 마음을 건드리는 찬양이 사라져간다는 아쉬움이다.

1990년대 초부터는 오후예배가 '묵도'로부터 시작하던 모습을 서서히 탈피하여 찬양으로 시작하여 찬양으로 이끌어가는 소위 '열린 예배'라는 이름으로 불리는 변모를 나타내기 시작했다. 그때를 전후한 복음송은 성도들뿐만 아니라 믿지 않는 사람들이 들어도 가슴에 와 닿을 만큼 울림이 있었다. 오늘날에는 대부분의 교회 오후예배가 열린예배 스타일이며 전문 찬양단 못지않게 잘 훈련되고 연습도 많이 한 청년들이 열심히 찬양을 하고 있다. 그러나 나이 든 성도들은 말할 것도 없고 40~50대 성도들까지도 함께 찬양하지 못하고 있다. 그러다보니 그들이 찬양단의 입만 멍하니 바라보며 구경하는 것과 같은 모습을 어느 교회에서나 쉽게 발견할 수 있다. 그것은 우리의 마음을 건드려주는 노랫말이 없기 때문이다.

아무리 짧은 가사에도 그 속에는 이야기가 함축되어 있다. 그러나 요즘의 복음송에는 스토리를 찾아보기 어렵다. 어떤 것은 성경말씀 그대로를 마치 랩(rap)처럼 엮어간다. 랩이란 다이내믹한 춤과 음악이 한데 어우러진 것으로 아프리카나 미국 등의 문화에 뿌리를 둔 것이다. 대중가요에서도 많이 이용되는 랩은 대체로 빠른 속도로 가사를 읊어내는 것으로 듣는 사람들은 무슨 말인지 그 내용을 알아듣기가 쉽지 않다. 이런 경향이 복음송에도 스며들면서 이제는 교회 안에서도 랩으로 이어지는 찬양도 흔히 들어볼 수 있게 되었다. 물론 성경말씀만으로도 훌륭한 가사가 될 수 있지만 찬송이나 복음송 가사는 성경말씀을 그대로 옮겨서는 큰 울림을 기대하기 어렵다. 복음송의 노랫말이 감동적인 울림이 되려면 말씀이 작사자의 가슴속에서 발효의 시간을 거쳐야 한다. 그렇지 않고 설익은 이야기를 그대로 풀어놓다보니 그것은 사람의 마음을 건드리지 못하게 된다. 그러다보니 가사다운 가사는 점점 모습을 감추고 함께 부르며 가슴을 울려야 할 찬양은 부르고 듣는 사람이 따로 노는 현상으로 나타나게 되는 것이다.

교회뿐만 아니라 이런 현상은 대중음악에서조차도 심각하게 받아들이고 있다. 한국 대중음악의 최고 콩쿠르 중 하나로 꼽히는 '유재하 음악경연대회'에서도 최근 몇 년 새 노랫말의 상상력과 문학성이 너무 빈약해졌다는 우려를 불러일으키고 있다. 지난해 20회 대회에서 한 심사원은 "작사상을 꼭 주어야 하느냐."고 문제를 제기했었고, 지난달에 개최된 제21회 대회에서도 "책상머리에서 막 짜낸 듯한 노랫말이 대부분이었다."는 비판이 쏟아졌다. 유재하 대회 본선진출의 가사가 이럴 정도이니, 댄스음악이 장악한 주류 대중음악에서는 아예 노랫말이 실종됐다는 이야기까지 나오고 있다. 십이분 공감이 가는 말이다.

좋은 가사를 끝까지 연주하지 않아 아쉬움을 더하기도 한다. 부산도시철도 1호선 시청역 안내방송에서 듣는 〈부산찬가〉는 시작하다 끝내버려 부산의 이미지를 토막 내고 있다. 1절이라도 온전하게 내보내든지 아니면 아예 다른 로고송으로 바꾸는 것이 어떨까? 교계방송에서 CM송처럼 쓰이는 '1분 찬송'을 들으면 가슴이 체한 것 같은 느낌을 지울 수 없다. 은혜로운 찬송이 중간에서 끝나버리는 경우가 대부분이기 때문이다. 세상을 열심히 뒤쫓아가는 모습을 부끄러워한다. 찬양은 우리의 깨달음과 사랑과 감사의 마음에 곡을 붙여 하나님께 올려드리는 노래이다. 이제 한국교회는 성도들의 마음을 건드리는 노랫말을 발굴하고 온전한 찬양 부르기 운동이라도 펼쳐야 할 것 같다.

오래된 행복론 · 1

 일과 휴식은
동전의 앞뒷면처럼 필수적인 관계이다.

세상에는 행복만큼 갈피를 잡기 어려운 것도 없을 것이다. 어떤 이는
많은 것을 소유함으로 행복을 느끼고 어떤 이는 무소유에서 행복을 찾
는다. 어떤 이는 대단한 일에도 행복을 느끼지 못하지만 어떤 이는 지
극히 사소한 것에서 행복을 맛보고 있다. 어떤 이는 잘 차려 입어야
행복을 느끼지만 어떤 이는 헐벗은 상태에서도 행복을 누리고 있다. 일
반적으로 행복을 "심신의 욕구가 충족되어 조금도 부족감이 없는 상태"
로 정의한다. 그래서 행복을 추구하는 사람들은 자기 힘으로 가질 수
있는 것은 무엇이나 추구한다. 그러나 엄밀히 따져보면 '충족'과 '결핍'
은 개인의 행불행에 결정적인 영향을 미치지는 못하는 것으로 보인다.
　새해를 맞으면서 조선일보가 세계 10개국의 행복조건을 조사한 결과
에 따르면 한국인을 불행하게 만드는 두 가지는 첫째 재물에 대한 집착,

둘째 안보위협인 것으로 나타났다. 대한민국은 1인당 GDP(국내총생산) 2만 달러, 경제규모 세계 13위, G20정상회의 개최 등을 달성하며 무섭게 성장했지만 국민은 그로 인해 가족도 잊은 채 행복을 접어두고 살았다. 한국갤럽 조사는 1인당 GDP가 약 3배 성장한 1992~2010년 사이 '행복을 느끼는' 국민은 오히려 10% 줄었다고 보고하고 있다. 이것은 한국인이 소위 행복의 자격을 갖추고도 행복을 누리지 못하고 있는 것을 보여주는 것이다. 물질주의 가치관은 행복을 열어주는 데 한계를 지닐 수밖에 없다. 미국의 정치학자 로널드 잉글하트가 지난 20년 동안 발표한 '행복지수'를 분석한 결과가 그것을 뒷받침하고 있다. 대부분의 나라에서 1인당 국내총생산이 1만 5000달러에 도달하면 '수확체감'이 발생하며 돈은 행복감에 거의 영향을 주지 않는다는 것이다. 그럼에도 불구하고 사람들은 돈을 많이 벌면 행복할 거라고 생각한다.

19세기 초반 행복을 추구하던 자들은 행복의 모든 전제조건을 풍부히 갖춘 괴테를 그들의 우상으로 삼고 있었다. 그러나 괴테도 모든 조건을 구비한 것에 비해 그만큼 행복을 누리지는 못했다. 시성 괴테는 요한 P. 엑커만과의 대화에서 말했다. "결국 내 생활은 노고나 일 이외의 아무것도 아니었다. 이를테면 내 75년의 생애에 참으로 즐거웠던 것은 고작 4주일도 되지 않았다. 그것은 굴러 떨어지는 돌을 끊임없이 밀어 올리는 것과 같은 것이었다." 이를 보면 괴테는 75년 동안에 28일 정도의 행복을 누렸다는 말이 된다. 그럼에도 불구하고 괴테를 두고 일생 동안 불행했다고 말할 사람은 아무도 없다. 그는 "나의 본래의 행복은 시상詩想과 시작詩作에 있었다."고 덧붙였다. 그는 시를 생각하고 고

뇌하며 시를 쓰는 일에서 행복을 누리고 있었던 것이다.

칼 힐티는 그의 〈행복론〉에서 말했다. "행복 가운데 커다란 요소의 하나는 일이다. 인간이 행복하게 되려면 한 주일 동안 엿새는 일해야 한다. 또 이마에 땀을 흘려 그 빵을 먹어야 한다. 이러한 전제를 회피하는 사람은 행복을 추구하는 사람 가운데서 제일 어리석은 자이다." 오늘날 불행을 느끼는 사람들 가운데 대부분은 일이 없는 사람들일 것이다. 그래서 사람들은 일자리를 얻기 위해 배우고 노력한다. 인생의 황금기를 다 보내고 일터에서 밀려난 사람들은 이때까지 해보지 못했던 다른 일을 찾아 나선다. 아무 일을 하지 않아도 여생을 먹고 살 수 있을 만큼 소유한 사람도 조용히 들어앉아 있지는 못한다.

하나님은 인간의 본성을 일을 좋아하도록 만들어놓았다. 그래서 사람들은 일이 없으면 일을 만들고 그 일 속에서 자기도 모르는 사이에 행복을 느끼며 살아가는 것이다. 주인과 노예 사이에 누가 더 행복을 누릴 수 있을까? 두말할 나위도 없이 사람들은 주인이라고 답할 것이다. 그것은 일을 만드는 것과 일을 받아들이는 것의 차이이다. 주인은 일을 계획하고 만들어내는 사람이며 좋은 부여받은 일조차도 할 수만 있으면 외면하려 할 것이다. 그러나 일이 없거나 몸이 아파 일을 할 수 없는 종은 '중풍병을 앓는 백부장의 하인'처럼 더욱 괴로워할 수밖에 없다. 일이란 이처럼 행복을 불러오는 마력을 지니고 있다. 옛사람들은 잡아놓은 짐승보다도 사냥 자체를 좋아했고, 오늘날도 사람들은 낚시를 하여 잡은 고기보다 낚시 자체를 즐기고 있다. 일하면서 기쁨을 맛보는 것은 오래된 행복론이다. 그러나 일이란 행복을 가져다주는 귀한 존재이지만 일에만 빠져들면 행복은 도망가버린다. 일에는 반드시 일정한 쉼이 따라야 한다. 일과 휴식은 동전의 앞뒤 면처럼 필수적인 관계이다.

오래된 행복론 · 2

 과학이나 편리한 기계의 세계로부터
도망치기를 원하는 사람들이 늘어날 것이다.

   그 누구도 일이 없이는 참된 행복을 느낄 수 없다. 그런고로 일이 행복을 가져다준다는 것에 이의를 제기할 사람은 아무도 없을 것이다. 그래서 사람들은 부지런히 일하면서 재산을 모으고 명예를 얻으며 외적인 수단에 집착하거나 부끄럽지 않은 양심을 바탕으로 이웃사랑에 헌신하거나 그러한 사업을 펴는 등 내면적인 것을 추구하고 있다. 그러나 오늘날의 일에서는 지난날 우리가 느낄 수 있었던 순수한 기쁨을 맛보기 어렵다.

   현대도시의 근로자, 공장의 노동자나 사무원, 그리고 자영업을 하는 사람들까지도 마치 톱니바퀴처럼 빈틈없는 조직이나 계획 속에서 단조로운 일을 쉬지 않고 반복하는 경우가 많다. 그러다 보니 일하는 즐거움으로 사는 것이 아니라 일하고 얻는 보수와 함께 쉴 수 있는 날만

손꼽아 기다린다. 오늘날 부유해진 일부 소수의 사람들도 자신들의 자유와 행복을 잃어버린 비싼 대가를 치르고 그 부를 사들인 것이며 가난한 사람들은 노동을 착취당하기도 했다. 영농기계화의 영향으로 오늘날엔 농부들마저도 자기 일에 즐거움을 찾아내지 못하고 있다. 옛날에 필요한 물건을 기계로 대량생산하지 않고 손으로 만들어 내던 사람들은 자기가 하는 일에 즐거움을 느끼고 보람 있는 그 일을 자랑스럽게 여겼다. 오늘날 그 명맥을 겨우 이어가는 장인匠人들처럼─. 그래서 참된 기쁨을 추구하는 사람들은 이미 과학이나 편리한 기계의 세계로부터 도망치기를 원하는 사람들이 늘어날 것을 전망했다. 오스트리아의 시인 로제거는 오래전 이와 같은 의미로 다음과 같은 미래도未來圖를 제시한 바 있다.

"오늘날 해마다 도시에서 시골로, 산악지대에로 민족이동이 이루어지고 있다. 그렇지만 나뭇잎이 물들 무렵이면 역시 그들은 다시 도시의 석벽石壁속으로 되돌아온다. 그러다가 부유한 도회인은 시골사람들의 땅을 사서 경작하고, 노동자는 황무지를 개간하여 경지를 만드는 시대가 찾아올 것이다. 그들은 또한 이전처럼 독립된 명예로운 농민사회가 성립될 수 있는 법률을 제정할 것이다. 그리고 무지한 백성이라는 말은 자취를 감춰버릴 것이다."

우리나라에서도 얼마 전까지는 막연히 농촌을 동경하던 사람들이 점차 귀농을 실천에 옮기고 고층건물과 편리한 것만을 바라던 사람들이 이제는 단순하거나 다소 불편한 것을 찾아가는 것이 현실로 나타나고 있다. 아직도 하늘을 찌를 듯한 고층 아파트를 선호하고 있지만 미래에는 자연 속의 단독형 주택이 인기를 누릴 것이라는 전망이 나오고 있다. 갈수록 사람들은 자연으로 돌아가기를 바라고 단순한 것을 좋아하는 풍토가 우리 가운데 자리 잡게 될 것이라는 것이다. 이런 현상은 이미 18세기 말경에도 일어났던 일이다. 프랑스 루이 16세의 왕비 마리 앙투아네트는 트리아농 궁전에서 그 신하들을 상대로 양을 기르면서 자연에의 동경을 나타냈다. 그녀는 신사숙녀들과 함께 여름이면 성긴 털옷을 입고 바닥에 못을 박은 등산화를 신고 자연 속의 생활을 하기를 원했다. 그리하여 농민이나 알프스 산사람들의 생활에 접촉하며 자연을 자기 가까이로 새롭게 불러들여 행복을 만끽해보고 싶었던 것이다.

행복은 멀리 있는 것이 아니라 자기 가까이서 나오는 것이다. 소크라테스는 "자기 자신 이외의 것에서 행복을 얻으려는 사람은 그릇된 사람"이라고 말했다. 또한 그는 "잘되겠다고 노력하는 그 이상으로 잘 사는 방법은 없으며 그리고 실제로 잘되어간다고 느끼는 그 이상으로 큰 만족은 없다. 그것이 행복인 것은 내 양심이 증명해주고 있다."고도 말했다. 행복이란 이미 가득 채워진 것이 아니라 빈 그릇이나 부족한 면을 채워가는 과정에 있다. 살다보면 누구나 슬픔과 기쁨을 만날 수 있다. 실제로 걱정이 없는 순전한 안락이란 한평생 그것을 바라는 사람들의 이상세계에 지나지 않는다. 그런고로 부지런히 일하며 어느 정도의 걱정근심도 하며 살아가는 것은 모든 사람들에게 오래된 행복이다.

'세상에서 제일 감당하기 어려운 것은 고약한 날씨의 연속이 아니라 오히려 구름 한 점 없이 맑게 갠 날씨의 연속'이라는 말이 있다. 그러고 보면 행복은 '충족되어 부족함이 없는 상태'가 아니라 부족한 상황을 채워가는 사람들이 얻는 것이다. 행복이란 단어(happiness)는 옳은 일이 자신 속에 일어난다는 뜻을 가진 'happen'에서 나온 말이다. '행복'이란 글자가 가진 뜻과 같이 그것은 그 사람이 하는 일에 따라오는 올바른 성과이며 우연히 외부에서 주어지는 행운이나 요행은 아닌 것이다. 행복은 김매고 물을 주며 가꿔야 한다.

자기를 잃어버린 사람들

 그분은 전혀 낯선 사람을
대하는 것과 같은 표정이었다.

눈 속에서도 매화는 맨 먼저 봄소식을 전한다. 그리고 진달래가 피고 목련이 뒤를 잇는다. 봄이 오면 답답하게 얼어붙었던 마음이 풀리고 편안함을 느낀다. 그것은 매화도 진달래도 벚꽃도 모두 낯익은 오랜 친구처럼 언제나 같은 얼굴로 우리를 찾아오기 때문이다. 그래서 봄은 더욱 정답고 사람들은 기쁜 마음으로 봄노래를 부르게 된다. 매화를 좋아하고 목련을 기뻐하는 것은 매화를 알고부터, 목련을 만나고부터 오늘까지 똑같은 향기와 변함없는 표정으로 다가오기 때문이다. 이러한 친밀감이 봄이 가고 겨울이 찾아오면 다시 봄을 기다리게 하고 매화와 진달래를 보고 싶어 하게 만드는 것이다.

사람을 그리워하는 것도 옛 모습과 옛정을 그대로 느끼고 보고 싶어하는 것에 다름 아니다. 그리워하는 그 사람이 변함없는 사랑을 그대로 간직하고 있다는 것을 확인하게 되면 그 만남은 서로에게 더 큰 기쁨을 안겨줄 것이다. 그러나 막역하던 친구를 오랜만에 만나게 되었을 때 그의 마음이 달라졌다거나 나의 태도가 전과 같지 않다면 두 사람은 친구를 잃어버린 것 같은 서운함에 잠기게 될 것이다.

한 친구가 들려주던 이야기가 생각난다. 그가 회사원으로 일할 때 한 차례씩 만나고 존경하던 분이 어느 날 정계로 진출했다는 소식을 들었다. 그리고 이십여 년의 세월이 흘렀다. 그는 마음속으로 존경하던 그분을 언제라도 만나면 옛날의 다정다감하고 소탈했던 그의 모습에서 더욱 큰 정을 느낄 수 있을 것으로 기대하고 있었다. 그러던 어느 날 우연히 한 출판기념회 헤드테이블에 앉아있는 그분을 만나게 되었다. 그 친구는 달려가 반가운 마음으로 인사를 했으나 그분은 전혀 낯선 사람을 대하는 것과 같은 표정이었다는 것이다. 그의 외모는 여전한데 그 중심은 다른 사람이 되어 있었던 것이다. 그분에 대한 존경심은 순식간에 사라지고 말았다. 왜냐하면 평소 그가 생각하고 그리던 그분의 모습이 아니었기 때문이다.

사람들은 모두가 현재의 자신이 변하여 더 유명하고 훌륭한 사람이 되기를 원한다. 그러나 많은 소유와 높은 직위를 얻는다 해도 그 사람 자체가 달라질 수는 없다. 그럼에도 불구하고 완장을 차거나 높은 자리에 앉으면 사람들은 지난날의 자기를 내려놓고 다른 사람의 흉내를 내며 전혀 낯선 사람처럼 되어간다. 그러나 자기를 간직한 사람은 그렇지 않다. 그는 연륜이 더해 한순간 시력과 기억력이 흐려질지라도 지난날의 기억을 더듬으며 기어이 본래의 자기 모습을 찾아낸다. 오랜 세월이 지나 고향 사람을 만나고 초등학교 동창생을 만났을 때도 지난날의 즐거움이 되살아나는 것은 변할 수 없는 인간의 심성을 그대로 간직하고 있기 때문이다. 하지만 사람들이 본래의 자기를 잃어버리면 상황은 달라진다.

지난 1월 15일에는 23년간 튀니지를 철권통치해온 벤 알리(74) 대통령이 하야를 요구하는 반정부 시위가 거세지자 결국 사우디아라비아로 도피하는 초유의 사태가 발생했다. 또한 지난 30년간 이집트를 통치해온 독재자 무바라크 대통령도 지난달 25일 하야를 촉구하는 반정부 시위가 시작된 이후 18일 만에 권좌에서 쫓겨났다. 1981년 10월 안와르 사다트 대통령이 암살되자 당시 부통령으로서 권력을 승계한 무바라크의 본래의 마음은 오직 나라를 위한 의지로 불타올랐을 것이다. 우리나라 박정희 대통령도 5·16군사쿠데타로 집권했을 때 "절망과 기아 속에서 허덕이는 민생고를 시급히 해결하고 양심적인 정치인들에게 조속히 정권을 이양한다."는 공약을 내걸었다. 그러나 그는 3선도 모자라 유신헌법을 만들고 긴급조치를 선포하며 18년 동안 독재를 하다 심복의 총탄에 쓰러졌다.

독재자들이야말로 모두가 자기의 본래의 모습을 잃어버린 사람들이다. 나라와 민족을 위한 순수하고 깨끗한 열정이 변질되면서 그들은 자신을 위해 엄청난 축재를 하며 종신토록 그 자리를 지키려 안간힘을 썼다. 그로 인해 가까운 사람들까지 의심하며 불안에 빠졌고 진정한 쉼을 누리지 못했다. 하나님이 지어주신 본래의 자기를 버리고 처음의 열정과 사랑도 외면한 채 다른 사람이 되려고 하면서 독재자들은 정의의 궤도를 벗어나고 말았다. 자기를 잃어버린 결과이다. 릭 워렌 목사는 말한다. "당신이 자신이 아닌 다른 누군가가 되려고 애쓰기를 멈출 때 비로소 쉼을 누릴 것이다." 하나님이 지어주신 고유한 자기를 잃어버리면 자유도 사랑도 나라조차도 잃고 만다.

새 마음을 가꾸던 시절

풍요로움이 우리의 삶을
행복하게 해준다는 보장도 없다.

그때는 설이 되면 한 차례 목욕탕을 이용했던 것 같다. 추석에는 대
부분 집에서 물을 데워 아이들을 씻겼기 때문이다. 그것도 시설이 갖춰
진 오늘의 공중탕과 같은 것이 아니라 이웃집 가정 목욕탕을 빌려 사용
했다. 잘게 쪼갠 장작을 한 아름씩 안고 가서 콧구멍처럼 좁다란 아궁
이에 불을 지피고 부채를 부치며 목욕물을 데웠다. 그리고 한 해 동안
의 묵은 때를 다 씻어 내었다. 내 기억으로는 그때까지 시집가지 않았
던 고모가 형과 나를 씻겨 주었던 것 같다. 새해맞이의 가장 귀한 준비
가 때를 씻는 것이었다. 새 옷을 입으면 몸가짐이 달라지듯 그것은 새
마음을 가꾸는 일이었다.

설대목이 되면 이발소도 발 디딜 틈이 없었다. 귀가 덮이도록 길어진
머리를 깎기 위해 아이들도 어른들도 줄지어 앉아 기다렸다. 성질이 급

한 아저씨들은 차례가 더디다고 투덜대며 수없이 이발관을 들락거렸다. 아이들에게 새해가 즐거운 것은 새 옷을 입는 것. 물론 이것은 한때 구정舊正이라 불리었던 설날의 일이다. 그때 어린 우리는 색깔이나 무늬의 선택을 위해 신경 쓸 필요가 없었다. 검정색이 아니면 곤색이 고작이었고 여유가 있는 집이면 여자아이들에게 색동무늬 옷을 입히는 정도였다.

우리는 옷을 사 입기 위해 부모님을 따라 시장에 갈 필요도 없었다. 어른들이 큼지막한 옷을 한 벌 사오면 어린이들은 받아 입기만 하면 되었다. 옷은 꼭 맞지 않는 것이 오히려 다행이었다. 한번 빨면 한 치씩이나 줄어들 정도로 재질이 좋지 않았고 그래도 사이즈가 크면 차츰 몸이 자라서 옷을 맞추어 갔다. 새해를 맞이하기 위해서는 집집마다 많은 준비가 필요했다. 어른들은 명절 음식을 만드느라 며칠씩이나 분주했고, 그 축제분위기는 정월 대보름을 지나 이월이 되기까지 느긋하게 이어졌다.

상당한 세월이 흘러 신정新正이라는 것이 생겨났을 때도 새해를 위해 준비하는 마음은 변치 않았다. 걱정근심은 다 떨어버리고 더러운 때는 깨끗이 씻어내고 새로운 날을 맞아들이는 준비ㅡ. 이것은 언제나 우리 민족의 가슴에 자리 잡고 있는 꺼질 줄 모르는 희망의 몸짓이었다. 부지런히 일했지만 바라는 만큼 창고가 채워지지 않아도 우리 조상들은 새해에 대한 소망을 굳게 잡고 있었다. 그리고 조그만 것도 서로 나누며 이웃에 대한 고마움을 잊지 않았다. 사람들이 귀했기 때문인지 만나는 사람들 모두가 정다웠고, 아이들에게는 연필 한 자루나 필통 하나도 큰 선물이었다.

형제자매가 많은 아이들에게는 서러움도 없지 않았다. 왜냐하면 형을 둔 남자아이나 언니를 둔 여자아이들은 새 옷을 입거나 새것을 선물 받기보다는 대체로 형이나 언니가 쓰던 것을 물려받았기 때문이다. 그래도 한 살을 더 먹는 것이 즐거웠고 언젠가는 나도 새것을 받을 수 있다는 작은 꿈을 키웠다. 옛날 초등학교 졸업식에서는 "물려받은 책으로 공부를 하며 이 나라의 새 일꾼이 되겠습니다."라고 물려받은 노래 부르며 이별의 눈물을 흘렸다. 어쩌면 우리의 지난날은 언제나 부족을 느끼며 살아온 것 같다. 그럼에도 불구하고 더 나은 내일이 있을 것이라는 기대를 저버리지 않았다.

마침내 우리에게 풍요의 시대가 펼쳐졌다. 그러나 그렇게 바라던 풍요를 누리면서 우리는 지난날의 소중한 것들을 잃어버린 것 같다. 무늬도 색깔도 없는 양복이나 검정고무신에 대한 기쁨, 이웃끼리 나누어 먹던 한 접시의 떡에 대한 고마움도 사라졌다. 이웃집 목욕탕을 빌려 때를 씻고 예배하는 것과 같은 마음으로 새해를 맞을 준비를 하던 마음도 차츰 시들해져버렸다. 현대인들은 새해를 맞을 준비를 하기보다는 즐거움을 찾아 방황하는 무리로 보인다. 명절이면 줄을 잇는 귀성차량의 행렬은 고향을 유원지나 여행지를 찾아가는 경유지로 삼을 뿐이다.

배고픈 것이 가장 서럽다는 말처럼 가난한 것만큼 서러운 것도 없다. 그러나 풍요로움이 우리의 삶을 행복하게 해준다는 보장도 없다. 어쩌면 많이 가진 것으로 인해 인정이 메마르고 성공했다는 자만이 가까운 사람들을 알아보지 못하게 만드는지도 모른다. 밤을 대낮처럼 밝히는 조명 속에서도 치안의 불안은 끊이지 않고, 한 아파트 마당에 살면서도 고독의 덩어리는 눈덩이처럼 불어나고 있는 것 같다. 가로등 하나 찾아 볼 수 없는 옛날엔 별빛만으로도 밤길을 가늠할 수 있었던 조상들과는 달리 현대인들은 대낮에도 길을 더듬고 있는 것일까? 부지런히 새 마음을 가꾸던 시절이 그리워진다.

기능성 베개 이야기

신선들은 변함없이 오늘도
종이 한 장을 베고 단잠을 자는지도 모른다.

　고침단명高枕短命이란 말이 있다. 높은 베개가 수명을 단축시킨다는 말을 듣고 베개를 높이 베려고 하는 사람은 아무도 없을 것이다. 고침안면高枕安眠이란 말도 있다. 베개를 높이 베면 잠을 편안히 잘 수 있다는 의미이다. 잠을 이루지 못해 밤새 고통을 겪는 것보다 잠을 편히 잔다면 건강에 도움이 된다는 것은 두말할 나위가 없을 것이다. 또한 고침단면高枕短眠이란 말도 있다. 이는 베개를 높이 베면 잠을 오래 자지 못한다는 뜻이다. 이 말대로라면 똑같이 높은 베개를 베는데 하나는 숙면을 하고 하나는 불편한 잠을 잔다는 것이 된다. 그러고 보면 베개의 높고 낮음이 건강과 숙면의 기준은 되지 못하는 것 같다.

　어떤 이는 베개를 낮게 베는 것이 편안하고 어떤 이는 베개를 베지 않고도 잠을 잘 자는 사람도 있다. '신선은 종이 한 장을 베고 잔다.'는 말이 있는 것을 보면 베개는 낮을수록 건강에 도움을 주는 것이라 생각된다.

때 이른 무더위가 시작되면서 숙면을 취할 수 있는 기능성 베개 판매율이 작년과 같은 기간에 비해 60%대의 높은 신장률을 보이고 있다는 보도가 있었다. 요즘은 등산복이나 운동복에 기능성이란 말이 자주 등장한다. 그 의미가 분명하지는 않지만 기능성이 좋다고 하면 땀을 잘 흡수하거나 발산시키는 기능을 잘하는 것으로 이해할 수 있겠다. 기능성 베개라고 하면 단지 베개의 역할을 하는 것 외에 잠을 잘 자게해주는 기능을 함께하는 베개일 것으로 이해된다. 기능성이란 말이 요즘처럼 많이 쓰이기 전부터 나는 베개에 대한 관심이 많았던 것 같다. 이곳저곳에서 사다놓은 기능성 베개만 해도 열 개는 넘을 것이다.

가장 먼저 눈에 들어오는 것은 목침이다. 목침이란 옛날 할아버지들이 사랑방이나 나무그늘에서 더위를 식힐 때 즐겨 베던 것으로 기억된다. 오래전 서식西式건강법이 유행하고 있을 때 목침 같은 나무베개가 좋다는 얘기를 들었다. 비슷한 베개를 구하고 싶었으나 마땅치 않았다. 언젠가 화명동에 새로 생긴 목욕탕에 갔을 때 깎아 만든 목침이 수면실에 비치되어있는 것을 보았다. 바로 놓으면 평평한 목침이지만 뒤집어 놓으면 뒤통수가 들어가도록 오목하게 깎은 모형이었다. 교회 노인대학 어르신들을 한 달에 한 번씩 목욕시켜드리면서 그 목욕탕 주인과도 인사한 적이 있었다. 나는 목욕탕 주인에게 부탁하여 1만 원을 주고 그 목침 한 개를 사왔다. 잠시 허리를 펼 때나 방바닥에 누워 책을 읽을 때는 특히 좋았다. 며칠씩 여행할 때도 이 목침을 갖고 다니며 잘 사용했다.

또 하나는 대만 여행 때 사온 것으로 옥돌조각을 엮어 만든 베개이다. 머리의 피로를 쉬 풀어주고 숙면을 할 수 있다는 선전이 군침을 돌게 했다. 한창 옥 매트가 유행하고 있었기 때문에 옥이 인체에 좋다는 것은 누구나 알고 있었다. 우리 돈 2만 원 정도를 주고 사온 옥 베개는 잠시 기분이 좋은 것 같았으나 조금만 오래 베고 있으면 불편해졌다.

베개에 대한 나의 관심은 상당히 오랫동안 계속되었던 것 같다. 어느 초여름 1박2일 노회원 수련회에 참석했을 때였다. 한 친구가 송광사 앞 기념품 집에서 향나무로 만들어진 베개를 사와서 건강에 좋은 것이라며 자랑을 늘어놓았다. 그때는 일행이 탄 차가 그곳을 떠나려던 참이었는데 나는 양해를 구하고 친구와 급히 달려가 그 베개를 사왔다. 단순한 목침보다는 신경을 써서 제작한 것이었다. 베고 있으면 짙은 향나무 냄새가 기분을 상쾌하게 할 것 같았다. 베개 한쪽은 나무토막을 엮어 붙였고 다른 한쪽은 다듬은 돌조각을 엮어 만든 베개였다. 베개 측면에는 '건강한 삶의 지혜, 맥반석·게르마늄'이란 글씨도 새겨져 있었다. 첫눈에 들었던 것과는 달리 높이도 맞지 않아 계속 쓸 수가 없었다. 구슬모양의 나무를 엮어 만든 베개도 있었는데 이사를 다니면서 버린 것 같다.

언젠가는 온천시장 앞길에서 아내와 함께 시장에 갔다가 살구씨 베개를 2개 구입했다. 베개 길이는 30cm 정도, 높이는 7~8cm 정도 되는 자그만 크기로 황토색 누비 베를 잇으로 감았다. '온고을 황토'라는 라벨이 붙은 그 베개는 머리를 움직일 때마다 살구씨 부딪치는 소리가 지압효과와 함께 머리를 시원하게 해주는 것 같았다. 그러나 기능성 베개는 지속적으로 사용할 수 없었다. 아주 오래전 한 성도로부터 선물받은 건강베개도 있다. 얇은 나무졸대를 붙여 만든 가벼운 베개로 내게는 높이가 맞지 않아 쓰기가 불편했다. 베개는 역시 높은 것보다는 낮은 것이 나의 체형에 맞는 모양이다. 이 베개는 누비 베갯잇을 손수 덮어씌워 꿰매고 내 책상의 발받침으로 사용하고 있다. 기능성 베개가 발등상의 기능을 해주고 있는 것이다.

가장 최근에 구입한 것으로는 라텍스 베개가 있다. 신학교 졸업 30주년기념 선교대회를 2년 전 홍콩동신교회에서 개최할 때였다. 귀국하는 길에 스펀지 비슷한 라텍스 매트리스와 함께 베개를 구입했다. 납작하게 흰 천으로 싸인 건강베개는 적당한 높이에 부드러운 감촉인데도 왠지 불편하여 사용할 수가 없었다. 얼마 전부터 이 베개는 내 책상 의자의 허리를 받치는 대용쿠션으로 쓰고 있다. 그리고 게르마늄 베개는 문을 열어놓는 때가 많은 요즘 바람에 문이 쾅, 닫히지 않도록 고정받침으로 쓰고 있다. 하나는 발등상으로, 하나는 쿠션으로, 또 하나는 문 고정받침으로-. 기능성 베개의 기능은 참으로 다양한 것 같다.

베개는 역시 메밀껍질을 넣은 전통적인 것이 좋아 보인다. 침대를 사용하고부터는 늘 사용하던 베개의 높이가 높게 느껴져 속에 든 메밀껍질 3분의 1을 들어내니 내게 알맞았다. 몸이 약한 사람들이 보약이나 민간요법을 써보다가 '역시 밥이 보약'이라는 쪽으로 돌아오는 것처럼 이제는 기능성이 아닌 보통 베개를 즐겨 사용하고 있다. 최근에는 '목

디스크, 어깨 결림, 수면장애, 피로? 25억짜리 베개, 7일이면 고통 뚝!'
이란 대형광고도 신문에 자주 등장하고 있다. 기능성 베개 광고가 오히
려 불면의 밤을 불러오지 않을까 우려된다. 신선들이 기능성 베개 광고
에 귀를 기울였다면 아마 잠을 자지 못했을 것이다. 그래서 신선들은
변함없이 오늘도 종이 한 장을 베고 단잠을 자는지도 모른다.

털스웨터

입을 만큼 입었는데도
더 껴입으라고 하시던 어머니!

　얼기 전에 오늘은 텃밭의 김장배추를 뽑아야 한다. 작업복 아래 받쳐
입을 속옷을 찾다가 군청색 털스웨터를 꺼냈다. 오래도록 한 번도 입지
않으면서도 옷장 한구석에 밀쳐놓았던 것이다. 목 부분과 양쪽 소매 끝
부분의 털실 색깔이 진한 것은 오래전 닳고 낡은 부분을 뜨개질 집에
맡겨 수선했기 때문이다. 반세기가 가까워오는 세월 속에서도 털스웨
터는 여전히 옛날 모습을 그대로 간직하고 있다. 손에 들면 무게감이
전해오고 어머니의 따뜻한 체온도 묻어있는 것 같아 입지 않는 옷을
정리할 때도 나는 이 스웨터만은 차마 버릴 수 없었다.
　4,50년 전의 겨울은 동장군의 위세가 등등했다. 외풍이 심한 방에서
는 늘 어깨를 움츠려야 했고 방바닥에는 낮에도 이불이 깔려 있었다.
요즘엔 아웃도어 등산복이 눈 속에서도 냉기를 차단해주지만 그때는

털스웨터가 가장 간편하고 멋이 있는 방한복이었다. 추위를 몹시 타는 아들을 위해 어머니는 나를 데리고 뜨개질집에 가서 최고급 '장미표 털실'로 이 스웨터를 만들어주신 것이다. 추위가 시작될 때부터 겨울이 물러갈 때까지 이 스웨터는 나를 따뜻하게 지켜주었다.

추위가 가장 매서운 1월 하순 내가 논산 훈련소로 입대할 때도 나는 이 스웨터를 입고 갔다. 그러나 수용연대에서 군복으로 갈아입으면서 사제 옷은 모두 고향으로 부쳐야만 했다. 좋은 옷은 빼돌린다는 말에 행여 귀한 스웨터를 잃어버리지나 않을까 우려했으나 옷은 집으로 잘 배달되었었다. 동생 요셉이 짐승에게 찢겨죽었다면서 형들이 피 묻은 옷을 아버지 야곱에게 보여주듯 아들들은 어디가고 옷 보따리만 덩그마니 배달된 것을 어루만지며 아들을 군대에 보낸 어머니들이 얼마나 울었던가!

제대를 하고나서도 나는 한동안 이 털스웨터를 즐겨 입었다. 나는 지금도 추위를 몹시 타지만 아내는 언제나 더위를 못 견딘다. 결혼을 하고 나서 신접살이 살림을 준비할 때 아내는 처녀 때 쓰던 선풍기를 가져왔고, 나는 석유난로를 새 보금자리로 옮겨왔었다. 결혼 후 십여 차례 이사를 다니면서 색깔이 바래서 입지 않거나 유행이 지난 옷을 정리할 때마다 아내는 이 스웨터를 버리자고 했으나 나는 그렇게 할 수 없었다. 말짱한 옷이 아깝기도 하거니와 추위를 타는 아들을 위한 어머니의 정성을 생각하면 나는 언제라도 이 스웨터를 다시 입어야 한다는 마음을 버리지 못했다. 겨울등산을 할 때 한 차례 입어보았지만 땀을 잘 흡수하는 기능성 옷에 비하면 털스웨터는 오히려 불편을 주었기에 오늘까지 기념품처럼 간직하고만 있었다. 하지만 오늘처럼 추운 날씨에 잠시 작업을 하는 데는 안성맞춤인 것 같았다.

어제는 전국에 눈이 내릴 것이라는 예보대로 부산에도 낮 한동안 함박눈이 펄펄 날리고 금정산 자락은 온통 은빛세계로 변했다. 하룻밤을 지나고 나니 주변의 눈들은 다 녹았으나 먼 산에는 아직도 잔설이 흰빛을 반사하고 있다. 남쪽지방엔 12월 중순이 김장적기라는 뉴스를 들으며 때를 기다렸는데 갑자기 한파가 밀어닥친 것이다. 내가 새벽기도회를 인도하는 오늘(토요일) 새벽 교회마당은 얼음판으로 변해 있었고 바스락거리는 발걸음 소리는 옛날의 시골로 돌아간 듯한 느낌을 주었다.

지난주간에는 무는 먼저 뽑아 밭 가장자리에 묻어 놓았지만 애써 가꾼 배추를 버리겠다 싶어 아침 10시쯤 아내와 나는 텃밭으로 향했다. 햇빛은 따사로워도 바람은 차가웠다. 지구 온난화로 인해 북극의 빙하가 녹으면서 그 찬 기운이 남쪽으로 확장하여 추위를 몰아온 것이라 한다. 영상의 기온이 빙하를 녹일 터인데 그 녹은 것이 어떻게 다시 한파로 변하는지 선뜻 이해가 되지 않는다. 텃밭이 위치한 산자락에는 하얗게 눈이 덮여 있었다. 늦게 심은 데다 추위가 빨리 찾아와 더디 자란 배추 속에도 소복이 눈이 쌓여 있었다. 내 어릴 적 어머니와 할머니를 따라 채마밭으로 갔던 기억이 되살아났다.

넘어져도 배가 고파도, 추워도 더워도 엄마를 찾는 어린아이들처럼, 인생을 살 만큼 살았는데도 굽이굽이 어머니 생각이 나는 것은 어인 일인가? 실컷 먹었는데도 더 먹으라고 말씀하시고, 입을 만큼 입었는데도 더 껴입으라고 하시던 어머니! 어머니가 마련해주신 털스웨터에는 어머니의 따뜻한 마음이 서려있다. 따뜻하고 좋은 옷이 많은 요즘 세상이지만 언제까지나 간직하고 싶은 스웨터. 아무리 세월이 지나도 변치 않는 어머니의 사랑처럼 반세기가 지나도 여전히 따뜻하게 내 몸을 감싸주는 털스웨터를 입고 나는 아내와 함께 김장배추를 뽑고 있다.

흑산도 아가씨 손을 잡고

어렵게 살아가는 사람들의
소박한 사랑의 마음을 생각한다.

"올여름에는 아무 데도 안 갈 겁니다." 흑산도 여행계획이 한창 내 머릿속에 무르익어갈 무렵 느닷없이 아내가 내뱉은 말이다. 폭염으로 인해 남부지방엔 가뭄이 극심하고 밭에서 일하던 노인네들이 열사병에 쓰러져 죽었다는 잇따른 보도를 보면서 아내는 원거리 여름 여행에 자신이 없었던 모양이다. 나는 아무 대꾸도 하지 않았다. 정색한 모습으로 폭염이 무섭다는데 설득할 말이 없었기 때문이다.

이태 전 우리는 딸네 식구들과 함께 흑산도 여름여행을 계획했다가 아이들 사정으로 무산되고 말았다. 내외가 교사인 그들은 방학 중이라도 학교의 연수가 많아 여행일정을 맞추기가 쉽지 않았다. 30여 년 전 신학교에 다닐 때 나는 가까운 친구의 아버지가 흑산도 예리교회에 전도사로 시무한 적이 있다는 말을 들었다. 그때부터 나는 흑산도에 대한 생각을 가졌고 나이가 많은 우리 동기 한 명은 흑산도 예리 교회에 전도사로 부임하여 그곳에서 목사안수를 받기도 했다. 쉽게 가지 못하는 곳이기에 생각은 더 나는지 모른다.

이미자의 〈흑산도 아가씨〉 노래는 또 얼마나 듣기 좋은가? 그녀의 '흑산도' 발음은 특이하여 노래를 듣고 있으면 마치 옛날의 흑설탕을 머금은 것처럼 그 섬이 그리워지기까지 했다. 작년에도 흑산도 여행을 생각했으나 원거리 운전에다 또 배를 타고 2시간이나 가야 하는 부담으로 인해 접고 말았다. 올해도 아이들은 학교연수가 끝나자마자 자기 아이들과 함께 처음으로 해외여행을 계획하고 있었기에 함께 피서여행을 제안할 수 없었다. 아내와 나는 여름여행은 국내의 가보지 못한 곳을 찾기로 하고 생각만 하던 흑산도로 가기로 마음먹고 있었다. 그런데 폭염은 아내의 마음을 약화시키고 나의 여행계획까지 무산시키려 들었던 것이다. 아내의 마음은 곧 돌아설 것을 알고 있기에 나는 흑산도 여행을 포기하지 않았다.

출발은 8월 둘째 주일을 지낸 월요일(12일)에 하기로 되어 있었다. 그날은 더위가 한창 기승을 부리는 말복이고 기상청은 이번 더위는 다음 달 중순까지 계속될 것이라고 예보하고 있다. 3박4일 정도 집을 떠나 있으려면 준비를 제대로 하고 여행계획도 세밀하게 점검해야 한다. 그러나 환영하지 않는 아내의 말을 듣고 나서는 김이 빠진 듯한 느낌이었다. 여행이란 기다리며 하나하나 계획하는 것이 더 즐거운 일인데 나는 출발을 하루 앞둔 주일 저녁이 되어서야 필요한 것들을 대충 챙겼다. 다행히 아내의 마음은 어느새 제자리에 돌아와 나름대로 자기에게 필요한 것들을 다 준비하고 있었다.

목포 여객선터미널까지 4시간, 흑산도까지는 쾌속선을 타고 다시 2시간이 걸린다니 긴 여행길이다. 그럼에도 불구하고 세워놓은 계획은 아무것도 없었다. 단지 예리교회 담임목사와 한 차례 통화를 하고 우리가 탈 수 있는 흑산도행 배 시간이 오후 1시란 것을 확인했을 뿐이다. 예년의 경험으로 보아 휴가기간에는 길이 막힌다는 것을 예상하고 우리는 한 시간 앞당겨 오전 7시 30분에 집을 나섰다.

출발에 앞서 우리는 손을 맞잡고 기도했다. 목적지는 있어도 아무런 계획이 없었기에 기도할 수밖에 없었다. 그리고 우리는 기분 좋게 출발했다. 진영까지는 약간 차가 밀리는 것 같았으나 휴가철이 막바지이기 때문인지 길은 오히려 한산한 편이었다. 목포까지는 4시간 반이 걸렸고 배가 출발하기까지는 한 시간의 여유가 있었다. 나는 보길도나 사량도처럼 카페리가 되는 줄 생각했으나 흑산도는 그렇지 않았다. 승용차를 갖고 가려면 화요일에 출발하여 금요일에 돌아와야 했다. 차는 터미널 주차장에 주차를 했고 요금은 하루에 5,000원이었다. 우리는 터미널 앞 제주식당에서 점심식사를 하고 잠시 쉬다가 배에 올랐다.

나는 바다경치를 볼 양으로 갑판으로 올라가려고 통로를 찾았으나 문이 잠겨 있었고 승객들은 선실에만 머물러야 했다. 한 시간쯤 지나자 주변에 떠 있던 아름다운 섬들이 하나 둘 자취를 감추고 망망대해가 펼쳐졌다. 높은 파도가 일고 배가 울렁거리면서 약간씩 뱃멀미도 나기 시작했다. 선내 스피커에는 뱃멀미를 하는 사람은 의자에서 내려와 바닥에 앉든지, 그래도 안 되면 그 자리에 드러누우면 덜할 것이라고 안내했다. 위생봉투를 가져오라는 소리도 들렸다. 아내는 아무렇지 않았지만 나는 심호흡을 하며 약한 멀미를 견뎌낼 수 있었다.

두 시간이 가까워오자 선창으로 나무가 울창한 나지막한 산이 보이고 이윽고 예리항으로 배가 들어갔다. "남 몰래 서러운 세월은 가고—" 〈흑산도 아가씨〉 노래가 방문객을 맞아주었다. 부산을 출발하여 7시간이 훨씬 넘게 걸려 흑산도에 도착했다. 우리가 탄 배는 흑산도 승객을 내려놓고 30분 거리인 홍도로 향했다. 홍도는 오래전 교회 당회원들 내외와 함께 다녀간 적이 있기에 이번에는 흑산도만 둘러보기로 했다. 내가 보낸 문자를 보고 예리교회 담임목사가 마중을 나왔다. 5년째 시무하고 있다는 L 목사는 친절하게 우리를 맞아 먼저 숙소로 안내했다. 교인이 운영하는 그 모텔은 가장 최근에 지어져서 시설이 좋다고 했다. 한여름에도 더운 물이 나오고 에어컨과 냉장고도 비치되어 있어 모텔은 별로 불편함이 없었다.

오후 3시에 흑산도에 도착했기에 해가 지기까지는 아직 시간이 많이 남아 있었다. 하오의 더위는 육지와 별다름 없을 정도로 더웠지만 아내와 나는 전혀 피곤하지 않았다. 여장을 풀자마자 우리는 L 목사를 따라 예리교회로 올라갔다. 교회는 1996년에 신축한 본당을 비롯하여 사택과 복지관 부속건물까지 완비하여 지역사회에 대한 관심도 보여주고 있었다. 교회요람에 따르면 이미 1983년부터 교회전용 자가발전 시설도 갖추고 있었다. 내가 늘 생각하던 옛날의 예리교회는 아니었다. 그러나 마음은 마치 고향에 온 것과 같았다. 남에게 평안을 준다는 것은 사랑이 있는 사람만이 할 수 있는 일이다. 나는 늘 성도들에게 어디를 가든 교회가 있는 곳이면 그곳이 우리의 고향이라고 말했고 그런 경험을 이번에도 하고 있었다.

흑산도는 이름난 것과는 달리 특별한 시설이 없고 섬을 한 바퀴 둘러보는 것이 관광의 전부라고 말했다. 예리교회 교인 가운데는 직접 해설을 하며 택시로 일주관광을 시키는 운전기사가 있었다. 우리는 그분의 차에 L 목사 내외와 함께 타고 관광에 나섰다. L 목사는 한 번도 정식으로 섬 일주여행을 한 적이 없었는데 오늘 처음으로 그 차를 타고 해설을 듣는다고 말했다. 운전기사는 노래도 부르고 자작시도 낭송하며 재미있게 우리를 안내했다. S자형 열두 굽이를 돌고 돌아 차는 흑산도에서 제일 높은 상라봉象羅峯에 이르렀다. 산마루에 세워진 '흑산도 아가씨 노래비' 앞에서 기사가 버튼을 누르자 이미자의 낭랑한 목소리가 울려 퍼졌다. 아내와 나는 오랜만에 〈흑산도 아가씨〉를 따라 불렀다.

상라산성을 넘어 굽이굽이 해안길을 달리며 석주대문, 촛대바위 등을 구경하며 절경을 카메라에 담았다. 사리마을에 이르러서는 다산茶山의 둘째형이며 《자산어보玆山魚譜》로 유명한 손암 정약전丁若銓의 유배지도 둘러보았다. 조그만 성당이 자리하고 있는 옆으로 손암이 기거했던 초가집이 시멘트지붕으로 복원되어 있었다. 우리가 묵은 모텔 앞에 있는 자산문화관에서는 손암에 대해 더 자세하게 소개되어 있었다. "자산(玆山 혹은 慈山)은 흑산黑山이다. 나는 흑산에 유배되어 있다. 흑산이란 이름은 어둡고 처량하여 매우 두려운 느낌을 주었으므로 집안사람들은 편지를 쓸 때 항상 흑산을 번번이 현산慈山이라고 쓰곤 했다." (−손암 정약전의 《자산어보》 중에서.)

문화관 입구에는 이런 안내문이 붙어 있었다. ≪자산어보≫는 우리가 아는 대로 지금으로부터 200여 년 전에 쓰여진 우리나라 최초의 해양생물학 서적으로 수산업연구에 소중한 자료이다. 손암선생은 천주교 박해사건인 신유사옥에 이어 황사영 백서 사건으로 인해 흑산도로 유배되어 세상을 떠날 때까지 16년을 이 섬에서 살았다.(1901~1816년)

사리마을 정약전의 유배지를 둘러보는 동안 산 그림자는 어둠을 끌어내리고 있었다. 우리는 안내기사의 육성 노래를 들으며 해안 길을 돌아 교회로 돌아왔다. 시간은 두 시간 정도 소요되었던 것 같다. '가는 날이 장날'이라는 말처럼 교회에서는 저녁만찬이 우리를 기다리고 있었다. 마침 목포노회 장로회원 40여 명이 홍도를 관광하고 돌아와 예리교회에서 저녁식사를 하는 자리였다. 저녁식탁은 그야말로 진수성찬이었다. 오랜만에 자연산 광어회를 마음껏 먹었다. 어느 교회에나 마찬가지로 젊은이들은 일터에 나가 있기에 나이 든 권사님들이 많은 수고를 하고 있었다. 곳곳마다 '역전의 용사들'이 있다는 생각이 들었다.

저녁식사 후에는 담임목사 내외와 예리항 중심을 가로지르는 듯한 긴 방파제로 산책을 나갔다. 나는 방파제 입구에 동상으로 세워져 있는 '흑산도 아가씨'와 손을 잡고 기념촬영을 했다. 500m가 넘을 듯한 긴 방파제 위에는 해수면을 스쳐오는 시원한 바람이 더위를 잊게 했다. 낮의 더위에 시달린 마을 사람들도 여기저기 놓여있는 평상에 누워 얘기를 나누고 있는 모습도 보였다. 빨간 십자가로 구분되는 예리교회는 낮에 보아도, 밤에 보아도 예리항의 중심에 있었다. 나는 더위를 잊고 계획 없는 이번 여행에 내려주시는 하나님의 은혜를 생각했다. L 목사는 나에게 피곤하지 않느냐고 몇 차례 물었으나 시원한 바닷바람은 나의 여독을 말끔히 씻어주고 있었다.

흑산도에 아쉬운 것이 있다면 요즘은 관광지마다 개설되어있는 올레길, 둘레길 같은 걷기길이 없다는 것이었다. 이튿날은 해수욕을 하며 푹 쉬기로 했다. 무리해서도 안 되지만 일주 관광을 하고 나니 더 이상 갈 곳도 없었다. 우리는 농협 앞에서 마을버스를 타고 5분 거리인 '배낭기미 해수욕장'으로 갔다. 면사무소에서 내다 건 환영 현수막이 있는 송림에는 쉴 수 있는 평상도 준비되어 있었다. 해수욕객은 십여 명도 되지 않았고 바다에 들어가는 사람들은 해조류를 줍는 아낙네들 몇 명 뿐이었다. 아내와 나는 수영복으로 갈아입고 차례로 바닷물에 몸을 담그었다. 한참 뒤에는 시장기를 느끼고 하나로 마트에서 미리 준비해간 빵으로 점심식사를 대신했다. 호젓한 바다를 좋아하는 내게는 배낭기미가 안성맞춤이었다.

셋째 날은 오전 9시 배를 타고 목포로 나왔다. 곧바로 산청의 황매산장으로 향하고 싶었으나 마음에 걸리는 것이 있었다. 엊그제 흑산도로 가면서 목포에서 목회하는 동기 K 목사에게 나는 인사 겸 전화를 걸었었다. 세 차례 만에 연결된 전화에서 울리는 그의 음성은 왠지 평소 때와는 달리 다정다감하지 못했다. K 목사는 해외여행 휴가에서 막 돌아왔다고 대답했을 뿐 돌아가는 길에 교회에 한번 들르라는 인사말조차 없었다. 나는 나름대로 여름철 멀리서 찾아오는 손님 맞기가 번거롭기 때문이라고 생각했다. 그럴 수 있을 것이란 생각으로 자위도 했다. 그러나 여기까지 왔다가 그대로 돌아가기가 몹시 아쉬웠다. 나는 그가 시무하는 교회라도 보고 싶었다. 교회위치는 내비게이션에서 1.5km로 나타나고 있었다.

교회당은 2층으로 높지는 않지만 넓게 퍼진 형이고 선교관이 따로 있었다. 본당은 잠겨 있었고 사무실에도 사람이 보이지 않았다. 나는 K 목사에게 전화를 걸었다. 반갑게 전화를 받는 그에게 나는 교회에 와있다는 말을 했다. 그는 친구들과 함께 남은 휴가기간을 강원도에서 보내고 있었다. 그는 "목사님, 모처럼 오셨는데 모시지도 못하고—."라고 인사말을 했다. 나는 그의 음성을 들으면서 참으로 감사한 생각이 들었다. 만약 내가 그의 교회라도 보고 가려고 들르지 않았더라면 나 혼자 오해를 할 뻔했기 때문이다. 그는 두 차례나 나의 시집과 에세이집을 50~60권씩 선교용으로 쓴다면서 자원해서 사주었다. 오해란 만나지 않거나 대화가 없는 데서 생긴다는 생각을 해본다.

교회를 나와 우리는 홀가분한 마음으로 산청 황매산장으로 향했다. 나는 먼저 황매교회에 들러 기도하고 담임목사를 만나 저녁식사를 같이하자고 말했다. 산장의 S 집사는 몇 해 전 아이들과 함께 들렀던 일을 기억하고 토종닭 2마리 백숙으로 저녁식사를 준비해놓고 있었다. 나는 기도하는 마음으로 닭요리를 먹었고 다행히 알레르기는 나타나지 않았다. 저녁에는 황매교회에서 수요저녁예배를 드리며 내가 설교를 했다. 몇 안 되는 교인들의 입에서 나오는 힘찬 '아멘' 소리를 들으면서 내가 은혜를 받는 시간이었다.

산장의 밤은 한없이 시원했다. 해발 500~600m의 황매마을의 밤은 더위는 이미 물러가고 없었다. 자정이 넘게 K 집사와 바둑을 두다 잠자리에 들 때는 창문을 열어 놓은 채 잠들었다. 그러나 나는 자다가 일어나 창문을 모두 닫았고 홑이불을 여몄다. 나보다 추위를 덜 타는 아내도 일어나 옷을 껴입었다고 말했다. 아침 산책은 더욱 일품이었다. 우리는 한여름에 초가을 속을 걷는 기분이었다. 배롱나무꽃이 핀 언덕이며 올벼가 패는 모습을 사진에 담아 카카오 톡에, 페이스 북에 올리기도 했다. 생각 같아서는 여름 한 달 동안은 황매산장에서 지내고 싶었다.

아침식사를 하고 나서 나는 일찍이 남사교회 L 목사에게 전화를 걸었다. 평소 내가 사랑하는 후배목사와 함께 점심식사를 하고 집으로 돌아오고 싶었기 때문이다. 그러나 내 계획은 빗나가고 말았다. L 목사 내외는 친구목사 두 가정과 함께 부산 해운대로 나들이를 계획하고 일행과 함께 이미 출발했다고 대답했다. 나는 부산에 와서 만나보기로 하고 일찍이 황매산장을 나섰다. 아내를 통해 숙식비도 계산했다. 이번에도 여러 가지 사랑의 선물을 받았다. 몇 병의 효소음료와 정성들여 가꾼 풋고추, 토마토, 가지, 감자 등이 몇 꾸러미로 무겁게 차에 실렸다. 오는 길에 Y 집사의 요청으로 이태째 개간하고 있는 그의 농장에 들렀을 때 그는 고추, 가지, 호박 등을 두 자루에 넣어 실어주었다. 극구 사양했지만 먹을 사람이 없다면서 안겨주는 그의 사랑을 거부할 수 없었다. 나는 그것을 봉지에 담아 가까운 성도들에게 다 나누어주었다.

계획을 세우지 못했던 피서여행은 예상보다 더 좋은 결과로 나타났다. "남 몰래 서러운 세월은 가고/ 물결은 천번만번 밀려오는데/ 못 견디게 그리운 아득한 저 육지를/ 바라보다 검게 타버린 검게 타버린 흑산도 아가씨─" 나는 차를 운전하면서 아내와 함께 〈흑산도 아가씨〉

노래를 몇 차례나 불렀다. 아내는 이 노래를 잘 몰랐기에 내가 가르쳐 주는 격이었다. 차가 함안 터널을 지날 무렵 내 전화벨이 울렸다. 나는 운전 중이기에 전화기를 아내에게 넘겼다. 전화내용은 우리가 지불한 산장의 숙식대금을 감자 보따리에 도로 넣었다는 S 집사의 말이었다. 올해는 산장에 찾아오는 손님도 거의 없었다는데 홀가분하던 마음이 어깨까지 무거워지는 느낌이었다. 어렵게 살아가는 사람들의 소박한 사랑의 마음을 생각한다. 언제쯤 이러한 사랑의 빚을 다 갚을 것인가? 언제까지나 다 갚지 못한다 할지라도 우리는 사랑의 빚을 갚으며 살아 가야 한다.

씁쓸한 사랑의 묘약

조부모의 손주 사랑은
아무래도 짝사랑인 것 같다.

'자기 자식보다 손자가 더 사랑스럽다.'는 말이 있다. 손자도 진정으로 할아버지와 할머니를 부모보다 더 좋아할까? '내리 사랑'이라는 말을 생각하면 아무래도 조부모의 손자 사랑은 짝사랑인지도 모른다. 그럼에도 불구하고 손주에 대한 사랑은 쉽게 식어지지 않아 조금만 못 보면 보고 싶어지는 것이다. 그러다가 한 번씩 찾아온 손주들의 온갖 시중을 들어주다보면 할아버지 할머니는 지치고 만다. 그래서 손주들을 두고 '오면 반갑고 가면 더 반갑다.'는 말도 생긴 것 같다. 뿐만 아니라 대부분의 손주들은 할아버지 할머니가 참다못해 꾸중을 하거나 한마디 잔소리라도 할라치면 순식간에 그 사랑을 외면하는 경우를 보게 된다.

추석이 지난 뒤 어느 날이었다. 시장에 다녀오던 아내와 산책을 나갔던 내가 우연히 마주쳐 함께 집으로 돌아오는 길이었다. 우리가 엘리베이터를 타러 현관으로 들어오고 난 뒤 출입문이 다시 열렸다 닫히는 소리가 나고 사람들이 한꺼번에 뒤따라 들어왔다. 그 가운데 가족으로 보이는 사람들은 세발자전거를 탄 아이와 동생인 듯한 어린아이를 안은 젊은 여자분, 그리고 70대 초반은 되어 보이는 노인 한 분이었다. 그 노인은 어디서 본 적이 있는 듯한 얼굴이었다. 이때 세발자전거를 탄 어린아이가 느닷없이 "할아버지 싫어."라고 말했다. 그리고 계속해서 "할아버지 싫어, 할아버지 싫어."를 투정처럼 내뱉고 있었다.

나는 그들이 출입문으로 들어올 때 그 노인이 아이를 밀치고 먼저 들어왔기 때문인가, 생각하고 있었다. 아이는 계속해서 "할아버지 싫어." 소리를 반복했다. 노인은 아무 대꾸도 하지 않고 어색한 미소를 띠며 2층 계단으로 나있는 통로 쪽에 몸을 숨기듯(?) 물러서 있었다. 보다 못해 아내가 "할아버지가 먼저 들어오는 것이 맞아!"라고 말하며 분위기를 반전시켜보려 시도했으나 다른 사람들은 아무 반응을 보이지 않았다. 아내의 말은 아랑곳하지 않고 그 아이는 같은 말을 반복했다. 위층에서 내려오던 엘리베이터는 지하층으로 바로 내려갔다.

나는 그 노인과 아이 엄마의 얼굴을 번갈아 살펴보았다. 아이 엄마의 얼굴이 그 할아버지를 빼닮은 것을 보면 딸이 분명했다. 아내는 다시 두 번이나 잇달아 "아니야, 할아버지가 잘못한 게 없어."라고 하며 아이의 입을 막아보려 했다. 나는 아내를 집적이며 들릴 듯 말 듯하게 "아이 엄마가 아무 말 않는데 당신이 왜?…… 가만있어요."라고 속삭였다. 마침내 엘리베이터의 문이 열리고, 지하층에서 세 사람이 타고 올라왔다. 기다리던 사람들은 엘리베이터 안으로 들어서고 각자 내릴 층 번호를 눌렀다. 그 아이 엄마는 한 젊은 여인을 보자 안고 있던 아이를 추스르며 "선생님, 선생님이잖아! 인사해야지ー."라고 말했다. 그러나 아이는 멀거니 바라보기만 하며 아무 말도 하지 않았다. 그 여인은 집으로 방문하여 어린아이들을 지도하는 선생님으로 보였다. 세발자전거를 탄 아이는 엘리베이터 안에서도 "할아버지 싫어."를 몇 차례나 반복했다. 듣기가 참 딱했다. 도대체 할아버지가 무엇을 잘못한 것일까? 마침내 아이 엄마는 선생님 보기에 민망했던지 "집에서도 늘 저런다." 혼잣말을 했다. 할아버지는 끝까지 한마디도 하지 않았고 우리는 14층에서 내렸다.

"참, 이상한 사람들이야. 내가 보니 아이 엄마와 영감은 부녀관계로 보였는데 왜, 아이를 나무라지 않고 아버지를 그렇게 난처하게 만들까?" "딸도 아버지를 모시고 있는 것이 싫었을까?" 아내와 나는 요즘 젊은 엄마들의 자녀교육이 얼마나 잘못되고 있는지를 푸념처럼 주고받았다. 집에 들어와서도 '할아버지 싫어.'라는 그 아이의 말이 귓전에 맴돌았다. 다시 생각해보니 그 노인은 내가 조금 전 금강공원 산책로에서 보았던 분이 틀림없었다. 그때 나는 산책로가 끝날 즈음에 있는 공터에서 맨손체조를 하고 있었고, 그 노인은 옆에 있는 평상에 누워 다리를 위로 들어 올리며 운동을 하고 있었다. 잠시 후 노인보다 나이가 좀 아래로 보이는 부부가 오더니 반갑게 인사하며 자리를 같이했다. 그들은 들고 온 과일을 함께 나누며 다음과 같은 얘기를 주고받았다.

"세월이 참 빠른 것 같아. 7월 XX일이 3주기인데 전혀 실감이 나지 않아!"

노인이 말을 꺼냈다.

"먼저 간 사람은 편히 지낼 텐데, 무엇하러 자꾸 생각하세요."

함께 한 여인이 말을 받았다. 말투로 보아 이웃인 것 같았다.

"그럼, 떠나간 사람이야 잘 지내겠지. 지난달에 찾아가 보았더니 빙그레 웃으며 편히 누워 있더라고ㅡ. 참 괘씸한 사람이야! 나에게만 이렇게 고통을 안겨놓고ㅡ. 이놈의 영감, 고생 좀 해봐라, 하는 것 같았어."

영감은 신세타령처럼 말을 이어갔다. 내가 맨손체조를 하고난 뒤 목욕을 하고 집으로 돌아오기까지는 두어 시간이 넘게 걸렸다. 엘리베이터에서 마주쳤던 그 노인과 그 가족들은 그 후 한 달이 훨씬 지나도록 보이지 않았다.

엊그제 수요일 오후에는 아내와 함께 구청에 가서 독감예방주사를 맞고 왔다. 평소 오전 10시쯤 걷기운동을 하러 나가는 아내는 나와 함께 걷기 위해 오후 4시쯤 집을 나섰다. 우리는 뜻밖에 엘리베이터 안에서 '할아버지 싫어.'라고 말하던 아이의 식구들을 다시 만났다. 할아버지는 보이지 않았다. 그 아이는 여전히 세발자전거를 타고 있었고 동생은 장난감 자동차를 타고 엄마와 함께 놀이터에 나가는 길이었다. 나는 그 노인에 대해 한동안 궁금했었기에 그들이 얼마나 반가웠는지 모른다. "안녕." 나는 아이에게 얼른 인사를 하고 웃는 얼굴로 "아직도 할아버지가 싫어?" 하고 물었다. 아이는 "할아버지 좋아요."라고 스스럼없이 대답했다. 아이의 엄마는 "그때 보셨군요."라고 말하며 면구스러워했다.

아이의 표정으로 보아 평소 할아버지를 싫어하는 것은 아닌 것 같았다. 모르긴 몰라도 할아버지가 그날 아이에게 무슨 잘못한 것(?)이 있었던 것이 아닐까? 아마 뜻하지 않은 꾸중 한마디가 손자로 하여금 할아버지를 싫어하게 만들었는지도 모른다. 내가 "할아버지 가셨어?"하고 넘겨짚어 묻자 아이는 "예."라고 대답했다. 딸네 집에 다니러 왔을 것이라는 내 짐작이 맞았다. 내가 잇달아 "할아버지는 어디 사시는데?" 하고 묻자 아이는 "온천장에 살아요."라고 똑똑하게 대답했다. 자식들의 집을 전전하던 노파가 할미꽃이 된 전설이 생각났다. 추석을 지내면서 그 노인은 딸보다 손자가 더 보고 싶었을 것이리라. 그런데 그 노인이 사랑하는 손자로부터 때때로 "할아버지 싫어."라는 말을 수없이 들었다면 얼마나 그 마음이 쓸쓸하고 외로웠으랴. 그래서 먼저 간 아내를 그토록 그리워하는 것일까?

　따로 살던 노인들이 자녀들과 함께 지낸다는 것은 서로에게 불편을 끼칠 뿐이다. 공원에서 신세타령을 하던 일을 생각하면 아직도 마음이 편치 않다. 그 노인의 모습은 어쩌면 손주를 그리워하는 모든 외로운 노인들의 모습이 아닐까? 요즘 같은 세상에 할아버지 할머니의 말을 고분고분 잘 들어줄 손자들이 있기나 할까? "아이들과 강아지는 가꾸는 대로 간다."는 말이 있다. 달면 삼키고 쓰면 뱉는 아이들은 강아지처럼 단순하다. 할아버지 할머니의 사랑이 손주들로부터 외면당하지 않으려면 잘 가꾸는 수밖에 없다. 언제나 맛있는 것을 준비하는 것은 물론 그들이 좋아하는 것은 무엇이나 들어주고 설사 잘못하는 것이 있어도 결코 꾸중하지 말아야 한다. 버릇을 고쳐주고 싶어도 오래 참아야 한다. 교육은 제 부모에게 맡기고 할아버지 할머니는 그들이 어떤 짓을 해도 '오냐 오냐.' 하는 것이 손주로부터 사랑받는 묘약이 아닐까? 그러나 귀한 손주의 장래를 생각하면 그것은 쓸쓸한 묘약일 뿐이다.

바보들이 하는 짓

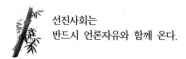

선진사회는
반드시 언론자유와 함께 온다.

"바보들은 항상 언론 탓만 한다." 이 말은 얼마 전 국회 사회·문화 분야 대 정부 질문에서 현정부의 언론관을 집중 추궁한 한나라당 K 의원의 원고제목이다. K 의원은 지난해 대선 때 민주당 대통령후보의 언론특보를 맡았다가 자신의 언론관련 의견이 먹히지 않아 특보를 사퇴했었다.

우리가 세상을 살아가는 방법은 열 가지 일 가운데 아홉 가지 좋지 않은 것보다는 한 가지 좋은 점을 바라보고 희망을 갖는 긍정적 자세이다. 그리고 대인관계도 그 사람의 약점을 들추는 것보다는 한두 가지 장점을 써주는 쪽으로 좋은 관계를 지속해 가는 것이다. 그러나 언론의 기능은 오히려 그 반대라고 할 수 있다. 보통사람들이 말하기 어렵거나 싫어하는 것들을 하나하나 지적하고 고발하며 한 걸음씩 건강한 사회를 지향해 가는 것이 언론의 역할이다. 언론에 대해 왜 우리의 좋은 점은 덮어놓고 좋지 않은 점만 지적하느냐고 불만을 토로하는 것은 바보들의 하는 짓이다.

언젠가는 대통령의 비서실장이 "언론을 죽일 수 있는 방법은 얼마든지 있다."고 말한 적이 있다. 이것은 그분의 양식을 의심하게 하는 말이 아닐 수 없다. 일제를 비롯해서 우리나라 역대정권 가운데서 언론을 죽이려는 시도는 여러 번 있었다. 5공 때는 언론을 통폐합하며 입을 틀어막기도 했었다. 그러나 그 결과는 부정부패가 만연하고 여러 가지 유언비어가 나돌아 정부와 사회를 더욱 불안으로 몰아넣기도 했었다.

선진사회는 약자가 강자에 대해 자유롭게 의견을 개진할 수 있는 사회이다. 그래서 선진사회는 반드시 언론자유와 함께 온다. 때로는 약자가 떼를 쓰며 억지를 부릴 때도 있지만 권력을 쥔 강자는 그 불만의 원인이 무엇인가를 귀담아듣는 자세가 필요하다. 조그만 비판적인 보도에도 알레르기 반응을 보이는 것은 강자의 태도라고 할 수 없다.

언젠가 마을 빈터에서 개 한 마리가 자기보다 좀 더 큰 개를 위에서 짓이기며 싸움을 하고 있는 것을 본 적이 있다. 자세히 보니 싸우는 것이 아니라 큰 놈이 일부러 넘어져주며 장난을 하고 있었다. 참으로 귀엽고 아름다운 장면이었다. 만약 큰 놈이 작은 놈을 힘으로 깔아뭉개거나 물어뜯는다면 그것은 장난이 아니라 처절한 싸움이 되고 말 것이다. 힘 있는 자가 그 힘을 다 쓰지 아니하고 가진 자가 호화사치를 자제하고 겸양의 자세를 보이는 것은 아름다운 사회를 만들어 가는 기초라고 할 수 있다. 강자의 아량은 사회를 통합하는 윤활유이다. 윤활유가 마른 정부가 어떻게 국민대통합을 이룰 수 있을까 생각해본다.

소설을 쓰기 시작할 무렵

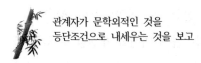
관계자가 문학외적인 것을
등단조건으로 내세우는 것을 보고

    누구나 자기 머릿속의 생각을 그대로 펼쳐 놓는다면 부끄러워 얼굴을 들고 살아갈 수 없을 것이다. 오래된 일기장 한 쪽을 가만히 읽어보아도 낯이 뜨거워질 때가 있고 혹시 누가 훔쳐볼까 주위를 살피게 된다. 아주 어릴 때는 대부분의 아이들이 대통령이 되겠다고 말했던 것처럼 나는 그보다 더 높은 '하늘대장'이 되겠다고 말했다. 철없을 때 일은 애교로 보아줄 수 있지만 철이 들어서 턱없이 높은 꿈을 꾸던 일을 생각하면 절로 쓴웃음이 나온다. 그러기에 사람들은 하나님 앞에는 간절히 기도하면서도 정작 다른 사람에게 기도를 부탁하거나 '기도제목'으로 적어내지는 못한다. 그럼에도 불구하고 꿈은 온갖 상상의 날개를 펴고 하늘 높이 날아오르고 지평선을 넘어 내닫기도 한다. 인간의 욕심은 한이 없기에 일평생을 쳐다보며 달려가도 결코 가 닿을 수 없는 일들을 계획하고 소원하며 살아간다.

글을 쓰면서 이런 꿈을 가질 때가 많았다. '오직 하나의 작품으로 뽑히는 영광'이 있었으면, 자기의 시집이나 작품집이 날개 돋친 듯 팔려 나갔으면 하는 생각을 한 번도 가져보지 않은 사람이 있기나 할까? 은퇴를 하고 나서 나는 더욱 이런 생각에 젖어 있었다. 나는 적어낼 수 없는 기도제목을 갖고 있었다. "그리스도를 위해 위대한 일을 계획하라." "내게 능력 주시는 자 안에서 내가 모든 것을 할 수 있느니라." "하나님의 영광을 위해 최선을 다하라." 2009년 1월 1일 나는 나의 꿈과 함께 이러한 말씀을 적어 '보배합' 속에 넣었다. 보배합이란 높이와 폭이 각각 7cm정도 되는 6각형 기둥처럼 생긴 나무상자로 덮개가 달려 있다. 덮개 표면에는 'Bethlehem'(베들레헴) 이라 음각된 글자와 함께 고대문양이 새겨져 있다.

내가 이 보배합을 갖게 된 것은 지금부터 30여 년 전으로 거슬러 올라간다. 나는 장로회 신학대학원 2학년 때 한 달간의 제1차 성지연구단에 참여하고 귀국하면서 보배합을 여행 기념품으로 사온 것이다. 동방박사가 예수님께 황금과 유향과 몰약을 선물로 바쳤던 것을 상징하는 이 보배합에 나는 무언가 귀한 것을 담아놓고 싶었다. 은퇴 후에 주어지는 시간 속에서 내게 가장 가까이 있는 것은 글쓰기였고 나는 이것을 더 아름답고 귀하게 펼쳐보고 싶었다. 그런 기도제목이 담긴 보배합은 내 책상 책꽂이 위에서 먼지를 뽀얗게 뒤집어쓰고 있었다. 그러나 먼지 속으로도 내 꿈은 어디론가 기어가고 있었다.

2009년 초에는 사이버대 문예창작학과의 문을 노크하고 시를 제대로 써보려고 애썼다. 6학기를 공부하면서 나는 많은 것을 배우고 새로운 책도 읽게 되었다. 아내와 함께 북유럽과 러시아를 격년으로 여행하면서 에세이집 ≪발틱해의 일출≫을 출간했고, 2012년에는 고희기념으로 세 번째 시집 ≪그림자의 귀향≫을 상제했다. 몇몇 선배시인들로부터는 덕담이 아닌 찬사를 받았다. 새로운 것을 찾고 싶은 생각은 멈추지 않았다. 나는 사이버대 소설 과제물을 제출했을 때 뜻밖에 A+(98점)를 받았던 생각을 떠올렸다. 이것은 오래전 막연히 소설가가 되고 싶었던 꿈을 일깨웠다. 그러나 소설은 시를 쓰는 것보다 더 어려운 일이었다.

나는 소설 창작실기 시간을 통해 혹독한 첨삭지도를 받았던 기억을 되새기며 세 편의 소설을 썼다. 작품을 완성하기 위해 퇴고에 애쓸 즈음 소설지도를 맡았던 S 선생님에게 연락이 닿을 수 있었다. 그는 그때 터키에 체류하면서도 e메일을 통해 두 차례나 나의 작품에 대해 자상한 지도를 해주었다. 나는 그 작품으로 월간 ≪문학도시≫ 소설공모에 응모했다. 그러나 관계자가 문학 외적인 것을 등단의 조건으로 내세우는 것을 보고 아연 실망하지 않을 수 없었다. 그것은 너무도 뜻밖이었다. 문인협회 자문인 K 교수도 '그럴리 없다.'는 반응을 보였다. 그러나 그것은 사실이었다. 작품이 함량미달이라면 더 할 말이 없겠지만 공공기관의 지원을 받는 문예지가 요구하는 조건은 시대착오적인 모습이었다.

아무리 생각해도 땀 흘리며 애쓴 것을 그대로 묻어버릴 수 없었다. 그즈음 나는 집으로 배달된 계간 ≪한국동서문학≫을 펼쳐보다가 신인상 공모를 보게 되었고 마감이 임박한 일자에 투고를 했다. 며칠 후 나는 영광의 당선통보를 접했고 수상식에서는 소정의 상금까지 받았다. 나도 언젠가는 전화로 당선통보를 받고 싶었던 꿈이 이루어진 것이다. 시를 좀 더 잘 써보고 싶었던 내게 소설 당선은 너무도 뜻밖의 사건이었다. 그리고 감동적인 기독교적 작품을 쓸 수 있어야 한다는 생각을 하게 되었다.

이루어지기 전의 꿈은 드러내기가 부끄럽고 다른 이에게 들킬까 싶어 조심스럽기도 하다. 그러나 작은 꿈이라도 이루어지면 그것은 큰 기쁨이요 자랑스러운 것이 된다. 보배합에 담긴 기도의 제목은 내게 돈으로 얻을 수 없는 보배를 가져다주었다. 소설 쓰기는 죽마고우를 다시 만나듯한 기쁨을 내게 안겨주었다. 나는 이렇게 수상소감을 밝혔었다.

"……살아간다는 것은 날마다 새로움을 찾아가는 순례의 길이다. 새로운 공기를 호흡하고 새로운 땅을 밟으며 새로운 일을 펼치는 것이다. 멈추면 침잠할 것 같았기에 새것을 찾아 흘러내리고 때로는 거슬러 오르며 방황하기도 했다. 무엇하나 제대로 하지 못하면서도 새로움에 대한 갈망은 밀물처럼 가슴에 끓어올랐다. 세 번째 시집을 낼 무렵부터는 또 다른 새것을 찾기 시작했다. 그 새로운 것이 소설과의 만남이다. 소설가의 꿈은 일찍이 학창시절부터 막연히 가슴속에 꿈틀거렸고 황순원, 김동인, 심훈 등을 부러워했었다. 마침내 '오래된 미래'처럼 지난날의 꿈은 새로운 얼굴로 다가왔다."

내 생애 최고의 순간

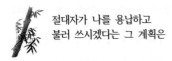
절대자가 나를 용납하고
불러 쓰시겠다는 그 계획은

　베란다 화단에서 꽃이 핀 사랑초 군락을 바라보고 있다. 몇 년 전
산성마을에서 살 때 이웃집 마당에 자생하는 것을 얻어다 심은 것이다.
계절도 잊은 채 몇 차례나 꽃을 피우다 가을이 깊어지면 꽃을 받쳐주던
잎도 말라버리고 겨울을 맞는다. 봄이 오면 다시 잎이 피고 사랑초는
한 묶음의 꽃다발처럼 작고 예쁜 진분홍 꽃들로 베란다를 장식한다. 곱
게 핀 꽃무더기를 쳐다보며 '내 생애 최고의 순간'을 생각한다.

　꽃을 피운다는 것은 아마 모든 화초에게 있어 '최고의 순간'일 것이
다. 화초의 경우 최고의 순간은 한번으로 끝나지 않는다. 흐드러진 코
스모스나 들국화를 볼 때면 조그마한 최고의 순간들이 태어나고 모이
고 이어지면서 보다 큰 최고의 순간을 만들어 내고 있다. 벚꽃이나 라
일락은 한데 어우러지면서 봄 한철을 온통 최고의 순간으로 꽃피우는

것이다. 꽃의 세계는 최고의 순간들의 집합이다. 그러나 잇달아 최고의 순간을 연출하기까지는 한 알의 씨앗으로 뿌려지거나 한 그루 묘목의 자리에서 많은 시간을 기다려야 한다.

내게도 오랜 기다림의 어린 시절이 있었다. 그때는 요즘처럼 먹고 싶은 것을 맘껏 먹고, 입고 싶은 것을 골라서 입을 수 있는 때가 아니었다. 초등학교 2학년 때 맞았던 6·25동란과 그 폐허 속에 겪었던 삶들이 그러한 시간들이었다. 내가 필요로 하는 것들이 나를 찾아오기를 바라거나 그 누군가가 가져다주기를 하염없이 기다릴 뿐이었다. 그것은 우연에 기대는 시간들이었다. 옛날에는 전쟁의 피해를 입지 않아도 풍요로움이나 최고의 순간들은 많은 사람들, 특히 자라나는 세대들에게는 막연한 꿈에 불과했다.

그럼에도 불구하고 부모님들은 자녀들에게 가장 좋은 것을 먹이고 싶어 했고, 제일 좋은 옷을 입히기를 원했다. 그런 바람을 이루는 때가 1년에 두 차례 찾아오는 설과 한가위이다. 옛날의 명절은 어려운 시대를 살아가는 사람들의 숨통이었다. 땀 흘리며 김을 매던 아낙네가 허리를 펴듯 힘들고 바빠도 여유를 가지는 시간이었다. 아이들이 명절을 기다리는 것은 한 푼의 세뱃돈을 생각하거나 맛있는 음식과 새 옷을 기다리는 것에 다름 아니었다. 설빔의 새 옷 한 벌은 추석까지 아껴 입었고, 추석에 얻어 입은 새 옷은 겨울을 나기 위한 준비였다.

내 어린 시절의 최고의 순간은 무엇보다도 새 옷을 입고 새 운동화를 신는 것이었다. 그렇다고 그 옷이 오늘날처럼 색깔이나 디자인이 멋이 있거나 질감이 좋은 것도 아니었다. 검정색 아니면 곤색으로 선택의 여지가 한정되어 있었다. 양복의 치수는 얼마나 컸던지 처음 입을 때는 바지의 단을 몇 치나 올리고 윗도리 소매도 한두 번 걷어서 입는 것이 보통이었다. 왜냐하면 한번 빨면 옷이 한 뼘씩이나 줄어드는 것에 대비해 미리 넉넉한 것으로 구입했기 때문이다. 몇 년 동안이나 그런 옷을 얻어 입으려고 설을 기다리고 한가위를 손꼽았는지 모른다. 지금 생각하면 그것들은 한없이 초라한 순간들이었지만 그때는 어디에다 비교할 수 없는 최고의 순간, 순간들이었다.

초등학교 때는 집에서 학교까지 오 리를 걸어 다녔고, 중학교 때부터는 십 리가 좀 넘는 길을 버스로 통학했다. 이십 리 밖에서 출발해 우리 마을을 거쳐 학교가 있는 포항시로 들어가는 버스는 이른 아침 시간에는 언제나 만원이었다. 날마다 버스 타기는 전쟁이었다. 일찍 나가 줄을 서서 기다리지만 만원버스는 더 일찍 나와 앞에 선 몇 사람만 태우고 출발하거나 어떤 때는 그대로 통과하기 일쑤였다. 어쩌다 마음씨 좋은 자갈트럭 운전사가 어린 학생들을 태워주기도 했고, 고등학생들은 달리는 트럭을 보기 좋게 잡아타기도 했다.

이런 형편이다 보니 일부 남·여학생들은 새벽밥을 먹고 걸어서 등교하는 경우가 많았다. 좀 여유가 있는 집안은 아이들에게 자전거 통학을 시켰다. 이때 나는 할아버지 할머니와 함께 살았다. 내가 중학생이 될 즈음 공무원인 아버지가 임지를 따라 멀리 의성까지 전근을 갔기 때문이다. 아버지는 어머님과 함께 형제들을 다 데리고 가면서 나만 할아버지 집에 남겨놓았다. 둘째인 내가 가장 "젊잖다"는 이유 때문이었다. 그래서 나는 떼를 쓰지도 못하고 엄마가 보고 싶어도 잘 참고 견디는 것을 스스로도 대견하다고 생각했는지 모른다.

당시 내 친구 몇 명은 자전거로 통학하고 있었다. 나도 언젠가부터 무릎이 까지는 상처를 무릅쓰고 자전거타기를 익혀 두었지만 내 자전거를 가질 형편은 되지 않았다. 내가 중학교 1학년 말인지 2학년 초인지는 확실하지 않다. 어느 날 할아버지는 우리 마을에 있는 자전거 수리점에서 중고 자전거를 한 대 구입하고 깨끗하게 손질해 주셨다. 나는 늘 무섭기만 하던 할아버지가 그때는 얼마나 자상하고 고마웠는지 모른다. 그래도 할아버지의 사랑은 할머니의 사랑을 덮을 수는 없었다. 맛있는 것은 무엇이나 챙겨두었다 나를 먹여 주시던 할머니의 극진한 사랑이 없었다면 나는 견디기 어려웠을 것이다.

처음 친구들과 함께 자전거를 타고 등교하는 날 내 기분은 날아갈 것 같았다. 중고자전거를 통학에 이용하던 그때 일이야말로 어린 나의 생애 최고의 순간이었다. 얼마 동안은 자전거를 탈 때마다 그 최고의 순간의 느낌은 계속 이어졌고 할아버지에 대한 고마움도 오랫동안 잊지 못했다. 사랑은 물처럼 흘러내리는 것인가. 며칠 전에는 초등학교 2학년인 손녀에게 삼천리표 새 자전거 한 대를 생일선물로 사주었다. 언젠가는 어릴 적 새 자전거를 기억하며 이 할아버지를 그리워할지 누가 알랴. 한 아파트단지 안에 살고 있는 손주들이 나를 만날 때마다 '뭐 좀 사달라고 조르는 것에 대비해 나는 늘 용돈을 준비하고 다닌다. 아이들이야말로 우리 생애 최고의 순간들을 이어가는 보배들이 아닐까?

예나 오늘이나 대학을 졸업하는 청년들에게 가장 큰 숙제는 취직이 그 1순위에 놓인다. 그보다 중요한 것이 결혼일 수도 있지만 취직이 안

되면 결혼은 언제까지나 뒤로 밀려날 수밖에 없다. 내가 졸업을 얼마 남겨놓지 않은 4학년 여름방학을 맞았을 때였다. 오래전부터 생각하던 농촌을 일깨우는 도우미의 꿈이 좌절되면서 방향을 바꾼 것이 일간신문 기자가 되는 것이었다. 그때는 유명작가들이 기자출신이거나 신문사에 재직하는 분들이 많이(?) 눈에 띄었던 것이 호기심으로 작용했던 것 같다.

옛날이지만 기자를 지원하는 젊은이들은 많은 편이었다. 며칠 후 신문사로 달려가 게시판에 나붙은 내 이름을 확인하는 순간 나는 꿈꾸는 기분이었다. 내가 15대 1의 경쟁을 뚫고 최종 합격자 8명의 명단에 들었다는 것은 그야말로 '내 생애 최고의 순간'이었다. 그보다 더한 최고의 순간은 며칠 후에 천천히 걸어 나왔다. 6개월 동안의 수습에 들어가던 어느 날 한 선배기자가 다가와 속삭이듯 내가 '수석 입사자'라고 귀띔해주는 것을 들었을 때 나는 공중에 붕 떠오르는 것 같았다. 3년 동안의 편집부를 거친 후 나의 문화부 기자생활은 재미있고 보람찬 시간이었다. 문인들을 비롯한 음악·미술 등 여러 분야의 예술가들과 대학교수들을 만나고 신부·목사·승려 등 종교인을 만나면서 나의 정신적 행동반경은 더욱 넓어졌으며 전문분야의 상식도 익혔다.

그러나 나는 그런 보편적인 기쁨에 머물러있고 싶지 않았다. 기자생활 10년을 훨씬 넘긴 이때는 이미 결혼을 하고 가정을 갖고 있었다. 그럼에도 불구하고 청년시절 처음 크리스천이 되면서 내게 들려온 부르심의 음성(소명감)을 언제까지나 외면할 수 없었다. 농촌을 일깨우는 도우미의 꿈은 한때 이 부르심과 함께 있었지만 이 둘은 같이 갈 수 없었다. 시간이 흐르면서 부르심의 소리는 더 크게 들려왔다. 마침내 '서울의 봄'이 다시 꽁꽁 얼어붙기 시작하던 1981년 3월 나는 기자생활을 접고 장로회 신학대학원 1학년이 되었다. 그것은 최고의 순간이 아니라 가장 낮은 자리를 찾아가는 구도자의 길이었다.

그 길은 지난 날 나를 찾아왔던 그 어느 최고의 순간들보다도 더 큰 기쁨을 안겨주었다. 다른 이들이 이해할 수 없는 기쁨, 절대자가 나를 용납하고 불러 쓰시겠다는 그 계획은 내게 특별한 성격의 '최고의 순간'이었다. 목사로 세움 받았을 때는 누구 앞에서나 겸손히 엎드려야 한다는 생각을 하면서도 그 길은 내게 감사의 길로 다가왔다. 많은 사람들은 마지막 순간까지 자신의 최고의 순간을 위해 달려가며 모든 것을 쏟아 붓는다. 그러나 십자가의 길은 언제까지나 그리스도가 최고의 자리에 서도록 돕는 것이다. 최선을 다하고 때가되면 다시 그 자리에서 내려와야 한다.

그러나 그것이 인생의 끝은 될 수 없다. 빅토르 위고는 1880년에 이렇게 썼다. "반세기 동안 나는 산문, 시, 역사소설, 희곡, 연애소설, 전설, 풍자와 서정시, 노래로 생각을 표현해왔다. 나는 이 모두를 시도해 보았다. 그러나 내 안에 있는 것들의 거의 천 분의 일도 말하지 않은 것처럼 느낀다. 무덤에 가면 나는 '하루 일을 끝냈다.'고 말하겠지만 '내 생애의 일을 끝냈다.'고 말할 수는 없다. 나의 하루 일은 다음날 아침 또 시작될 것이다. 무덤은 막다른 골목이 아니다. 열려있는 여행길이며 해 질 녘에 닫혔다가 동이 트면 다시 열린다. 내 일은 이제 시작이며 겨우 기초를 닦았을 뿐이다. 나는 기쁜 마음으로 그 일의 완성을 향해 끝없이 오르는 것을 보고 싶다. 무한에 대한 갈망이 무한을 증명한다."
'무덤이 막다른 길이 아니라 열려있는 여행길'이라는 그의 말이 인상적
이다.

죽음이라는 관문은 위고가 말하는 것처럼 일상의 연속과 같은 것은
분명히 아닐 것이다. ≪내 그림자에게 말 걸기≫에서 저자인 로버트
존슨은 다음과 같이 말했다. "융은 인간 각자가 죽음이라는 과업을 반
드시 이뤄야 한다고 말했다. 목적과 의미를 향한 삶이 목표 없는 삶보
다 훨씬 건강하고 풍요롭다. 그리고 죽음은 모든 존재가 자연스럽게 가
닿게 될 목표다. 이런 목표를 외면하는 것은 생의 후반에 주어진 목표
를 짓밟는 것이다. 신경과민과 교착상태는 죽음을 보여주는 공통점이
다." 영혼을 소유한 인생에게 '죽음이라는 과업'은 모든 것을 끝내는 것
을 의미하는 것은 아니라고 나는 믿는다.

신앙인에게는 이것이 천국으로 연결되는 것으로 받아들여진다. 신앙
을 갖지 않은 사람이라 할지라도 대부분의 사람들은 인간의 삶은 이생
으로 끝나는 것이 아니라 영원으로 이어지기를 바라고 있다. 성경은 이
를 두고 "사람들에게는 영원을 사모하는 마음을 주셨"다고 말한다.(전
도서3:11) 테니슨과 더불어 쌍벽을 이루었던 영국의 시인 로버트 브라
우닝은 "가장 좋은 것은 미래에 있다."고 노래했다. 이 말은 '내 생애
최고의 순간'은 아직 오지 않았다고 일러주는 것 같다. 숨 쉬는 동안에
는 더 큰 일이 기다리고 더 큰 과업이 남아있다는 속삭임으로 들린다.

베란다 화단에 곱게 꽃 피운 사랑초를 보며 생각한다. 오고 오는 계
절을 기다리며 최고의 순간들을 피워내며 사랑초는 무한에 대한 갈망

을 나타내고 있는 것 같다. 사람들은 나름대로 수많은 최고의 순간들을 지니고 있을 것이지만 그 순간이 지나면 이미 그것은 '최고의 순간'의 의미를 상실한다. 왜냐하면 그다음 새로운 최고의 순간이 기다리고 있기 때문이다. 유한한 인생이지만 내게는 언제나 새로운 '내 생애 최고의 순간'에 대한 갈망이 조용히 피어오르고 있다. 화초가 철따라 꽃을 피우듯 주어진 생애 동안 최고의 순간을 피우고 또 피우며 생의 과업을 이루어가고 싶다.

정치인들의 자격

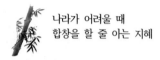

나라가 어려울 때
합창을 할 줄 아는 지혜

프랑스의 사상가 몽테뉴는 그의 ≪수상록≫에서 "습관은 제2의 천성"이라고 말했다. 파스칼은 한걸음 더 나아가 "제2의 천성은 제1의 천성을 파괴하는 것"이라고 말했다. 습관이 습성으로, 그리고 성격으로 굳어져가는 것을 가르쳐주는 말이다. 좋은 습관은 좋은 성격을 만들고 나쁜 습관은 나쁜 성격을 만들어 낼 수밖에 없다. 좋고 나쁜 여러 가지 습관이 있지만 노래하는 습관만큼 좋은 습관도 없을 것 같다. 오페라에서 노래하며 싸우는 두 사람은 아무리 격하게 싸운다 해도 싸우는 것으로 보이지 않는다.

사람들이 노래하는 좋은 습관을 갖고 있다면 가족 간이나 이웃 간에 다툴 일이 사라져갈 것이다. 또한 노래는 아름다운 것을 오래오래 간직하는 수단이 된다. 시와 노래는 그래서 짝을 이룬다. 아무리 외워도 잘

되지 않던 가사도 노래로 익혀놓으면 시간이 지나도 가사가 술술 풀려 나오는 것을 경험할 때가 많다. 노래는 독창보다도 합창이 더 듣는 이 들의 마음에 감동을 불러일으킨다. 그것은 하나의 목표를 향해 몸과 마 음을 한데 모으는 데서 나타나는 결과이다. 이질적인 사람들이 모여 합 창이라는 공동의 목표와 꿈을 이루어가는 과정을 보여준 박칼린의 〈남 자의 자격〉 합창을 통해 우리는 그것을 맛보았다.

그러나 노래를 부를 줄 모르는 집단에서는 불협화음이 나올 수밖에 없다. 한바탕 허리케인이 휩쓸고 지나간 것처럼 폐허로 변한 연평도의 모습을 보면서 여야 정치인들이 부르는 '노래'를 생각한다. 분명히 정치 인들은 국민의 생명과 재산을 보호하고 나라의 안녕과 질서를 지켜가 기 위한 한 가지 목표의 중심에 서 있는 사람들이다. 그럼에도 불구하 고 저들은 위기상황에서 '합창'을 부를 줄 모른다. 동족이지만 우리의 주적으로 현존하는 북한 김정일 · 김정은 집단에 대해 민주당을 비롯한 친북좌파들의 말은 대한민국을 위하는 것이 아니라 마치 북한의 대변 인처럼 보일 때가 한두 번이 아니다. 핵무기를 만들어내고 서울을 불바 다로 만들어버리겠다고 위협하며 전쟁준비를 하고 있는 것을 보면서도 그것은 자위권의 차원이며 절대로 남침을 하기 위한 것이 아니라고 변 호해 왔다.

그러한 정치인들의 불협화음이 북한으로 하여금 연평도의 민간마을 까지 조준사격을 하게 만든 것이 아닐까? 특히 좌파운동권 사람들은 오늘날 해괴한 '3대 세습'이나 주민학살 · 인민재판 등 인권탄압에 대해 서는 한마디 언급도 하지 않는다. 오히려 북쪽을 두둔한다. 언젠가 어느 장관이 '그런 사람들은 그쪽에 가서 살도록 해야 한다.'고 말했던 것은 참으로 타당한 말로 들린다. 때로 소리 높여 부르는 독창이 필요할 때도 있겠지만 대한민국이 공격당한 마당에서는 여야가 한목소리로 합창을 불러야 마땅하다는 것은 낮은 차원의 상식이다.

그럼에도 불구하고 대부분의 야권 정치인들은 딴소리로 국민을 실망시켰다. 한나라당 원내대표는 지난달 24일 국회의 '북한 무력도발 규탄 결의안 채택'에 대한 소감을 묻는 기자의 질문에 다음과 같이 대답했다. "어제는 정말 하루 종일 절망감과 무력감을 느꼈다. 이 상황에서 다른 목소리가 나올 거라곤 상상도 할 수 없는 것이 아니냐……." 북한의 무력도발 규탄 결의안이야말로 우리 정치인들의 합창으로 우렁차게 울려 퍼져야 할 것이 아닌가. 거기에 '한반도 평화촉구'를 함께 끼워 넣자고 했다니 그 정치적 상식을 의심하지 않을 수 없다. 천안함 피침 때도 미국의회는 재빨리 북한을 규탄하는 결의안을 채택했지만 우리나라 일부 야권은 아직까지도 그 사건을 북한의 소행으로 볼 수 없다는 허튼소리를 하고 있다. 뿐만 아니라 송영길 인천시장은 북한의 연평도 피격 소식에 접하고 "그 원인이 현 정부의 대북 강경책과 우리군의 사격훈련 때문"이라는 취지의 발언으로 빈축을 샀다.

'잃어버린 10년' 동안의 습관이 정치인들의 천성을 파괴하고 있는 것인가? R. 롤랑은 "(악덕의) 습관은 녹이다. 그것은 영혼의 강철을 파먹는다."고 말했다. 햇볕정책에 사로잡혀있는 야권의 습관은 대한민국의 국방을 좀먹게 하고 있다. 이런 정치인들의 눈치라도 살피듯 당시 김태영 국방장관은 대통령이 긴급 외교안보장관회의를 소집했음에도 국회

예결위 답변을 위해 대기하느라 회의에 불참했다. 생사의 갈림길에서 국회는 질의응답을 벌여야만 했던가? 흔히 우리나라는 정치를 빼고는 모든 것에 에이플러스를 받을 수 있을 것이라는 말을 하는 사람들이 많다. 정치인들의 자격은 나라가 어려울 때 합창을 할 줄 아는 데서 얻어진다. 평소 합창을 잊어버린 정치인들 때문에 온 국민들은 지금 눈물을 흘리며 불안에 떨고 있다.

이상한 신호등

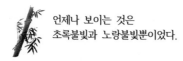

언제나 보이는 것은
초록불빛과 노랑불빛뿐이었다.

언제나 초록불빛만 보였다. 어쩌다 노랑불빛이 보일 때도 있지만 그
것은 눈 깜짝할 사이에 지나가는 것 같았다. 그러나 빨강불빛은 한 번
도 보이지 않았다. 그 신호등은 숨바꼭질하듯 어떤 때는 보이고 어떤
때는 보이지 않는다. 신호등이 서 있는 자리는 내가 사는 14층 아파트
방에서 내다볼 수 있지만 처음 이사 와서 얼마 동안은 그 신호등을 눈
여겨보지 못했다. 왜 빨강신호는 보이지 않는지 생각하기보다는 초록
불이 들어올 때만 내가 그쪽을 보고 있다고 생각했었다.

어느 날 밤 잠이 깨어 일어나 침대에 걸터앉은 채로 컴컴한 바깥을
내다보고 있는데 예의 초록신호등이 눈에 들어왔다. 한밤중에 보이는
신호등은 더욱 선명했다. 초록신호등 다음에는 노랑신호등이 켜지고
그 다음에는 빨강신호등이 차례로 켜질 것이었다. 나는 노랑신호등이

켜지기 전에 화장실에 다녀와 바로 잠자리에 들었다. 한 번은 내 책상 앞에 앉아 무심코 그 신호등이 있는 쪽을 바라보았다. 초록 신호등이 켜지고 한참을 기다리니 노랑신호등이 잠시 켜졌다가 꺼졌다. 그런데 빨강신호등은 켜지지 않았다. 참 이상한 신호등이라 생각하며 유심히 그쪽을 응시했으나 아무리 기다려도 빨강신호등은 보이지 않았다. 그 제야 빨강신호등은 아파트 벽에 가려져있고 초록 · 노랑신호만 드러나 있다는 것을 알게 되었다.

우리 아파트 앞에는 왼쪽과 오른쪽에 각각 한 동씩의 아파트가 자리 잡고 있고 그 사이로 꼭 한 뼘밖에 되지 않는 틈이 있다. 내가 몸을 왼쪽이나 오른 쪽으로 움직이면 보는 각도에 따라 그 틈은 없어지기도 하고 한 뼘의 간격이 유지되기도 한다. 문틈처럼 내다보이는 그 사이로 식물원 앞에서 남쪽으로 두 번째 신호등이 내 눈에 들어오는 것이었다. 물론 거실이나 다른 방에서는 이 신호등이 보이지 않는다. 내 방에서도 책상의자에 앉아 오른 쪽으로 몸을 약간 기울이거나 침대에 걸터앉으면 그 신호등이 보인다. 하지만 언제나 보이는 것은 초록불빛과 노랑불빛뿐이다.

신호등에 빨강신호가 없다면 어떻게 될까? 교차로 앞에서 달리는 차가 빨강신호를 보고 멈추면 사람들이나 다른 차를 안전하게 지나가게 할 수 있다. 그럼에도 불구하고 횡단보도를 건너거나 차를 운전하는 사람들이 한결같이 불편해하는 것이 빨강신호등이다. 횡단보도에 아무도 지나가는 사람이 없어도 차는 멈춰서야 하고, 차가 지나가지 않아도 사람들은 빨간불이 켜지면 텅 빈 횡단보도를 바라보며 기다려야 하기 때문이다. 그런 의미에서 우리 집에서 내다보이는 이 신호등은 참 편리한 것이라는 생각을 나 혼자 해본다. 그러나 실제로는 내가 금강공원 산책을 위해 집을 나서 큰길을 건너 300~400m를 걸어 식물원 앞에서 왼쪽으로 돌면 그 신호등은 정상적인 세 가지 색깔로 작동되고 있다.

어느 날 저녁에는 내 방에서 얼마 동안 신호등이 켜지는지 시간을 재어보았다. 초록신호 1분 25초, 노랑신호 3초, 빨강신호 차례에는 눈을 감은 듯 아무 신호도 보이지 않고 25초가 지나갔다. 신호등이 침묵하는 그 시간은 마치 잠시 생각에 잠기는 것처럼 보였다. 그리고 그 신호등은 초록불빛을 보고 앞으로 가되, 노랑신호가 켜지면 잠시 멈출 준비를 하고, 불빛이 없을 때는 가는 길이—방향, 속도 등— 올바른지 생각하라고 일러주는 것 같았다.

인생길에도 걸어가고, 멈추고, 준비하라는 여러 가지 신호등이 켜진다. 그것은 건강일 수도 있고, 학업일 수도 있고, 환경여건일 수도 있고, 예상치 못했던 시련일 수도 있다. 그 신호등을 따라 전진하고, 멈추고, 마음의 준비를 하면서 걸어가면 대체로 어렵지 않은 삶을 살아갈 수 있을 것이다. 어떤 이는 빨강 정지신호등을 무시하고 빨리 가려는 욕심으로 차를 몰다가 똑같은 생각으로 달려오는 차량과 충돌하여 생명을 잃기도 한다. 그런 일은 어디에서나 일어날 수 있다. 나는 어느 날 교회 새벽기도회에 가는 길에 한양 플라자 앞에서 두 대의 택시가 충돌하여 무참하게 구겨진 현장을 본 적이 있다. 어떤 차는 초록신호등이 켜져 있는 동안 너무 과속하다 신호를 위반하거나 뜻밖의 사고를 당하기도 한다. 노랑신호가 켜지면 언제나 미리 전진할 것인가, 멈출 것인가를 생각하며 안전을 도모해야 하지 않을까?

　살아가는 날 동안 우리는 잠시 멈추어 숨을 돌릴 수는 있지만 가던 길을 포기하거나 아주 정지하지는 말아야 한다. 어떤 때는 빨강신호등이 불필요하다는 생각이 들기도 한다. 인생은 멈추지 않고 언제나 강물처럼 흘러가고 있기 때문이다. 잠잘 때도 심장이 멈추지 않는 것처럼 시간은 쉼 없이 걸어가고 있다. 멈추기보다는 눈 감고 생각하는 시간이 필요할 뿐이다. 오늘도 산책할 준비를 하며 아파트 틈으로 '이상한 신호등'을 바라본다. 노랑신호 시간이 짧기 때문인지 보이는 것은 늘 초록신호뿐인 것 같다. '잠시 생각하며 조심스럽게 앞으로 가라.' 옛날 집 창호지문에 붙인 유리를 내다보듯 아파트 벽 사이로 보이는 신호등을 통해 망팔望八의 길을 살펴보는 것이다.

온유한 문풍文風의 실천적 명상록

- 안유환 작가론

박양근 (문학평론가, 부경대 교수)

　안유환 선생에게 수필은 무엇인가. 수필이 작가의 삶을 보여주는 거울이나 체험의 언어망이라고 말하지만 그에게는 징검돌이다. 징검돌은 이쪽과 저쪽을 잇는 나룻배처럼 자신을 밟고 가는 행인들의 체중을 묵묵히 받아들인다. 아이가 지나가고 행상꾼이 건너고 때로는 밤 노루가 지나간다. 거친 물살이 할퀴듯 덮을지라도 다시 제 자리에서 행인을 맞이한다. 이렇듯 징검돌에는 희생, 헌신, 인내라는 문양이 박혀진다.

　안유환의 삶도 징검다리다. 신문기자일 때는 사회의 빛과 어둠을 함께 기록하였고, 청량리 중앙교회 교육전도사로 시작하여 대동, 부산평강, 금성동 교회 담임목사로 4반세기 동안 목회자로 활동할 때는 하나님의 말씀을 사람들에게 전하였다. 중견작가로서 세 권의 시집과 수필

집, 그리고 에세이집을 상재하였고, 고희古稀에 소설가로 등단하면서 20
여 년 가까이 문학정신을 소통시켰다. 이 모든 "시냇물을 건너온 것 같
은 삶"이 이번 수필집에 고스란히 담겨있다. 징검돌이 그의 인격과 정
체성을 형상화하는 기호라는 것이다.

징검돌이 놓인 시내를 건너서 다다르고 싶은 안유환의 피안은 어디
일까. 그리고 무엇일까. 그는 인생에서 다섯 번의 선택을 하였다고 말
한다. 제1의 선택은 농촌 운동의 도우미, 제2는 신문기자, 제3은 목회
자, 제4는 정년을 앞당긴 조기 은퇴, 제5 선택은 글로써 새로운 지평을
펼치는 것이다. 영일군 대송면 동촌에서 태어나 부산에서 여적의 생을
누리는 그가 평생 동안 소중히 여긴 가치는 "나는 누구인가"라는 실존
의 탐색이다. 실천적 사유는 "쓰지 않고는 좀이 쑤셔 견딜 수 없"는 욕
망을 낳기 마련이다. 당연히 그는 목회자와 문사가 되었다. 그 내적 결
실은 쉰 편이 넘는 작품으로 이루어진 ≪마음을 건드리는 노래≫라는
두 번째 수필집을 태동시켰다.

≪마음을 건드리는 노래≫를 제대로 음미하려면 그의 수필론을 먼저
이해할 필요가 있다. 1999년에 상재한 첫 수필집 ≪매미소리를 들으며≫
의 서문에서 그는 글을 쓰는 사람은 "마음의 정장을 하고 표현에는 화
장"을 한다고 말하면서 좋은 수필은 "예절이 있고 아름다움이 있고 감
격이 있고 기쁨을 발견"한다고 덧붙였다. 전자가 수필의 내용과 형식을
은유한 비유라면, 후자는 수필의 효용과 목적을 밝힌 설명으로서 나눔
을 중시하는 독자수용론을 제시한다. 매미 소리는 베드로의 닭 우는 소

리에 환유되면서 "주님을 더 사랑하겠다"는 내성의 울림을 전달한다. 첫 작품집이 목회자의 전반기 활동을 주로 보여주는 반면에 두 번째 수필집은 목회의 후반기와 은퇴 후의 삶을 담아낸다. 소재 면에서는 목회 활동, 성지순례, 정치적 관심사가 전자의 주요 소재라면 가족애, 자연애, 문학애가 후자에서 상대적으로 두드러진다. 이렇듯 그의 수필은 전·후반기를 잇는 자전적 징검다리이기도 하다.

인생의 거울로서 수필이 소승적 개념이라면 디딤돌에는 대승적 승화가 잠겨있다. 실제 안유환은 《마음을 건드리는 노래》를 통해 초자아로의 진화를 이룬다. 아버지의 근무지 이동으로 어린 시절을 조부모의 슬하에서 보내야 했던 그 시절을 작가는 "하늘의 씨앗으로 뿌려진 꽃"으로 생각한다. 그것을 말하는 프롤로그가 〈내 생애 최고의 순간들〉이라고 하겠다. 명절날 새 옷을 입고 새 운동화를 신었던 일, 자전거를 타고 등교하던 날의 기쁨, 일간신문 수습기자로 입사하던 날, 1981년 3월 장로회 신학대학원 1학년으로 입학한 것과 작가가 된 일은 그에게는 항상 최고의 순간이었다. 기쁨은 위기조차 "꽃을 피우는 순간"으로 맞이할 때 이루어진다. 그 점에서 안유환은 목사가 되기 위해 작가여야 했고, 작가가 되기 위해 목사여야 했다.

안유환의 수필을 정의하면 글로 말하는 설교라고 하겠다. 목사로서 하나님과 인간 사이에 징검돌을 놓았던 그는 은퇴 후에는 신의 가르침을 자성과 자적自適의 이야기로 펼쳐낸다. 자아 성찰을 다룬 작품, 그리스도 복음을 전파한 작품, 가족애와 부부애를 소중히 여기는 개인사와 사회 모순에 대한 관심사라는 다양성은 그만큼 의미가 깊다. 신앙과 교단의 문제를 다루지 않는다 하더라도 대부분의 작품 저변에는 신앙 고백과 종교적 신념이 깔려있다. 안유환의 수필이 실천적인 명상록인 까닭이 여기에 있다.

은퇴 목사로서 안유환의 정체성은 무엇으로 나타나는가. 백여^{白餘}라는 새로운 아호를 살펴보기로 한다. 백여는 여백을 뒤바꾼 말로서 여생조차 하나님에게 바치는 마음을 표현한다. 하나님에게 봉헌하는 "그저 하얗게 비워진 자리"에는 문학이라는 영역이 있다. '백여'라는 실존에 다다르는 길은 쉽지 않았다. 12년 동안 일하던 촌철살인의 언론 펜을 내려놓고 불혹의 나이로 구도자의 길에 들어선 그는 베드로처럼 "나는 결코 주님을 버리지 않겠습니다."라는 서언을 목회정신으로 삼았다. 수필정신도 "이 사람들보다 주님을 더 사랑하게 하소서."라는 믿음에 뿌리를 둔다. 〈신학은 좋지만…〉과 〈아직도 들리는 그 음성〉은 목회자가 감내하는 이러한 삶을 투시한 대표작에 속한다.

종교와 문학은 본디 별개가 아니다. 안유환은 수필을 "일종의 신세타령"으로 간주한다. 그가 비유하는 신세타령은 이기적인 투정이 아니라 진솔하게 고백하는 기도를 뜻한다. 기도가 미화하거나 변명하지 않는 회개라면 자기변명을 거부하고 진실의 언어로 자복하는 언술이 수필이라는 그의 해석은 참으로 경청할 만하다.

문학을 하는 사람들은 자신의 작품을 통해 세상의 명예가 줄 수 없는 위로를 얻고 정신적 갈급함을 해소하며 풀어야 할 사회의 문제를 제기하고 있다. 이러한 문제해결의 방편이 마치 수많은 문제를 안고 있는 인간이 절대자를 찾아가는 모습과 흡사하다는 점에서 문학은 종교성을 가지고 있다고 말할 수 있다.

- 〈종교와 문학의 만남〉 일부

안유환의 수필이 신앙적 담론이라는 점은 독자를 중시하는 태도에서도 밝혀진다. 그는 목사이므로 수필의 효용을 남달리 해석하려 한다. 절대자에 대한 믿음에서 시작한 그의 문학은 인간 구원과 자연과 사회에 대한 사랑으로 이어지는 대중수필론에 바탕을 둔다. 기독교가 대중 속에서 번성하고 낮은 곳으로 향하는 것처럼 수필도 소수 특권층의 소유물이 아니므로 민중의 마음을 얻어야 한다고 믿는다. 수필은 보통사람의 삶에서 생성하는 문학이므로 인간의 삶과 사회에 비전을 주어야 한다. 액자 속의 내 고향, 아버지, 결혼 예물, 텃밭, 마당, 금붕어 은붕어, 애물단지 이웃, 바보들이 하는 짓 등은 평이한 소재가 아니라 인류 문화를 전승해나가는 소중한 굄돌이다. 나아가 사적인 것과 공적인 것, 내적인 것과 외적인 것, 그리고 전傳수필과 에세이 사이에 균형을 이루는 근거이기도 하다. 이러한 관점이야말로 그의 대중수필론이 어떻게 작품화되는가를 보여주는 좋은 예라고 하겠다.

목회와 문학은 끊임없이 사람의 멍든 가슴을 헤아려주는 정신적 봉사이다. 그는 "세상에서 가장 어려운 일"을 두 가지나 자청하였다. 시인과 수필가로서 소설 창작을 하는 것도 은퇴 후에 "자신에게 주어진 가장 가까운 일"인 만큼 거부할 수 없었다고 보인다.

안유환의 문학을 구체적으로 살펴볼 때 나타나는 주요한 의미소들은 신앙과 문학 외에 향수, 가족애, 그리고 사회성을 손꼽을 수 있다. 그는 고향에 대한 그리움을 텃밭과 자연애로 구현한다. 퇴색한 액자 속에 담긴 고향 사진 속에는 부모와 마을 사람과 초등학교 친구들이 옛 모습 그대로 남아 있다. 향수라는 정서는 "쫓겨나지 않아도 되는 유일한 그리움"인 만큼 고향을 생각하면 그 그리움은 "배고픔조차 아름답게 기억하는 별빛 세상"이 된다. 말할 필요도 없이 별빛 세상은 순진무구의 경지로서 신과 대화하는 기도의 순간에 일치한다.

고향을 잊지 못하는 마음은 '마당'으로 구체화된다. 마당과 텃밭은 자연과 직접 교감하는 공간이다. 발코니를 소중히 여기고 텃밭을 가꾸는 은퇴생활을 담아낸 〈마지막 남은 마당〉과 〈텃밭 가꾸기〉는 "자연의 지혜 앞에서 언제나 겸허한 마음을 버리지 말아야 한다."는 자연의 자연함과 치유력을 거듭 일깨워준다. 현대인들이 자연이 베푸는 설교를 잃어버린 까닭은 "공터·자투리땅·뒤란·헛간과 같은 허드레 공간을 정리해버렸기 때문"이라는 그의 논리는 주목할 만하다. 대지를 금전과 평수로 환산하는 것이 신앙과 문학을 잃어버린 것과 같다고 여기는 안유환은 은퇴 후에도 생태주의적 목회자의 면모를 잃지 않고 있다.

안유환은 목사와 작가이기에 앞서 평범한 남성이고 남편이다. 그가 목회활동에 전념할 수 있었던 것은 가족 덕분이라고 하여도 지나치지 않다. 할머니와 어머니와 아내는 신앙의 버팀목으로서 그의 수필에서는 "대를 이어 자식을 위해 기도"하는 여인들로 그려진다. 할머니가 기독교로 개종하고 어머니가 권사로서 평생 동안 헌신하고 아내가 사모로서 신앙의 반려자가 된 사연은 〈수수조청〉, 〈어머니의 공로패〉, 〈아내의 회갑〉으로 이어진다. 할머니는 손자를 위해 해마다 조청을 만들었고 할아버지는 자전거를 사주는 자상함을 보여주었으며, 엄격하면서도 어릴 적에는 동시를 쓰기도 했던 아버지는 아들에게 문학적 소양을 물려주었다. 이러한 시골 환경과 가족사는 안유환에게 고독한 감수성과 지정의를 키워주었다. 고독한 어린 시절이 예수님을 만나는 계기가 되었다고 고백하지만 부모의 깊은 사랑이 그의 목회생활에 많은 도움으로 작용한 것은 물론이다.

안유환의 목회활동을 뒷받침해준 첫 가족은 아내이다. 목회자의 사모는 이름도 빛도 없이 일생을 사는 사람들이다. 그도 아내를 "이름도 빛도 없는 사람"으로 부른다. "목사님 댁"으로만 살아온 아내의 마음씨를 〈아내의 회갑〉, 〈결혼기념일〉, 〈아내는 여행을 떠나고〉에서 다정다감하게 표현하고 있다 〈결혼 예물〉은 교사직을 중도에 그만두고 뒷바라지에 전념한 반려자에 대한 고마움을 옛 모습 그대로 간직한 예물시계로 표현한다. "기념하여야 할 일들은 언제나 오솔길처럼 아름답다."는 서정과 머리카락이 희게 되어도 "시계는 여전히 처음처럼 잘 돌아간다."는 리얼리티가 어울리면서 부부애의 진정성을 대변한 글이므로 일독을 권할 만하다.

안유환은 목사와 작가로서 사회적 공적을 이루었다. 그는 사회와 교단에 대한 관심사를 비켜갈 수 없다. 교회의 진정한 가치는 하나님에 대한 순수한 믿음에 있는 것이지 교회의 물질화와 대형화에 있지 않다는 생각은 선교 현장에 있었던 그로서 당연하다. 〈건강진단〉과 〈교회는 쉴 만한 물가인가〉는 작가의 이런 주의를 반영하는 작품들이다. 현실정치의 모순과 정치인들의 아집과 편견을 비판한 〈정치인들의 자격〉과 〈자기를 잃어버린 사람들〉은 정치 지도자들이 짊어져야 할 국민에 대한 도리를 지적한다. 국민의 조급증을 다룬 〈시간이 걸리는 일〉은 빨리빨리 습성이 건실한 발전에 해를 끼치고 있다는 사회성을 바탕으로 한다. 안유환은 특히 불평등 문제에 깊은 관심을 보여준다. 소외된 사람들의 불안, 여성 안수의 문제, 자연 훼손, 왕따, 국가의 균등한 책무 등을 녹슬지 않는 필봉으로 써내려간다. 이런 시사성은 10여 년간 신문사에 근무한 이력을 반영하고 있다. 그의 문체도 날카롭다기보다는 목사와 문인으로서 인격성이 반영된 온유한 문풍文風을 유지한다.

안유환은 이름과 빛을 발휘하였다. 하지만 그는 하나님 앞에서는 "이름도 빛도 없는 사람"이기를 자청한다. 그는 매일 기도하고 해마다 텃밭을 가꾼다. 쉬지 않고 글을 쓴다. 고향 흑백 사진을 지금도 벽에 걸어 놓고 순수의 시간으로 돌아가는 징검돌로 삼는다. 할 수만 있다면 어둠 속에서 홀로 빛나는 반딧불이가 되려 한다. 세월이 그의 체구를 쇠락하게 할지 모르나 마음은 아직 "반딧불이가 사는 마을"처럼 순진무구하다. 그 마음으로 "남루한 흔적을 모두 거두어 베들레헴 외양간으로 돌아가고 싶"은 꿈을 이루려 한다. 안유환이 수필을 쓰는 이유도 자아 창신創新을 부단하게 이루기 위해서일 것이다.

수필은 진실의 담론을 보여주는 데 있다. 안유환의 경우에는 본연의 진실성과 목회자와 작가로서의 정체성이 어울려 기도같이 수필을 빚어 내고 있다. 그의 수필이 공감과 감동을 자아내는 것도 진실에 바탕을 둔 스토리텔링과 종교적 사랑이 어울린 데 있다.

안유환 선생은 지금도 글의 십자가를 지고 베들레헴을 향해 걸어간 다. 시간이 지날수록 그의 수필은 그리움과 감사와 교설의 징검돌로 굳 어지고 있다. 영일군 대송면 동촌에서 시작한 그의 삶이 25년 동안 근 속한 네 교회를 거쳐 지금은 서재를 벗하여 살고 있는 금정산 자락에 다다랐다. 그럴지라도 그가 진정 원하는 길은 주님이 앞서 행한 선교와 설교라는 가르침일 것이다. 목회자와 작가로서 평생을 보낸 안유환 선 생에게 고개를 숙이면서 이 평이 그의 문학과 삶을 이해하는 데 약간이 나마 도움이 되기를 기대한다.

안유환 수필집

마음을 건드리는 노래

초판인쇄 2014년 3월 15일
초판발행 2014년 3월 20일

지 은 이 안유환
발 행 인 서정환
발 행 처 수필과비평사

출판등록 제300-2013-133호
주   소 서울시 종로구 삼일대로32길 36, 301호
          (익선동, 운현신화타워빌딩)
전   화 (02) 3675-5635, (063)275-4000
팩   스 (063) 274-3131
메   일 essay321@hanmail.net

값 12,000원

ISBN 979-11-951582-5-6   03810

* 저자와 협의하여 인지는 생략합니다.
* 잘못된 책은 바꿔 드립니다.

이 도서의 국립중앙도서관 출판시도서목록(CIP)은 서지정보유통지원시
스템 홈페이지(http://seoji.nl.go.kr)와 국가자료공동목록시스템(http://
www.nl.go.kr/kolisnet)에서 이용하실 수 있습니다.
(CIP제어번호: CIP2014008340)